北狩人間：法政奄列

劉偉聰 著／羅沛然 編

www.cosmosbooks.com.hk

書　　名　北狩人間：法政奄列
作　　者　劉偉聰
編　　者　羅沛然
責任編輯　王穎嫻
美術編輯　楊曉林
出　　版　天地圖書有限公司
香港皇后大道東109-115號
智群商業中心15字樓（總寫字樓）
電話：2528 3671 傳真：2865 2609
香港灣仔莊士敦道30號地庫／1樓（門市部）
電話：2865 0708 傳真：2861 1541
印　　刷　亨泰印刷有限公司
香港柴灣利眾街德景工業大廈10字樓
電話：2896 3687 傳真：2558 1902
發　　行　香港聯合書刊物流有限公司
香港新界大埔汀麗路36號中華商務印刷大廈3字樓
電話：2150 2100 傳真：2407 3062
出版日期　2019年12月 初版・香港

ISBN：978-988-8548-46-0

高眉友人序

劉偉聰的專欄結集到了第二冊，輯錄七年法治、政事文章，冠名「法政奄列」。

二〇一四年十一月，劉偉聰寫了「法治奄列」，叨擾當時大律師公會聲明自以為是的把「法治」比作不該與不能被打破的蛋。蛋與奄列比喻來自西儒柏林一九九四年為二十一世紀作的講稿。據說斯大林曾稱煮奄列不可能不打破蛋，以表述走向共產主義的過程。二〇一九年的夏秋，眼下是打破的蛋，就是不見曾許下的奄列。

「法」、「政」，「治」、「事」有序有譜。「法治」優，則「政事」達。「政治」強，餘下就是「法事」了。

替偉聰兄安排出版文章，兼任選、編、改才送稿，首要是他對我挑文和「煮字」的信賴。在此再行謝過。

最重要的又是放在最後，要鳴謝天地出版同仁的幫助，特別是編輯 Hannah 王穎嫻小姐和她的同事們。

羅沛然

二〇一九年十一月十一日

自序

如是我聞：《北狩人間：貝葉常在》行將飛赴法蘭克富參展。我喜不自勝，小書不僅列席行家書展 the trade fair，還要是 Frankfut！

人間總有幾座城市，光哼着名字，已然有詩有光有音樂：倫敦、牛津、紐約、京都、小津、柏林、海德堡、布拉格、佛羅倫斯……那是一派一廂情願的癡心，in the mood for love，悠悠揚揚，祈願長相 happy together，恍恍惚惚，何寶榮黎耀輝蘇麗珍周慕雲。

編輯小姐吩咐我為小書參展起個英文書題，緣韻生情，便叫《In the Shade of Books》吧。

今夏我們癡心守望相扶持的城市叫香港，alas, in the mood for her。

劉偉聰

二〇一九年九月十五又一村丹桂路

目錄

鐸而彌堅

當年薄扶林大學法學院教的 jurisprudence 沒有教 Ronald Dworkin，那些年 Dworkin 還是世上獨一無二的 Oxford Chair Professor of Jurisprudence，這知識界的皇座他由一九六九年一直翩翩坐到公元一九九八，在道德政治哲學上燦然勒石成碑，其後轉往倫敦大學學院（他在 Belgravia 置有幽雅四層大宅！），貴為 Jeremy Bentham 講席教授，每年主持一學期的 political and legal theory seminar，廣邀各方英豪，先讓豪英自說自話，接着華山論劍。當年我一半慕名，泰半嚮往，也曾虔敬的匍匐而至，大氣不敢透的坐了兩個學期，有幸見識 Dworkin 如何手起刀落，將各路英雄的自語瞬間總結，然後以彼之道還施彼身，讓英雄自拆一己路數，那是《天龍八部》裏慕容家的絕學了。可是 Dworkin 其學不止於慕容，還要以自家學說訐難講者豪英。一堂課下來，我未必能盡悉他理論上精微奧妙之轉，但深賞他的 advocacy 竟是 eloquence and elegance。Dworkin 是榮譽 Queen's Counsel，交鋒揚才之地不在庭上，卻在上庠地窖講壇（上課課室在 LG1 呀）！一回他請來芝大名宿 Richard Posner，Posner 那年剛出版《Law, Pragmatism and Democracy》，之前 Dworkin 已在《紐約書評》上將此書拆骨煎皮，還送上一句「Posner is unfailingly shallow」！嘩嘩嘩！但那天 Dworkin 跟 Posner 在講堂上還是揖讓而升，下而飲，雖然飲前 Posner 已被駁得甩頭甩髻，卻亦略無慍色，丰度自見，眼裏容得有能人，若拍將下來便是《一代宗師》金樓比武的鬼佬外傳了。又一回，Dworkin 請了 G. A. Cohen 來，講的好像是 Cohen 書稿 Rescuing Justice and Equality，可是那天可能喝 Guinness 喝得太兇，我竟忘了上課，夜了，醉眼歸途上遇着懶散美利堅同學，居然給逮着：「Where the hell have you been? You missed the match!」我回禮說：「我不抽煙，沒火柴！」

後來書唸不成，倉皇回港，困頓中頓覺得天天也「missed the match」。

Dworkin 是 Posner 定義下不折不扣的公共知識分子，《衞報》社評更許為當世的 Mill，在寫作學術文章之餘，赤膽赤膊抨擊時事，兩年前他在報上屢屢狠批 Citizens United v FEC 一案，斥高等法院竟然讓金權主宰政治；月前則拍案激賞最高法院（不無意外地）維護了 Obama 的 Affordable Health Care Act，確認 Obamacare 合憲。前者貶後者褒，其聲俱洪亮如鐸，老而彌堅，國內譯 Dworkin 為德沃金，外星人咁款，殊不敬！

Dworkin，鐸而彌堅，今年二月十四逝世，享壽八十有一。

《信報 • 北狩錄》 二〇一三年二月二十日

平反「平反」

年前網絡流傳一則不無慘然的苦笑話，甚 gallows humour，說今年國內的乘數表跟往年不一樣，六三一十八之後，便跳接至六五終三十，中間少了一欄，莫讓盛世傷懷。今天天炎腸熱，但頭腦何妨飲冰，想想二十四年來堅持的「平反」口號是否病語迷思？

古書盈千累萬，「平反」二字不知是否常見，《辭源》上引的是《漢書》卷七十一〈雋疏于薛平彭傳〉上的故事，裏邊的雋不疑為昭帝時京兆尹，每為冤囚斷獄，回到府中，其母必問個究竟：「有所平反，活幾人何？」《辭源》解「推翻舊案為反」，似未及王先謙真切，王在《漢書補注》上引《通鑑》胡三省註云：「平反，理正幽枉也。」然而今人未必讀班固文章，讓「平反」琅琅上口必然緣於近世段段披血帶淚的「平反冤假錯案」，顯然「平反」的對象必然是不公不義、幽於理而枉於道的種種過失，因此「平反六四」便不只是弔詭的病句，更近乎顛倒的謬思。英文報刊多作 the vindication of June Fourth，文義尚可取，因 vindication 既可解作 clear the guilt，也可解作 provide justification，一七九二年 Mary Wollstonecraft 受法國大革命風潮所示，寫下振振有詞，侃侃而論的《the Vindication of the Rights of Woman》，力陳女性不光是男性的伴偶寵兒，也不必然感性得不可理喻，故亦應享平等的政治道德權利，這一番道理說出來便是 vindication，對象自是可親可敬可慕的 right or prescription，可若繫上一件歷史大事似非最 congruous 的詞義配搭。這些不盡是尋章摘句老是雕蟲，倒可傾出不爽文字背後未說未道的迷思。「平反」既涉政治威權，vindication 也涉服人的道理，我們堅持某方要為歷史大事作道德裁斷時，其實已將歷史評陟的權利拱手予人，自己矮身而倒退了。孟子有幾句話很可警惕：「彼以其爵，我以吾義，吾何慊乎哉！」

日前偶翻 Mary Mazur 寫的吳晗英文傳記，吳是明史名家，官至北京副市長，卻是文革中給劃成大右派的「三家村」，含冤而盡，我在書上看到一張吳晗及其夫人袁震追悼會的相片，下邊的註卻作 rehabilitation and honoring，我眼前一亮，那是「恢復自榮」，憑自力憑吾義的自重自珍，似比平反和 vindication 更雄姿英發。

《信報 • 北狩錄》 二〇一三年六月四日

憲章自由

共和國啟蒙還是晚近之事，上世紀八十年代以還的歷史，靜待他年有心的說故事人尋尋覓覓，譜章謀篇，好寫成風雲史記。此中思想界夢想界之種種嬗變，幻彩無痕，觸手無據，雖見是山，但那山卻還在虛無飄渺間。

我不認識鄧正來，但他的書我向來留心，他是大哲 F. A. Hayek 在內地的穿針引線人，單人匹馬翻譯了《The Constitution of Liberty》，繼而疏通知遠，先後為海耶克（內地偏譯作哈耶克，真娃哈哈難頂！）的社會理論、法律哲學和自由主義寫過三本小書，竊以為於內地近二十年來的啟蒙絕非小事。昨天翻閱他跟友人合編的一部《轉型中國的社會正義問題》，竟是遺作，始悉鄧先生已於年初病歿，才五十七，以學人年歲衡之，誠早逝英年。去世前他身領復旦大學社會科學高等學院院長之職，乃體制中人，但那是晚近之事，在從前很長一段日子裏，他總蹲在體制外靜靜翻譯和研究海氏，戲稱學術個體戶，這一身份和情懷酷俏晚年的殷海光先生。當然在台灣戒嚴歲月裏殷先生實情非得已，然而他之傾心海耶克，跟鄧正來其情依然合轍，彷彿俱要在高壓社會裏開一扇引來光明的窗子。不無巧合的是《信報》林先生和壹仔楊懷康二位均非常擁戴海氏的經濟理論，楊氏去年的一本小書便欣然題作《海耶克的北斗星》，破題兒第一篇禮讚的便是海氏大文 The Use of Knowledge in Society，我年輕時在學期短文中曾胡亂引用，意在嚇唬導師，結果招來頗低分數！

我素愛挑剔人家漢語譯文，故除了厚顏看點英譯古希臘羅馬 Classics 外，漢譯之什避之唯恐不及，但鄧先生將海氏大作譯成《自由秩序原理》卻令我眼前大亮。他還寫有一篇〈《自由秩序原理》抑或《自由的憲章》？〉，仔細辨名，衝着的是台灣多年來的舊譯，更令我刮目相看。

《自由的憲章》一名，非常令人望文生義，但許多年下來卻好像天經地義，鄧先生和我都打算把賬算在林毓生的頭上。二十五年前的夏天，我讀着林毓生一九六一年四月三日寫給殷先生的一封信：「我已從 Hayek 讀了 Tocqueville、Mill 以及他本人去年出版的大著，《The Constitution of Liberty》。」

將《The Constitution of Liberty》譯成《自由的憲章》一書者，不是林毓生，卻是一生與國民政府糾結難紓的周德偉老先生。周氏遠在一九三三年便進倫敦政治經濟學院念書，當時離奇地只諳德文，英文竟無基本訓練，卻已跟 Hayek 談笑甚歡。越一年，周氏英文大進，獲研究院取錄，以海氏為指導教授，並受教於Laski、Tawney和Hicks等大家，日夕勤奮，遂在其自傳《筆落驚風雨》中有如下一段惋惜話：「留英三年從未涉足舞場及電影院，故余號為留學生，始終不能舞蹈，並不解音樂及西方美術，後者實為余之大缺憾，注定余之舊式儒者生活。」（跟我的經驗真是大異其趣！）最後一句頗可留心，或與他選擇憲章二字有關。他在《寫在自由的憲章前面》略云：「吾人之生活及行為規律，均據孔子之教，雖帝王立法莫敢有悖，故吾人可謂中國之文化以孔子之教為憲章。」明乎此，則周氏「憲章」之謂不過是heed the example之意，鄧正來便在辨名之際點出周氏對海氏理論的誤解，但我以為這更可能是因循儒學的曲說，將「憲章」的古義強加在Constitution之上，一如將商湯革命之意強解作revolution之所指，迂迴彆扭，託古改制。

周氏譯作初版於一九七四年，但我在林毓生一九六五年那篇〈海耶克教授〉中便看到《自由的憲章》這一漢名，周林二位俱為海氏嫡傳，真不知誰箇孤明先發，但這部大書明明是海氏的「comprehensive restatement of the basic principles of a philosophy of freedom」，力陳少了有效市場便解決不了資源錯配及分配不公，終成亂局，法治和秩序便緣木求魚！Consitution是其來有自，不是文武憲章。

鄧正來在九十年代以還力推海氏之作，不會是純粹知性興趣使然，更是面對社會轉型之制希圖對症下藥。海氏近年在英美不算大紅，其原委大概是自九十年代以還的肥貓資本主義使得海氏之崇尚市場、厭惡所謂 social justice 的理論顯得保守甚且維護建制。John Gray 八十年代寫了本甚風行的《Hayek on Liberty》，闡發海氏自由主義，但在一九九八年第三版上加了一篇有點反高潮的後記，說海氏「failed entirely to comprehend how unfettered markets can weaken social cohesion in liberal cultures」！

我想，鄧正來生前所處的卻是另一種國度。

附錄：

那年夏天

一九四二年的夏天，納粹為報復英人轟毀 Lübeck 和 Rostock 這兩座古城，也來個以眼還牙，專挑英倫古典古雅的城鎮霹靂下手，是為 Baedeker Blitz！

Baedeker 是德國百年出版老店，專事旅遊指南，其中 Baedeker's Great Britain 更是古典中的 classic，傳說納粹當年壞透，打開指南，逕順着書上開列的古城逐一投彈。我沒看過 Baedeker，但想劍橋必然名列前茅！故有傳說曾有兩大經濟學家於劍大英皇學院大教堂屋頂上冒險守夜，於星空中惶恐預報德寇來犯，好一幅不尋常人文風景！那兩位仁兄，一個叫海耶克，一個叫凱恩斯！Nicholas Wapshott 兩年前的《Keynes Hayek:The Clash that Defined Modern Economics》便以此為序幕，引人入勝！昨天小欄只敢說 Hayek 近年在英美不是大紅，卻非不紅。瀏覽所及，二〇〇〇年來已先後有 Alan Ebenstein 和 Bruce Caldwell 的兩本海氏傳記，劍大哲學家侍讀系列也出版了海氏專冊，筆陣中多有名家，我尤愛 Roger Scruton 那篇說海氏與保守主義的分合！另美國 Liberty Fund 邇來接手以平裝刊行芝大版海氏 Collected Works，書貌書價兩雙宜。這套文集先由 Bartley III 任主編，肇始於上世紀八十年代末，旨在廣搜海氏著作，勒成定本 the standard edition，第一卷是當年新作 The Fatal Conceit，甫出爐便蒙《信報》林先生評介，我旋在馬先生的曙光裏喜孜孜搜來，那還是個汗涔涔的盛夏，正無聊地枯待開學。此後二十多年過去，這套大書卻還未出齊，原來早在一九九〇年，Bartley III 已因病仙遊，接手者說這套大書乃 the product not of the design but of the perception of Bartley III，那麼各卷之先後有無惟有付諸海氏理論中的 Spontaneous Order 及 Bartley III 在天之靈了。非常奇怪，海氏《The Constitution of Liberty》於一九六〇年初版，但遲至前年才收在文集第十七卷中，且題作終極定本 the definitive edition！書到手，我忙翻看本卷編輯 Ronald Hamowy 的長序，原來添了的是當年海氏加在一九七一年德文版上的二百條引文！此外，當然少不了列五十年來各種譯本之種切，此中自有提到周德偉《自由的憲章》和鄧正來《自由秩序原理》，卻不知鄧先生生前有否把卷而與終極漢譯之宏願？然而，潮起潮落，當代英美自由主義者對 J. S. Mill 和 Isaiah Berlin 更抱熱情，彷彿於秋夜裏才會抬頭景仰海氏，跟共和國的夏天自有不倫與不同焉。

《信報・北狩錄》二〇一三年七月二十二至二十四日

今朝古典好

立法會主席先生巧舌如簧，且腹笥便便，二十多年前便曾寫過小書一本叫《英語詞源趣談》，裏邊自許不乏一家之言，今回因政情「波」譎而吐出 Tacitus Trap 更屬有感而發，無寶不落！當人家翻來覆去還是咕噥着「民無信不立」一類的朦朧話時，來一陣古羅馬清風，既彰我城中西完璧，復顯議事堂上雄辯的優雅 rhetoric，最好不過！可是我腹屢空，Tacitus Trap 恕未之聞。《南早》奉上的解釋為 policies of an unpopular government would not be welcomed whether they were good or bad！舍下僅有 Tacitus 大著《Histories》和《Annals》英譯兩種，忙翻檢索引，卻未有尋着這道典故，遂求教於由 Anthony Graffon 領軍編纂的大典《The Classical Tradition》（哈佛，二〇一〇年初版），裏邊收有長逾四頁的一條 Tacitus and Tacitism，涉及 Tacitus 的史學、政治理想與乎文體文風，可依然沒裝載以他冠名的陷阱，惟望他朝就教於高明吧！

我心中懂得 Tacitus 的高明自是大名鼎鼎的劍大御前（Regius）現代史教授 Quentin Skinner（年前退休後轉戰荒蕪的 Royal Holloway！），那年他的就座演説題作 Liberty before Liberalism，第一講叫 The neo-Roman Theory of Free State，說的便是一眾古羅馬高人的自由理論，Tacitus 自在其間。話說當日英皇查爾斯一世給斷頭後，英國國體該當如何？是 monarchy 還是 republic? Royalists 和 Republicans 二派水水火火，幾是武鬧又文攻。當年致力共和的一邊便有《失樂園》的 John Milton 和《大洋國》的 James Harrington，因不滿皇室專斷，每愛援引古羅馬高人高論以收拾皇權。這些高人或政客或史家或哲人，更常見的是集眾德於一身，如 Sallust、Livy 和 Tacitus 皆是也。諸子俱謂仰人鼻息者不得言自由，那合該是 slave 了，雖生卻是 obnoxious，可是人的自由乃與生俱來，slavery 正正違反天理，不應見容於 free commonwealth，而王室雖有管治之責，卻只源於 the trust reposed on him by his people 而已——今天聽來委實毫不新鮮，但英國國會如是說於一六四二呀！那些年 Tacitus 的作品初逢英譯且不無暢銷，而有幸於上庠念書的還得念其拉丁原文，在雄辯中引引 Tacitus 更如魚得水了。

當然，Tacitus 是位古典自由戰士，不見得跟主席先生一貫想法相扶持，若引喻失義，那才會是要小心的陷阱唄。

《信報 • 北狩錄》 二〇一三年八月六日

生霸死霸考

喜見顧小培先生拋下一片玉，我便不佞掏出檢腹下的一塊磚。曾經機緣湊泊，承命細察 the Rule against Perpetuities 的本義與源流，竟是非常開心好玩的一趟 outing。這條 Rule 的意涵不無古奧，不無詭譎，不太易明白，有人笑謂 Sheer perplexity surrounds the Rule against Perpetuities, partly due to its technicality but largely due to its obscurity! 玄晦才是禍首！

我猜想禍首之首出在 perpetuities 一字，此字日常的解說是傳之久遠，千秋萬世，有始不有終吧！頗合秦皇漢武毛氏的脾胃，但此 Rule 要對付的不是封建如斯的思想，而是珍貴土地財產傳承的 uncertainty，因此其意涵原來甚狹，只適用於 contingent interest，指的是一個不知有無的將來繼承人！

一九五〇年一宗叫 Mander 的案子恰可說明之，案中 Mander 家財萬貫，卻一心奉主，留下大筆遺產付予家族中第一位榮膺 St Saviour's Church St Albans 教士尊位之子弟！按察司 Vaisey 在判辭中有好笑沒好氣，嘆曰：貴子弟之榮膺教士 is an event which might not happen for many years, or at all! 果如是，Mander 所遺財帛情歸何處便懸而未決，實人間至寶之浪費。英國普通法乃人間法，不容死者的 Dead Hand 自陰間舞弄如此 uncertainty，故自一六八二年 Norfolk 大公一案後便有如下的警示：No interest is good unless it must vest, if at all, not later than twenty-one years after some life in being at the creation of the interest。若閣下看得不明不白，此乃天理人情使然，不必自責，有事記住禮聘夠班的律師——不瞞你說，不是所有律師也曉得這一條欺人的 Rule！我所見雖跟顧先生不同，然而先生文中繫上「生霸死霸」卻出奇合轍。私心想到的是王國維《觀堂集林》開卷第一篇〈生霸死霸考〉，這是近代殷商史年代學上的曠世大文，始創殷曆上的四分說：「余覽古器物銘，而得古之所以名日者凡四：曰『初吉』、曰『既生霸』、曰『既望』、曰『既四霸』」，即因月之盈虧豐朒而定一月之四分。這個發現源於觀堂先生將甲骨金文對照《尚書·武成》而悟出「霸」即「月始生，為月未盛之明」，如此「生霸」即每月八九日，月亮未滿，但未盛之明已生，上弦也；「死霸」為每月二十三日，月亮未晦，但先前始生之明固已死矣，下弦也。今人唾手可得的知識卻因古文字而甚晦，猶 Perpetuities 之 obscure 也！我想，若 perpetuities 解作 Dead Hand 在陰間之萬劫長存，此 Rule 便好解多啦。

《信報．北狩錄》二〇一三年八月十二日

The Law of Parody

只許憤怒不容嬉笑的年代是艱難時代；等而下之，竟不知嬉笑戲謔parody為何物者，更屬艱難小時代。

版權條例又諮詢，骨節眼兒是所謂戲仿parody者可獲豁免，不算侵權。洶湧群情信不過蘇錦樑不算意料之外，畢竟局長先生舊雨黨人曾深深不忿於「禮義廉」之街頭調侃，故議事堂上暨網絡群言力促當局給parody下個精確無誤的定義，生怕他朝龍門有腳，滿場遊走，輸就係你，贏就係佢，還是先把話說在前頭。

我想起前年謝世的英倫名士健筆John Gross，他自是已成經典的man of letters，又寫又編，《衛報》當天的訃文許為the unrivalled King of anthologists，我案頭常放着一卷Gross編的《The Oxford Book of Essays》，已然頁頁黃葉，卻是我起居老友，不比供在清芬廟堂上（即是樓上書櫃）的蕭統《文選》。Gross生前編的最後一卷書叫《The Oxford Book of Parodies》，書前自然寫了長序，欣然怡然於parody的你和我最宜熟讀：「Parodies come in many shapes and sizes, and many different degrees of subtlety or its reverse...It would be a mistake for anyone writing about parodies to become entangled in a search for exact definitions」！Gross 此處自有他藝文上的考慮，然而在版權修例上我們更有理由不必自招任何 statutory exact definition，事關草案文本中 parody 是 defense provision，愈寬愈好！如不設任何法例上的定義限制，最好求教於此字的 ordinary and plain meaning！Gross 以文人之姿為我們解字：「A parody is an imitation which exaggerates the characteristics of a work or a style for comic effect」，真何樂而不為？何勞官府鐵面定讞？倒是法例中的 incriminating provision，如甚麼是侵權，甚麼是褻瀆，那才要非常非常清晰的狹義不可，以收束法網，愈窄愈可知所趨避！市上人不讀書不研法，遂有要求局長為 parody 定義之妄議！若 Gross 看在眼裏，怕要氣壞折壽！恆放在我床緣的除了《Bubbles》春天雜誌外，還有《普林斯頓詩學大全》，裏邊說及 parody，逕謂 it changes with the cultures, however, no transhistorical definition is possible! 夫不學詩，無以言，但最少也該看看人家怎樣說詩！

好心的話，尚請謝絕惡俗漢文如「惡搞」或「二次創作」！《文心雕龍．諧隱》上起首如是云：「自有肺腸，俾民卒狂。夫心險如山，口壅若川，怨怒之情不一，歡謔之言無方！」

試將 parody 寫成歡謔吧！

《信報 • 北狩錄》二〇一三年八月十三日

《鐸而彌深》

練乙錚先生近日苦心囑大家讀書，讀的更是已由煙火人間升入經典廟堂的John Rawls和Ronald Dworkin ——在下俯首禮譯為鐸而彌堅！記得那是千禧快樂年，在倫敦的學院上課，老師是大鬍子世紀大教授（the Centenary Chair），授課絕無章法，萬事隨緣，開課時竟問班上十隻八隻小貓：該教甚麼好？那一門課好像叫Philosophy of Public Policy，小貓們有點不知所措，冷不防教的一位也是野貓子！野貓教授遂垂詢大家在看些甚麼書，各有亦幻亦真的答案，我答的是：「Dworkin's elegant Sovereign Virtue」！野貓教授輕捻雪髯：Nice. I'm reading Sen's new book! 那新書是《Development as Freedom》，一本很advocating的小冊子，不見太優雅的哲學，雖見淑世的關切，然跟Dworkin的大書拼在一起便像小巫躲在大巫後。我便如實相告，野貓教授說不如今年大家一起細讀這兩本書吧，又說一年流流長，多讀兩本添啦！然後翹首窗外繁花，說Rawls的《正義論》修訂版去年出台，還未細讀，正好盍與乎來，更回過頭來跟小貓們說：「當年我念的版本是六十年代流傳於小圈子的Rawl's typescripts」！

我們當然嘩了出來，起鬨良久，直到有隻阿美利堅小貓起勁地說：「咁 Robert Nozick 呢？」就這樣民意滙成共識，一年的課從此敲定，就是四大名字：Rawls、Nozick、Sen 和 Dworkin! 我已記不起那天為甚麼沒有人央着叫 G.A.Cohen，怕是少隻人名少隻鬼，免得考試自食其果吧！

《Soveregin Virtue》裏沒有練先生推薦的 Civil Disobedience，那篇大文收於鐸先生的第一本論文集《Taking Rights Seriously》，上世紀九十年代初我興沖沖地蒐來上薄扶林大學的 Jurisprudence 課，但這門課當時乏人問津，惟有縮龍成寸，竟給裁成一學期的活兒，鐸先生便消失在 reading list 上了，真箇豈有此理！

課上沒有讀 Civil Disobedience 這一篇，若有所失，課外補回了，我便不太明白戴老師的「佔領中環」好端端的為甚麼會是公民抗命？為甚麼一定干犯公共秩序的罪行？戴老師喜歡引 Martin Luther King 的《Letter from Birmingham Jail》，那自是激揚檄文，但如他引的是鐸先生的一篇，看法會否有異？

Civil Disobedience 初刊於一九六八年的《紐約書評》上，時越戰始熾，風雲驟緊，美利堅尚有徵兵法強召徵夫，自然亦有受良知良心驅遣而拒不從軍的 conscientious draft dissenters 和度人度己籲人拒絕不義之戰的 draft resistance counsellor，血肉戰場雖在千萬里外，但美國本土亦經歷偌大的一場道德道理的較勁考量，不涉正邪，惟看各方的political morality 可否站得住腳（decently arguable）。鐸先生在文裏着眼的不是公民抗命的對錯，而是掀出一個為時人忽略的要點：the law could be doubtful! 徵兵法強令國民參戰，又禁止宣傳 draft resistance，其情是否違憲？有否妄斷地傷害了國民最根本的權利如人身安全、言論自由和良知的 integrity？如國民有 honest and reasonable 的理據接受或反對該徵兵法，則該法應屬 doubtful，各行其是便天經地義。鐸先生更走前一步，認為縱然最高法院他日斷定該法合憲，前此因良心和 moral argument 拒服兵役者亦應不予追究——當然，純粹懦弱怕死腳底抹油者自不獲庇蔭！鐸先生的看法跟當年和今日的 legal positivists 大相逕庭（真不知他在牛津的日子怎麼過）！事關他的哲學思想環環相扣，法律不是零零碎碎的 social facts，而是整體 social justice 的大樑大柱，此外尚有 integrity 和 treating others as equals 等同樣吃緊的道德理想，橫經直緯，構築成一個自我充盈 coherent 的價值世界，其象恢宏，有容乃大。欲仰瞻如此風景，各位請拜讀先生生前最後一部大書《Justice for Hedgehogs》吧。

順着鐸先生的思路往前走，戴老師心上的佔領中環既滿載愛與和平，根本未必違法，那許是彰顯政治理想的巨型示威，在金塑的中環實踐憲法許下的表述和集會自由，不屬被動的 disobedience（我疑心鐸先生不太喜歡這字眼兒）！而是 proactive 的 civil resistance。

雖僅一名之立，亦有實相之辨存焉，更不必授人以不利之柄，逆遭誣枉。剛在七月卸任 British Academy 院長尊位的 Adam Roberts 爵士年前跟東歐史妙筆 Timothy Gaton Ash 編了本諸國個案風雲錄叫《Civil Resistance and Power Politics》，有血有淚有笑聲，開編提到為甚麼獨採 Civil Resistance 而不取 Civil Disobedience，自言從印度獨立、美國民權運動、波蘭團結工會、菲律賓人民力量、阿根廷說「不」、天安門母親到緬甸絳裟僧人的苦行俱滿懷 civil quality，不惟 disobedience，更是「supporting the norms of a society against usurpers!」誠順理成章，此中道理不深，卻鐸而彌深。

附錄：

復有佛觀

前面寫 Dworkin 鐸先生，寫其堅寫其深，還未細及其文章亦典麗亦臨風亦沛然莫之能御，堪可今文觀止——今人常說 Isaiah Berlin 文章經典，breezy and erudite! 我看 erudite 自無二說，但 Berlin 長氣，雖古雅卻拖沓，彷彿我手寫我口的 dictation，實欠剪裁，試看其經典《Two Concepts of Liberty》，委實呼應孟子荀子之冗長累贅，故我從前寧取收在 Anthony Quinton 編《Political Philosophy》上的節本也不愛 Berlin 的《Four Essays on Liberty》裏的全篇，原來管中窺豹未始不無妙諦！

近世學人文章寫得長卻依然元氣沛然淋漓者當推雷競璇先生周前憶及的乃師徐復觀！徐先生的湖北話我無緣親聆，鋼筆家書手跡倒在書上看過，誠筆走龍蛇數十年，分明非夢亦非煙。

我於徐先生感覺殊親切，因初讀先生書時正值憤怒青澀之年，angry and bitter！第一本讀的是《學術與政治之間》，書上文章不比韋伯〈學術作為一種志業〉和〈政治作為一種志業〉冷峻（許是我只能讀 Gerth 和 Mills 英譯之故？），卻是心燙情熱，直是握拳憤書之什。當年孤憤，因考試落第，漂泊下潦，偶讀到〈中國知識分子的歷史性格及其歷史的命運〉中如下數句：「考試制度的本身，恰恰發展了中國文化的弱點的一面，所以其破壞作用，遠大於建設作用，流毒至今而不可收拾。」能不引先生為忘年知己？多年後讀到先生晚年的一篇自序，喜見先生亦以anger自負：「我以感憤之心寫政論性文章，以感憤之心寫文化評論性的文章，依然是以感憤之心，近使我作閉門讀書著書的工作。」原來如此！先生寫此序時歲次庚戌，即一九七〇，時年六十八。先生卒於一九八〇，生前最後在港寓所是美孚新邨，洽是我從前居處。據先生最後日記《無慚尺報裹頭歸》所載，知先生壽終前恒愛在美孚海旁走動，我每到該處，便癡想跟先生故影擦肩而過，親炙其感憤之心。先生初名佛觀，據説壯年遇熊十力後改名復觀，我不明所以，只記得《無量壽經》上既有佛觀亦有復觀焉。

今年初承孫老師疼我，竟慨然自萬里攜來惠我兩函一套萬曆丁巳本《金瓶梅詞話》，為傅斯年藏本景印，我殊感惶恐，孫老師遂溫言道：「這是徐先生的舊藏。」

感憤之心尚存紙墨精良之間吧。

《信報 • 北狩錄》二〇一三年九月十六至十八日

吶喊無聲

從去年國教出事到今年政改諮詢出籠，他們都年輕，都憤怒，都對成人濁世看不過眼，都還是叫「學民思潮」。趁一波暫停、一波待起之際，他們做了本小書，亦文亦圖亦自省，回顧中的風風火火和展望裏的開開揚揚，俱不待我來讚嘆，畢竟成年人對年輕人的稱道每多不懷好意，不是 bribe the youth，便是趁早寫下 hagiography 來送他們一程。好在年輕人耳靈眼利，當日聽到不青春的胡紅玉滿口稱誦，黃之鋒便怒道：「胡紅玉你有甚麼資格説這場運動成功？」不知胡女士愛讀魯迅否？如愛，或可引先生的〈希望〉以解嘲：「我早先豈不知我的青春已經逝去了？但以為身外的青春固在：星，月光，僵墜的蝴蝶，暗中的花……」年輕人定必喜歡魯迅，他們的小書便叫《鐵屋吶喊》，用的自是已成經典的《吶喊．自序》那道典故：「假如一間鐵屋子，是絕無窗戶而萬難破毀的，裏面有許多熟睡的人們，不久都要悶死了……」我愛死了這個陰冷森然的故事，死愛聽先生坐在S會館裏跟錢玄同似實還虛的囈語。以此典為書名，是否即學民刊物《破折號》編輯黃莉莉一意孤行的「以文學介入政治」？先生喃喃説過：「善於改變精神的是，我那時以為當然要推文藝……」

鐵屋吶喊。吶喊的人在鐵屋裏還是鐵屋外？從前先生說他的吶喊「聊以慰藉那在寂寞裏奔馳的猛士，使他不憚於前驅。」我總覺得吶喊的人便是那寂寞的猛士，猛士本該在曠野中奔馳前驅，自然在鐵屋之外，一如〈野草·這樣的戰士〉裏的戰士，舉起了投槍，微笑，偏側一擲，正中了敵人的心窩。可是李歐梵研究魯迅的大著叫《Voices from the Iron Home》，漢譯作《鐵屋中的吶喊》，那麼吶喊便該來自鐵屋裏頭？李先生英文原著中沒有線索，倒是譯本自序裏提到他本屬意「鐵屋心聲」，但出版社編輯林先生堅持「鐵屋吶喊」，折衷下便讓吶喊來自鐵屋之內了，自然這不必是魯迅的原意，卻意外地讓鐵屋裏外呼應，好增長我們的勇氣和希望。

那晚我在明哥的演唱會上見到這夥青年人站在台上，雙手在胸前交叉，示意撤回，沒有吶喊，還是此世吶喊無聲？

《信報 • 北狩錄》二〇一三年十一月一月六日

請羅爾斯誅少正卯

週六，風多，慵懶，欣見《信報》評論版上為港出聲有心人為文漫數普選六大弱點，殊感動，原來連羅爾斯先生也不爭普選，好了，從此出聲的論述層次飛升哲學九重天。嘻！

夜裏，夢中，荒野上，竟見 Rawls 孑然一身，我撲地拜倒，恭問：「先生夜來，敢問有何貴幹？」Rawls 答曰：「迷路了，日間有人喚我名字，陰風一陣，便忽然來到這兒，請問兄台，此地何地？」對曰：「先生天上優游，不涉俗事，有所不知，此是我城普選之路，惟荒墳孤塚，先生不慣。」

Rawls 怵然驚問：「何以故？」我道：「不好說。」Rawls 趨前道：「兄台快說！」我遂在 Rawls 耳邊這個那個地說將起來，一盞茶時分，Rawls 臉如土灰，厲聲道：「可怒也！」

我惶惶然：「先生息怒！素知先生不愛普選，竟還胡說八道！」Rawls 若有迷惑，奇道：「此話怎講？」對曰：「先生不是說過『社會存在的許多不平等，不是普選所能擺平，更多的原因來自人的種種弱點，即使普選產生的政府也無能為力』？」Rawls微一沉吟：「沒有。」雙袂翻處，忽有兩卷書飄然送至我眼前，正是其大作《A Theory of Justice》初版及一九九九年修訂版。無風自動，初版及修訂版自行展開頁一〇二及八十七：The natural distributions [of natural talents] is neither just nor unjust; nor is it unjust that persons are born into society at some particular position. These are simply natural fact. What is just and unjust is the way that institution deals with these facts. Rawls又將他二〇〇一年《Justice as Fairness: a Restatement》送來我處，展開的是頁一四九：The worth of the political liberties to all citizens, whatever their economic and social position, must be sufficiently equal in the sense that all have a fair opportunity to hold public office and to affect the outcome of elections... 我笑道：「好好好！」話聲甫歇，初版和修訂版又自行翻到頁二二二及一九五，幾行文字金光燦然，兀自燃燒：All sane adults, with certain generally recognised exceptions, have the right to take part in political affairs, and the precept one elector one vote is honored as far as possible.

Rawls惻然道：「小兄弟，給人亂說了，失禮。」忽然悄沒聲處一把洪亮如獅吼的聲音道：「那是栽贓誣人，自謂得計！孔夫子不也給說成七日誅殺少正卯嗎？」說話人一臉清癯，眉宇孤憤，竟帶仙風俠骨。Rawls 即上前抱拳一揖：「復觀兄！」

……來人竟是徐復觀先生！

徐先生笑道：「John 賢弟，聽過我國孔子誅少正卯的故事吧？」

Rawls 笑答：「復觀兄，小弟天上有暇，自然拜讀過大作《一個歷史故事的形成及其演進——論孔子誅少正卯》。」徐先生隨即向我一指：「那向小兄弟說說好了。」

Rawls 回首向我，正色道：「少正是官銜，卯乃其名，春秋時魯大夫亂政者，時孔子攝行魯國相位，殺之，罪名是少正卯，心違而險，行辟而堅，言偽而辯，記醜而博，順非而澤。」

我接口道：「那是《荀子．宥坐篇》上說的『人有惡者五』，而少正卯正兼有之，更壞的是此人憑五惡聚徒成群、飾邪營眾，故不可不誅！」

Rawls 微笑道：「徐先生已考出荀子之文或本於劉向《說苑．指武篇》，裏邊有云：『（少正卯）其智足以移眾，強足以獨立。』移眾獨立才是死罪所在！」徐先生接口道：「五十年代我在台灣，有國民黨人便借少止卯的故事，指桑罵槐，謂『有一些聞人，以自由為標榜，以科學為號召，以民主為掩護，從事亂政的工作』，叫我們學孔子，誅之而後快！要殺的是《自由中國》的雷震。」

我拱手道：「自宋儒王若虛以至清儒閻百詩、梁玉繩已考出此故事實偽實妄，唯已摻入太史公《孔子世家》中，流傳便廣。」

徐先生道：「一旦流傳已廣，正好借刀殺人！如 John 賢弟大名鼎鼎，近世自由主義掌舵人，其書引的人比讀的人要多，說他月旦普選，何異於託孔夫子以殺少正卯？」

Rawls 慘然一笑：「好一道偽 philosophical legitimacy！」

徐先生笑謂：「John 賢弟，下回怕更將你說成反對佔領中環啦！你部《A Theory of Justice》第二部第六章詳論 Civil Disobedience 又長又難讀又前後呼應，最適宜給人斷章取義啊，呵呵！」

Rawls 道：「復觀兄，我的書讀與不讀尚在其次，兄從前說過：『中國文化精神的指向，主要是在成就道德而不在成就知識。』其實東海西海，未必不同！只怕此地不中不西而已。」說罷兩位先生哈哈大笑，朗聲道：「小兄弟，珍重！」語畢攜手消失於冥冥之中。

《信報‧北狩錄》二〇一三年十一月十二至十三日

來下謝少年

太陽花海中他們都驕艷，友人在那邊教政治哲學，走進花海中啦，跟他們一起真身在議事堂中演繹公義理論暨學術自由。我城這邊廂爛多啦，在議事堂上還有政治人物煞有介事指政治上數人頭的 polling 是學術心事，笑人丟人，不見境界。

徐復觀先生境界高眉，在有名的《學術與政治之間》上說過：「學術，很粗略的說，可分為兩大部類。一是成就知識，一是成就人格。」又謂：「政治與學術的最大區別，是質與量的區別，一萬個普通人對於哲學的意見，很難趕上一個哲學家。」叫人家給權貴打分是言論自由，不是知識，不涉人格，學術便無有着落處。但我想徐先生必然樂於看到一萬朵太陽花照見知識和人格，青春如蜜，便流瀉在學術與政治之間。

友人那天在花海中不忘為我傳來余英時先生的手稿，文題是〈台灣的公民抗議和民主前途〉，今天已在網絡上廣傳，大家想必讀過，裏邊對共和國批評得毫不留情，鐵筆錚錚。當然，余先生早入從心所欲之齡，更不必計較逾矩不逾矩，文章的聲音便跟太陽花一般明媚。一九五三年，余先生才二十出頭，正是太陽花年紀，那年十月二十日先生在我城寫了一篇〈建立新的革命精神〉，其聲亦錚錚然，敢問我們究竟要怎樣的革命精神？先生的答案是以天下為己任的胸襟和衝決羅網的勇氣，還輔之以「理性的光輝」！我從來偏心，自然偏愛這道答案。先生年前曾說這些俱是早已束諸高閣的少作，我說少作才牛呀，風風火火，今天正宜跟新作並讀，好見一個甲子的不變襟懷。訴說理想與乎不齒暴政，實今古一氣，千年一脈，余先生在少作中引的是范仲淹和顧炎武，我當年今天俱 sentimental，想到的竟是曹植〈野田黃雀行〉的下半截：

羅家得雀喜，少年見雀悲。
拔劍捎羅網，黃雀得飛飛。
飛飛摩蒼天，來下謝少年。

拔劍的還是笑靨如花的少年人。

《信報 • 北狩錄》二〇一四年三月三十一日

太陽花海見 Dicey

友人跟學生不再暢泳太陽花海中，款款退下來啦，沒有給掌聲載到天上去，也沒有讓咒罵強詞扯到地下來，嚴守學人方寸，站着坐着俱講學問，寫文章，還傳來給我，呀，今回說的是 Dicey！

為甚麼是 Dicey？為甚麼不是 Dicey？

那些年友人和我在倫敦的課上沒有念 Dicey，倒是各在更青葱的 Undergrad 年月裏書有沾襟，他在愛丁堡，我在薄扶林，俱淺淺讀過 Dicey。我從前看的是 Liberty Fund 刊行的一九一五年第八版，重印了無數遍的學子課本：《Introduction to the Study of the Law of the Constitution》！A. V. Dicey 從前是牛津 Vinerian Professor of English Law，這部大書便緣於當日課堂上的講稿，旨在點明英國憲政的三大原則：the Sovereignty of Parliament，the Rule of Law 及 the Conventions of the Constitution，說的道理誠高屋建瓴，抽象超拔。此卷初版刊於一八八五年，還是我國光緒蒙昧之世，前此好像只有《經濟學人》大總編 Walter Bagehot 在一八六七年出版過一本叫《The English

Constitution》的小書，但語多 descriptive，more a matter of practice than principle，今天讀來便多少有政治思想史的當年味道，不及 Dicey 依然化得開的當世關切，因此友人便蹲在太陽花海中發帖子，以 Dicey 的 Rule of Law 為大纛，點出「法治的真諦在於規範統治者的權力行使，關乎公權力對於人民施予懲罰時的必要條件，而非旨在要求人民守法——畢竟，人民是否有義務遵守法律是另一個課題，在西方政治哲學上習慣以『政治義務』political obligation 稱之」。

那些不學無術、偏又愛為港發聲，侈言法治的眾粉人聽好了，欲知普通法下法治之古典含意，勞煩好好讀讀 Dicey 書上第四章，讀不來，明不了，便索性回家奉祀河蟹，且看爾曹橫行到幾時！

友人的說法勾玄提要，不會跟 Dicey 字字緊貼，其實更俏海耶克在《The Road to Serfdom》第五十四頁上之所持：「stripped of all technicalities [the rule of law] means that government in all action is bound by rules fixed and announced beforehand...」法治是防範奴役的德智 virtue。

我讀書作事俱不成，更長不了友人般的肝膽，那天收到帖子，只懂拍下家中新藏牛津版兩卷本 Dicey 的封面，二〇一三年版，月前自倫敦 Chancery Lane 的

Hammicks歡喜蒐來，傳給友人，卻忘記轉引Dicey的幾句話：「that professorial lectures' principal purpose was to arouse the attention and kindle the interest, the sympathetic interests of an audience of students」！友人該做到了。

《信報・北狩錄》二〇一四年四月十四日

大渡海・小紅書

余光中寫詩半世紀跨世紀，筆下難見篇篇有詩。文革亂世中，他在煉獄對岸寫過一首《讀臉的人》，起首已是詩：

「有客自遠方來，眉間有遠方的風雨。」

我翻開「進一步」新刊的小紅書，亦見共和國歷史自遠而近的一番風雨。小紅書叫《六四小渡海》，沒有唯訴衷曲的編者話，卻有深賦使命的副題：「一本香港人的愛國詞典」。編詞典是水磨的功夫，在霧失樓台、月迷津渡的塵世，引領我們渡過浩浩字海。《字裏人間》的松田龍平跟前輩晚輩合編的詞典叫《大渡海》，一編便十五年，怪不得編第一部英語字典的 Samuel Johnson 淡淡然説過：A large work is difficult because it is large...

《小渡海》雖屬小本書，卻是歷史沉澱了二十五年後才面世，收錄的已不只是「六四」，還有「六四」的 aftermath，既有詞條「梁振英」，其釋義説此君在「六四」翌日即發表個人聲明：「強烈譴責中共當權者血腥屠殺中國人民」，那是存真，懼怕遺忘；復有新近一條「六四紀念館」，記二〇一三年十二月十七日支聯會斥資購下尖沙咀富好中心五樓全層，作紀念館永久會址，那是心存厚望，願紀念館得以在風雨打壓下能享永續香火，那也是存真，深怕他朝我城黯然瘖然，後人忘了前人拒絕遺忘的心血。《小渡海》如是一葉扁舟，教我們渡越的不是字海，卻是the sea of oblivion。

哲學上personal identity是個迷人難題：昨天的我跟明天的我是否同樣一個人？其中一個很古典的說法來自John Locke，他在《Essay Concerning Human Understanding》第二十七章有過頗繁複（也有人說頗strange）的論證，其大要是個人須依靠連續不斷的記憶來維繫一己之identity，遺忘或被迫遺忘便成了摧毀我們identity的方便法門。《小渡海》上「六四」一條說：「對中共來說，六四也尚未過去。」那麼「六四」揮之不去的夢魘也使中共依然是identical的中共。當然，黨國自身忘不了，卻偏要千方百計使人民和將來的人民忘記「六四」的血肉，叫共和國成了the People's Republic of Amnesia。

《人民失憶共和國》是半唐番記者Louisa Lim的新書書名，副題是《Tiananmen Revisited》，不計前言後語，共分八章，計有〈解放軍〉、〈留守〉、〈去國〉、〈學生〉、〈母親〉、〈愛國〉等，宛如一個接一個的詞條，像《小渡海》般以不同的時、地、人切入歷史，切入回憶，莫失莫忘。

《人民失憶共和國》有〈母親〉一章，《小渡海》上也有「天安門母親」一條，長略互見，神采各異，主角都是丁子霖和張先玲諸位女史以心血創組的「天安門母親」。這群痛失子女的母親自然沒有失憶，二十五年來心頭愀然記着逝者年輕的音容笑語，還有緊記着殺人者四分一世紀以來依然隱瞞真相，逍遙法外，更喪心監控弱小老嫗，維穩大業無所不為。《失憶》上說，某天七十六歲小個子的張先玲上菜市場，後邊竟跟着四十強的維穩隊伍，亦步亦趨；當作者 Louisa Lim 登門求見，張女史亮着笑容第一句話是：「他們早知你會來。」Lim 說共和國如斯如臨大敵，怕的是「a single act of public remembrance might expose the frailty of the state's carefully constructed edifice of accepted history」，那麼一群人、一代人的不會忘記、不肯忘記更教黨國色厲內荏，Lim 措辭深刻，稱之為 moral vulnerability，警哉斯言。《小渡海》裏沒有一條叫 moral vulnerability，但收有「愛國」一詞，解說上感嘆愛國恆常遭當權者曲解為愛黨，而愛之一詞又漫無準則，空叫人愛國又豈非 moral vulnerability 之明證？因此「香港人的愛國詞典」云云實懷隱衷，打着紅旗反紅旗，明裏暗裏俱叫人莫要輕言愛國。試看共和國憲法第一條：「社會主義制度是中華人民共和國的根本制度，禁止任何組織或者個人破壞社會主義制度」，誰箇能認真？認真的人倒會互相攙扶爬上人民大會堂東南角的公廁，近看槍聲過後天安門廣場滲血的枕藉——《小渡海》上猛然有「公廁」一條，透迻述説 the locus for the absurd。

荒謬的會否還有「天安門」此一歷史地名？聞一多那首《天安門》曾有荒謬的哀吟：

「先生，聽説昨日又死了人，

管包死的又是傻學生們。」

那是一九二六年「三一八」慘案，行兇的換了是北洋軍閥，可死去的依舊是青澀澀的學生——天安門從不安寧，此所以史景遷將中國自一八九五年公車上書以來革命兒女的故事寫成《The Gate of Heavenly Peace》。然而，《失憶》上 Lim 悄聲告訴我們，「天安門」三字緣於滿文漢譯，並不準確，其意不該是 Heavenly Peace，倒應指 Heaven's Pacification，回歸漢文，我疑心那是「天子靖難」之「靖」了，難怪流血，難怪泣血，如小紅書裝幀上的顏色。

《信報 • 北狩錄》 二〇一四年六月九至十日

Rivonia SAR

六月十二日，《白皮書》君臨我城翌日，高眉友人一手捻着那本穢書，一手無奈向我攤攤，笑道：「此之謂『天子靖難』耶？」我拱手應曰：「一語成讖，罪過罪過。」穢書強人愛國，罪過更甚。一九四五年，頻年變亂之際，陳垣於北平寫成《通鑑胡注表微》，索隱鈎稽《通鑑》註者，南宋遺民胡三省之生平抱負及治學精神，亦借此一澆自家胸中塊壘。陳先生那時幸好尚未改宗韶山，還未好好學習馬列毛主義，寫的依然是人話，書上〈民心篇第十七〉首說：「民心者人民心理之向背也。人民心理之向背，大抵以政治之善惡為依歸，夷夏之防，有時並不足恃，是可惕然者也，故胡註恆註意及之。孟子曰：『三代之得天下也，得其民也。得其民者，得其心也』恩澤不下於民，而責人民之不愛國，不可得也，夫國必有可愛之道，而後能令人愛之……」

布爾什維克，禮義廉，請跟我念一遍：「夫國必有可愛之道，而後能令人愛之。」

五十年前的六月十二日，曼德拉跟一眾同志最後一回踏進南非 Palace of Justice，全體罪成，被判監禁終身，Rivonia 審訊正式結束。終身監禁弔詭地是 life sentence，案中唯一白人被告 Dennis Goldberg 聞判後向公眾席上的妻子微微一笑：「Life! To live!」要活下來方可跟暴秦周旋下去。

那一刻曼德拉和一眾同志其實也暗吁一口氣，他們早想過案中肆意顛覆控罪（sabotage）一如 high treason，極刑是死刑，因此曼德拉在庭上激起半世紀熱血的陳辭如此結束：「I have cherished the ideal of a democratic and free society... It is an ideal I hope to live for and to achieve. But if needs be, it is an ideal for which I am prepared to die!」

在暴秦面前，拚死才能活下去。十多年前倫敦的某個冬夜，我在城南一爿不肯打烊的左翼書店裏初回讀到曼德拉這段話，沸血熱腸。十多年後，我城酷熱，讀着錄着這段話卻寒氣抖生，霜嚴衣帶斷，指直不能結。

讓曼德拉和他一眾同志活下來的其實是主審法官 Quartus de Wet。五十年前的六月十二日，de Wet 為 Rivonia 案宣判，曼德拉及其九位同志統統死罪可免，卻終身難饒，曼德拉從此直抵一九九〇年二月二十一日，恆在獄中。出獄那天，萬里無雲，「21 February was a cloudless end-of-summer Cape Town day」，好一個乾坤乾淨的清白日子。

曼德拉對 de Wet 其實略有同情，略懷感激。初，一九六三年十月二十九日，南非白人政府於庭上首度開案，控以老掉牙的肆意顛覆罪（sabotage）之類，主控慷慨陳詞竟日，De Wet 聽後淡淡然說：「The whole basis of your argument as I understand it..is that you are satisfied that the accused are guilty!」二話不多說，斷然宣告所有控罪作廢，案件撤銷！當時當地，那絕對是不尋常的 heroic deeds。當然好景不常，個多月後，控方重整旗鼓，矢志要殺曼德拉一夥片甲不留，De Wet 臉也變了，曼德拉暗忖：「We suspected his previous independence had brought down the wrath of government and the pressure had been applied」。暴秦之世自容不下瞬間的司法獨立，因此當最後 De Wet 不取殺絕之刑而僅判以終身縲絏之際，曼德拉還為他開脱：「He had succumbed to these pressure by sentencing us to life and resisted them by not giving us death」。兩面為難，但 De Wet 好歹算是個人，畢竟也曾力抗那北方來的壓力，讓公義二十七年後還有遲來的開花結果。如 De Wet 生在今天我城，怕已早遭誣枉，謂其未有「承擔維護國家主權，安全、發展利益」云云，永不超生。

曼德拉憶述，自那天他說過 I am prepared to die 之後，De Wet 從此沒再「looked me in the eye」，那應是人之為人的最後羞愧吧？曼德拉的辯護群英中有 Joel Joffee，後來寫了本小書叫《The State vs Nelson Mandela》，裏邊詳細記述六月十二日那天，

De Wet 匆匆宣判，隨即閃身離席，小丑主控還沒來得及申請百多位證人的證人費呢！Mr. Justice de Wet had swept out of the court, and it was over.

暴秦最終必然 over，只是淌過太多的血和淚，摧折了太多年輕的年長的生命，尤是愛國者的生命。審訊中曼德拉向 De Wet 自稱 an African patriot，愛國之餘，卻踴躍說：「I regard the British Parliament as the most democratic institution in the world, and the independence and impartiality of its Judiciary never fail to arouse my admiration! 」曼德拉從來愛國，卻鮮有稱讚南非。Rivonia 是曼德拉及其同志共襄國事的農莊所在，煉獄中的清泉，我想 SAR 也是。

《信報 • 北狩錄》 二〇一四年六月十六至十七日

五十年後的 Rivonia

五十年半世紀，變與不變，總似信口開河，討好的是癡心人，捉弄的是死心漢。五十年前 Rivonia trial 重挫曼德拉及其同志的志業——他們眉間心上的 movement，遂使 the Long Walk to Freedom 的長路更漫長。Joel Joffe 的小書，其副題是《The Trial That Changed South Africa》，如何改變？有心人各有所見，此中曼德拉最神元氣足，二〇〇六年給此卷作序，上邊說：「We went into the courtroom determined to put Apartheid in the dock」。在光天化日下受審的其實是種族隔離之不公不義，我城也盼望會有一天能將那本穢書捉將官裏，讓法治公審其背後共和國之野蠻膠謬。

曼德拉在審訊中選擇不予作供，卻朗讀了一份聲明，勾勒非洲人國民大會之理念，且及其下武裝組織 Umkhonto we Sizwe 之顛覆方針，即只取政府建築，不傷人命。為何不願和平不願非武力？無他，「All lawful modes of expressing oppositions to white supremacy had been closed by legislation」。人民怒火街頭總是給政府強權惡法脅迫出來，古今如是，Rivonia 如是，SAR 如是。

在 Rivonia 曼德拉跟同志秘商國事，密謀 sabotage 的農莊叫 Liliesleaf Farm，想是百合葉吧。百合柔弱溫婉，lily-livered 是膽小，lily-footed 據說更是三寸金蓮，俱沒有豪氣干雲的肝膽，一如曼德拉朗讀聲明時，at no stage did he raise voice very much or change from the slow and measured speech in which he had started。當然 lily 色白若璧，更絕不宜作穢書書皮，青少年及兒童及成人俱不宜觀看。

百合葉莊是 movement 悄悄買下來收容地下分子，曼德拉一九六一年十月搬進去，化名 David，烹茶賣菜，掩人耳目。二〇〇一年曼德拉笑嘻嘻跟友人故地重遊，卻找尋不着百合葉莊啦，畢竟四十年來家國，笑與不笑，風雲自過。百合葉莊所在之地現已化身歷史紀念館，跟 Robben Island 監獄合成一對，儼如南非黑人抗爭史的一雙 bookends。

SAR 只有最多五十年的生命，二〇四六後回望，也該如一座歷史紀念館。到時會否也有一雙 historical bookends？我自想起風雨同悼「六四」的維園，那另一個會否是中環？

從前的學院六月十二日那夜請了 Joel Joffe（目下已是 Lord Joffe）上台回顧 Rivonia trial 的五十年來點滴，我僻處我城，雖不能至，誠心嚮往焉。

《信報 • 北狩錄》　二〇一四年六月十八日

行者無敵

上、

行路難，詩上說的，假不了。叫行者的自是選擇行難路的人物，或已走投無路，或早已胸懷一襟使命如晚照。《左傳．僖公二十八年》上有如此兩句：「不有行者，誰扞牧圉？」養牛者牧，養馬者圉，喻春秋諸侯外出作盟誓時所攜珍寶，我便欣然想起《聯合聲明》（尚為盟誓乎？）第三段第三節上許諾的立法、行政管理和獨立司法權終審權，那今天誰會是扞衛牧圉的行者？

共和國獨立特行法律名宿張思之先生的口述回憶錄，題目燦爛亮麗：《行者思之》。好行者！我尚未虔誠啟卷之際，猛想起說部上最有聲名的兩位：即護法取經歷八十一難金睛火眼孫行者，還有殺嫂殺西門慶殺張都監殺蔣門神後無路可行的行者武松武二爺。

《西遊記》第十四回，〈心猿歸正．六賊無蹤〉，寫唐三藏自五指山下救出孫悟空，詢之姓名後，歡喜道：「也正合我們的宗派。你這個模樣，就像那小頭陀一般，我與你再起個混名，稱為行者，好麼？」悟空道：「好好好。」余國藩英譯精深，「行者」逕作 Pilgrim，朝聖人也。

那邊廂《水滸》第二十四回〈張都監血濺鴛鴦樓．武行者夜走蜈蚣嶺〉，裏邊武二爺眼中噴火，雙刀剁了張都監一家大小，以報陷害謀殺之仇，風聲緊，唯有月夜走了罷休，在孟州城外幸得張青夫婦接濟，尋思官府捉得正嚴，撒得天羅地網，擬往那青州二龍山珠寶寺投靠花和尚魯智深青面獸楊志，但怕路上給人認出，母夜叉孫二娘便給武松來個喬裝，裝成好個行者模樣，且有詩云：「額上界箍兒燦爛，依稀火眼金睛；身間布衲襖斑斕，彷彿鋼筋鐵骨。戒刀兩口，擎來殺氣橫秋；頂骨百顆，念處悲風滿路，神通廣大。遠過回生起死佛圖澄；相貌威嚴，好似伏虎降龍盧六祖。」

詩末的「盧六祖」即六祖慧能，俗姓盧，《高僧傳》上説，慧能未出家前已懂得為人辨析《涅槃經》奧義，人深嘆服，「號為行者」！可知行者亦毅亦勇亦神通。

我忙翻開《行者思之》，卻好像尋不着如斯譜系。那天傍晚，我倒在終審法院前看到數百皂衣行者。不有行者，誰扞牧圉？

下、

張思之先生是難得人物，在虎口中力救羔羊。羊大為美，羔羊從來犧牲，受祀者怕未必哼謝一聲，遑論慚愧，畢竟維權等閒，人命草菅。《行者思之》書序是 sentimental 章詒和的濃筆彩墨，說張先生「既是知者，又是行者，做到了『知行合一』，當下，這樣的人，實在是不多了。」我疑心章女史錯捉了用神，共和國又何曾少了知行合一的歹人？Cognitive consonance 在道德哲學上僅有思辨的 reasoning value，不見得跟 normativity 有皮與肉的關係。以知行合一為準為繩，就像喝酒光看酒杯與酒是否相宜，忘了櫻桃，負了芭蕉。許是之故，章女史未有言及歷來行者譜系，自難道出張先生的刑天猛志與乎歷盡司法擺佈後的陣陣餘哀。如讓我挑書題，我必會選《詩經．氓》的兩句：「靜言思之，躬自悼矣。」那才像看盡魏京生案、鮑彤案、高瑜案、李奎生案背後不絕如縷的虛妄膠謬而來的蒼涼手勢、冷眼熱腸。

張先生跟我始終來自不同司法星系——火星太危險了，我還是退回地球才好呼吸。張先生因鮑彤放了監卻又旋遭軟禁，上書人大委員長喬石時，居然謙卑自讓：「我又確知，律師面對的是一個極為複雜而又極其敏感的政治性問題，法律在這類問題面前又顯得那麼蒼白……」我可不能同意，更不敢同情張先生，我的一切反應俱不夠 empathy，因我不願設身處地想像在邪惡制度中如何自處，事關律師的所能所不能俱是 institutional facts，不是虛無的道德抉擇。制度限制了亦釐定了律師的守與為，曼德拉在 Rivoria trial 上既是民權領袖，亦是殊犀利的 advocate，在政治上法律上沒有絲毫退讓，因那制度尚未壞透。《行者思之》裏的個個泣血故事，說的盡是一個 evil system，上邊的法官呀、公訴人呀，統統是大花臉。律師呢？陰陽怪氣！故我不知道刑天舞干戚的張先生是否邪惡制度裏的一流律師，縱然先生是了不起的逆權大狀。其實，逆叛強權至於極處，才可取消制度的種種約束，不再淪為邪惡制度的 accomplice。

扞衛牧圉的是行者，行者如武松，「為人光明磊落，爽直尚義，不記仇，崇法紀。」精研《水滸》的馬幼垣說過上面的好處後，回馬一記：「這些值得欣賞的優點並不阻礙我們明白，武松所遇之苦不少是他戇直的性格所造成的。」噫！

《信報・北狩錄》　二〇一四年六月三十日

夙興夜寐

那天《南早》頭版上隻字少提，累我幾乎錯過了李官錚錚鴻文。我素來多心，總疑心共和國及其買辦土豪英文有限，語言不順，違礙法治，是以由鐵櫟爵士到榮休李官，俱不得不淺露一手，請共官描紅。今回是動詞「administrate」，OED 上早說過此乃 a less common form of the verb "administer"，但共和國喜用僻生字，死皮癩臉將治港團隊翻成 those who administrate Hong Kong。我猜玄奘讀了也要搔破頭皮，想當日大師曾有五種不翻之說，中有「生善故，如般若尊重，智慧輕淺」。意為梵文 prajna 只敢音譯「般若」，若所謂意譯作「智慧」，則恐失其尊重深沉，使人聯想不起高深佛哲。然而「治港」之「治」卻偏偏是共和國所不能解或不願解的佛哲高深，共官譯作 administrate，心裏打的鬼主意是提攜凜遵厥命、唯命是從的 administrator，即只取其能吏酷吏，不取《易繫辭下》那句「黃帝堯舜垂衣裳而天下治」之「治」。那「治」是今世的 governance 或略帶蛇足的 good governance，不唯井然秩序而已，更是政治清明之大善，可是有人居心叵測，不敢承諾 governance，只餘 administration 的乖乖聽話兒。從前殖民地督憲閣下是 the Governor，今生不似人君的特區首長卻只淪為 Chief Executive，暗示上邊還有一班實牙實齒隨時可憑喜好撤換 CE 的董事局大人，誠一葉知秋意。

既是一葉知秋，北風其涼，你我唯有如臨深淵，如履薄冰，李官告誡我們：eternal vigilance is the price of liberty! Eternal vigilance 是甚麼？那必然是《詩經．氓》上的四字：「夙興夜寐」。《氓》是一闋嫁錯郎怨曲，藍調子重口味。話說薄情人終如願娶得佳人為婦，當初男的自是溫良恭儉讓，日子久了便露出蠍子原形。「言既遂矣，至於暴矣。」好婦無奈「三歲為婦，靡室勞矣。夙興夜寐，靡有朝矣」。婦人給薄情男一家奴役，絕早起來，夤夜難睡。我們夙興夜寐倒是不敢睡，怕一眾闇人歹人摸黑來偷來襲，奪我尚有之自由。李官仁厚，尚溫言道：「Whilst we should continue to exercise vigilance, we should not lose heart」，但身心已萎的好婦卻會怒斥出爾反爾的惡男：「言笑晏晏，信誓旦旦，不思其反，反是不思，亦已焉哉。」

Eternal vigilance 不隨二〇四六而止，但願我們夜裏眼前風光無限。

《信報・北狩錄》二〇一四年八月二十日

Single Pluralism

風又乍起，孤燈明滅，學問友人自彌敦道風雲處暫休，小憩，便來我處喫酒閒話，臂下還挾着燒得香甜的美珍香肉乾。我素不喜肉乾之「乾」字，厭其枯燥，遠不如肉「脯」豐盈，流着甘與香，彷彿「佔中」與「待中」指涉之別，前者不必要的乾巴巴，後者卻有靜若處子之嫵媚，風姿綽約，更不必授歹人以權柄，竟然催淚以邀功！

近日碰巧我在修訂侵權法一章前作，叫〈Trespass to Person〉，多得催淚人催淚氣，我加了如下一節，「The authority's targeting the unarmed and peaceful demonstrators with tear gas and / or pepper spray is reasonably arguable as an instance of battery when there is no sign of imminent danger or hazard occasioned to the safety of the public and/or property.」Trespass to person 從來難譯，怕是漢文中無此理念吧。若謂「人身侵權」，木宰羊乎？無他，Trespass to person 緣於普通法中個人之自主自尊，the sovereignty of the individual，漢文未曾予聞。各人身體自有尊貴處，不容輕侮，不容輕忽，一切思想言論行動之趨進辭讓莫不有賴身體之自主無礙焉。因是之故，暴秦暴政若來

不及摧折民志，惟有先摧毀其身；又或暴秦自知民志沛然莫之能禦，恐終為所傷，便先行摧折民身於萌芽時，乾手淨腳。此策古意盎然，春秋時晉公子重耳出走避禍，逃到曹地小國，曹公竟叫重耳裸浴，供其觀賞，曹公侍臣釐其羈惕然有懼，便在曹公耳邊說：「臣觀晉公子非常人也。君遇之無禮，彼若有時返國而起兵，即恐曹傷。君不如殺之。」

英倫法哲學大家 William Blackstone 在其《Commentaries on the Laws of England》上說及 the sovereignty of person：「Every man's person being sacred, and no other having the right to meddle with it in any the slightest manner」，跟我國「君不如殺之」的取態迥然異致！

近日我城風雨，略略泛起絲絲 unfriend 潮流，去與不去金鐘銅仔彌敦道竟成了各人執着之旨，道不同故不相與謀，卻有好心人好心滿說，各言其志而已，不必如此。

Value Pluralism 有叫人不可 unfriend 嗎？

Value pluralism 不是相對主義，不是虛無主義，依然在乎是非對錯。《論語》上夫子兩度邀弟子言其志。一在《公冶長篇第五》：「顏淵季路侍。子曰：『盍各言爾志？』」另一在《先進篇第十一》：「子路、曾皙、冉有、公西華侍坐。……（曾皙）鼓瑟希，鏗爾，捨瑟而作，對曰：『異乎三子者之撰。』」子曰：『何傷乎？亦各言其志也。』」

「各言爾志」也好，「各言其志」也好，劉殿爵逕翻作「what (one) has set (one's) heart on」，那是心上花開，各自妍美的 value pluralism。甚麼是「何傷乎」的 value pluralism？當代言之最詳贍者自是英倫大儒 Isaiah Berlin，其高見如珠，散落諸篇文字，如〈Herder and Enlightenment〉中寫道：「The central assumption was that the problems of value was in principle soluble and soluble with finality...This is the keystone of the classical arch, which, after Herder, began to crumble.」為何 crumbles？為何 Values 之糾結衝突處永難紓解（soluble）？皆因幾許價值之間彼此 incommensurable。牛津大家 Joseph Raz 縷釋之曰：「Two values options are incommensurable if (1) neither is better than the other and (2) there is another option which is better than one but is not better than the other」。如此則子路的「願車馬衣輕裘與朋友共敝之」，顏淵的「無伐善，無施勞」與乎夫子的「老者安之，朋友信之，少者懷之」俱是 incommensurable 的善志，無分軒輊更無傷焉，大家正好暮春時節，浴乎沂，風乎舞雩，詠而歸。

靜待金鐘、銅仔還是彌敦道都好，各言其志，各行其是便好。至若有人盛嘉學生之志，卻不願靜待中環或任何一地，此亦仁志，無礙焉，何傷乎？

然而夫子雖是主張人各有志的 pluralist，但他斷然說過：「巧言、令色、足恭，左丘明恥之，丘亦恥之。匿怨而友其人，左丘明恥之，丘亦恥之。」主張催淚鎮壓，買黑行兇，曲迎人大大狗屎決議的禮義廉輩，口邊盡謅「君不如殺之」，何止巧言令色足恭，直是狂暴虛怯陰鷙。你我同屬 pluralists，自會跟左丘明和夫子一起 unfriend 一眾閹人。

Vox populi, Vox Dei。

《信報 • 北狩錄》二〇一四年十月十三至十四日

Berlin・中國

一、

這邊廂「待中」時節説起 Isaiah Berlin，那邊廂清華「以賽亞・伯林與當代中國」會議論文集剛好印了出來。Berlin 亦地名亦人名，俱合該叫柏林才優雅。柏樹參天成林，長青耐寒，抵得住冷戰霜淩，才夠得上舉世名城，日耳曼首都。Isaiah Berlin 一生長壽，著述長青，盛名盛譽恆久不衰，光是牛津銜頭便有 All Souls Research Fellow、Chichele Professor of Social and Political Theory、Wolfson College President，至若爵爺勳銜小兒科耳，最勁爆是身兼 Royal Opera House 主事人兼 British Academy 院長，自然是錦官城外柏森森，何解淪為慘然阿「伯」——林？華人圈中首度譯介《Two Concepts of Liberty》的想是台灣陳曉林，當年他將 Berlin 翻作柏林，不期來到共和國卻成了見音亡義的以賽亞・伯林，nonsense！

Berlin 這十多年來在共和國非常爆紅，其文集已給南京譯林出版社譯得八八九九，連新近刊行的兩大卷書信集亦絕不錯過，剩下來未蒙漢譯的好像只有 Henry Hardy 笑謔稱為 the torso laid aside and forgotten 的《Political Ideas in the Romantic Age》和那本我很愛讀的 Berlin 唯一哲學文集《Concepts and Categories》，卷前序文更是 Bernard Williams 的漂亮手筆，鈍拙人勉強譯了恐怕只會唐突佳人，不譯是好心藏拙，何如學好精神英語，免讀譯本枉費精神！

都說翻譯只像成人禮前尚未懂人事時看的 AV，啟發未有的激情和未見的想像。少年時沒有人好心教我看 Berlin 或柏／伯林，中學時倒非常愛看一本叫《思想家》的小書，北京三聯翻譯之作，裏邊是一位叫麥基的仁兄跟英美哲學名家的對談錄，可口開胃，啟卷忘返。書上沒有原書書題和麥基先生的英文名字，數年後在辰衝碰上 Bryan Magee 的一部《Men of Ideas: Some Creators of Contemporary Philosophy》，我才媽的豁然開朗，原來思想家是各懷所見的 Men of Ideas，麥基又跟粵語長片的死臭飛無瓜無葛，Magee 倒是英倫國會議員加牛津 Balliol 哲學學人，一切失敬失敬。Magee 的哲學自傳《Confession of a Philosopher》是忙中不能偷看的閒書，怕會荒廢正業嘛！而他那本說華格納的大書又是後來學院宿舍中我一夜不願翻完的俏作。

那年那天我翻開《Men of Ideas》的目錄，竟有點不眼熟，怎麼多了一章：Isaiah

Berlin？原來那些年《Men of Ideas》的 Berlin 沒有隨着《思想家》光臨寒傖共和國。

二、

Berlin 光臨漢文世界，首站自非萬馬齊瘖的共和國，可也不見得是民智民主花開照人的台灣，竟或是殖民時代的小小我城？我初識 Isaiah Berlin 之名乃緣少時得讀余先生《論戴震與章學誠》，書是香港龍門書店一九七六年印的本子，也是我十多年後在洗衣街上十塊錢蒐來的開心寶物，書上第五章初引 Berlin，余先生敬稱柏林，不取「伯林」：「最後英人柏林分辨思想史與文學史上，『狐狸』與『刺蝟』之兩型，更能幫助我們對實齋的朱、陸異同論的深入認識。」狐狸刺蝟之辨來自希臘詩人 Archilochus 的殘篇兩句，英譯明朗：「The fox knows many things but the hedgehog knows one big thing」，而余先生妙說章學誠是「一個孤獨的刺蝟而生在狐狸鼎盛之世」。狐狸刺蝟之喻多得 Berlin 學海揚波，早成了人文世界的熱衷譬喻，李歐梵便恆居又一城側的狐狸洞，大師 Dworkin（不是我家那隻乖貓兒嗚）生前最後大書卻是寫給刺蝟看的《Justice for Hedgehogs》，呵呵。

狐狸與刺蝟，Berlin 初以此說喻的其實是托爾斯泰的歷史觀，剃人頭者人亦剃其頭，後來自有好事者拿來安在 Berlin 身上頭上，看他是哪一隻可愛小動物？好事者紛紜，亦莊亦諧，及於極至處，Bryan Magee 便笑語 Berlin 謂：「世有二種人，一種認為世有二種人，另一種則不然。」又呵呵！可是二分之法好像永遠跟 Berlin 不離不棄，莫失莫忘。一九五八年十月三十一日，牛津 Schools Building 禮堂自然座無虛席，那天 Berlin 登堂宣法，就職 Chichele Professor of Social and Political Theory，講題是往後將成經典的《Two Concepts of Liberty》，不再將世人分成二派，卻把自由擘為兩面，positive and negative freedom。

正是新鮮自由兩面體吸引了八十年代末共和國求智青年的幾許眼球——一九八九年五月號《讀書》雜誌上有甘陽一篇《自己的理念：五四傳說之闕失面》，裏邊寫有「真正的個人自由首先強調的是『消極自由』而非『積極自由』。」據說，那是共和國初回引介 Berlin 的自由二分法，從此以後，《Two Concepts of Liberty》流行成了積極消極的自由對峙，翻譯的人望文生字，讀翻譯的人望文卻不能得義！甘陽後來有本貼心小文集叫《將錯就錯》，說的不是 positive 與 negative freedom 的釋義，卻不妨且作如是觀。

三、

Berlin的自由是緣分兩面體，跟Sliding door一樣溜滑，漢文世界裏的「積極」「消極」（又或「否定」）根本不可能得其三昧，我倒想起魯迅周作人的一段翻譯恩仇，知堂老人數十年後知堂回想，其境依然歷歷：

> 大概我那時候（一九零六年至一九零七年）很是懶惰，住在伍舍裏與魯迅兩個人，白天逼在一間天席的房子裏，氣悶得很，不想做工作，因此與魯迅起過衝突，他老催我譯書，我卻只是沉默的消極對付，有一天他忽然憤激起來，揮起他的老拳，在我頭上打了幾下……

周作人negative，故「消極對付」；魯迅「憤激」，便positive起來！可是「積極」和「消極」如此一雙孖寶，前置於「自由」之上，其意涵何在？就是捧讀Berlin原本，也不容易頭緒明白。當年在倫敦踏進學院前，已然讀過《Two Concepts》，可未有想過精研深探。台灣友人挑論文導師挑了剛從牛津過檔來的John Gray，那時Gray早已刊行《Isaiah Berlin: An Interpretation of His Thought》好一卷，順理成章開了一課，好像叫 Berlin's Liberalism，我便擠進班裏上課，起首讀的不是 Berlin 而是更早的 John Stuart Mill 的《On Liberty》，即嚴復水磨功夫譯出來的《群己權界論》。嚴復此卷〈譯凡例〉起首說：「里勃雨特（Liberty）古文作 Libertas。里勃雨特乃自由之神號，其字與常用之 Freedom 伏利當同義。伏利當者，無罣礙也。」我常以為如此「無罣礙也」頗有 Berlin's negative freedom 的味道，尤以政治自由為然：「Political liberty in this sense is simply the area within which a man can act unobstructed by others.」這種簡明申義必然吸引一路走來的共和國人，縱然此義不無 selective abstraction 之可疑，事關由 J. S. Mill 到 Berlin 寫的都是 man of letters 的 essays，既時刻咳珠唾玉，間亦沙石俱下，動人的 rhetorics 掩蓋了不少論說之不周延，也玉成了許許多多的心事詮釋，聚誦不衰。那年 John Gray 課上的一位同學是自由美利堅的退休軍人，漂洋過來讀書，笑謂 Mill 和 Berlin 出口成文，務必禮聘一位好心編輯，編輯編輯，tie up the threads, share a bit the feathers。說得真好。

Berlin 成了阿「伯林」後，其著作漢譯幾全收進譯林出版社《人文與社會譯叢》去，主編人是清華的劉東，前陣子在訪問中說：「閱讀伯林對我們是一種開始」。開始了甚麼？

四、

劉東說，由閱讀 Berlin 而開啟一個偉大的閱讀運動，頗見知識人的氣血，彷彿閱讀可以變奏共和國智性道德上的陣陣哀弦。其實我這位本家從來是過來人，六月四日悲劇前他是《走向未來》叢書後期編輯，後來叢書跟年輕人一起夭折，走不到未來，其開啟閱讀西學之志業未必偉大，但必然朝氣旭日，是天安門廣場上早晨九時正的太陽，我也曾收了許多種，篇幅小，文字生澀，多不好看，打頭陣是金觀濤夫婦寫的《在歷史的表象背後》，拼湊之跡顯然，今天不可能贏得學術掌聲，但卻是差不多三十年前大家舉頭賞望的月光——此生此夜不長好，明月明年何處看？

劉東多年後掌的兩陣譯叢算是那明年的月光吧，除了《人文與社會譯叢》外，便是江蘇人民出版社《海外中國研究叢書》（後改名《系列》），主打英文世界的漢學好書，我差不多見一本收一本，不忍釋手，因讀漢學書最煩人的是將人名地名典章制度文物與乎引文的國貨還原，務必參照中文原文來讀才靠譜。Berlin 不是我國國貨，舶來文章思想的翻譯，過淮為枳後的味道如何？我從來狐疑。劉東在清華辦的「以賽亞．伯林與當代中國」會議上宣讀的長文上有一段語帶相關：「說白了。在這個萬馬齊喑的物質主義時代，正因為太過『低調』，沒有能夠超出一己之私的民氣可用，也磨合不出必不可少的公民文化，人們根本是『消極而不自由』。」我笑笑，negative but not free，我明白，但那個「消極」跟 Berlin 的 negative freedom 無關，就算 Berlin 思想廣披赤縣神州，又如何藉此調校出那可用的民氣？思想與社會的牽繫從來詭譎，雖然陳先生〈贈蔣秉南序〉曾謂歐陽修「晚撰五代史記，作義兒馮道諸傳，貶斥勢利，尊崇氣節，遂一匡五代之澆漓，返之淳正」。我怕這種因果關係屬一廂的情願。Berlin 在史觀上是多疑的狐狸，他在《Philosophy and Government Repression》上坦言，暴政凌虐與哲學思想蓬勃凋零之間並無 genuine correlation，歐洲思想史上早已有徵，事關 in philosophy only the first rate are of use，而一眾刻苦辛勤為學為譯的 plodding, competent, solid workers 怕只會是思想異采的 positive obstruction，這種 positive 卻是很 negative 的遺恨。

五、

昨天今天共和國哲學界都寒傖，不是孜孜譯介西方求法所獲經典及其註疏，便是矻矻重申新舊儒學，自樹新義自為如來，千奇百怪，由陳來儒學本體論到杜維明第三期儒學復興說，莫不盡顯創造性衍化本色，有識者自笑而不答。我總想到 Berlin 的黠慧語：In Philosophy only the first-rate are of use! 共和國尚未見有如此 first-rate minds，萬馬齊喑是無可奈何，也不必盡責罪暴政暴秦吧。

牛津林先生常笑我一目十行，走眼便多，是是是，故好心趕緊傳我新近出土的一篇 Berlin 講話，那是二十年前的十一月五日 Berlin 獲多倫多大學頒授榮譽學位（哎呀，誰叨誰的光？），禮賢寫下的 short credo，由他人登壇宣講，畢竟那年 Berlin 已八十有多，口舌可能不再便給，但卻還有朱子般的晚年定論：「Men have for millennia destroyed each other, but the deeds of (mass killing)... pale into insignificance before... the oppression, torture, murder which can be laid at the doors of Lenin, Stalin, Hitler, Mao, Pol Pot...」毛氏之流僅堪與波爾布特一眾歹人同科，Berlin 遂嘆謂，這世代只可能是 the worst of time，不可能也是《雙城記》開首樂觀洋溢的 the best of times。

我城尚可喜，既見一眾庸官的 worst 嘴臉，亦見清新可羨學生的 best 借箸代籌。當然暴政暴秦庸官暫且窮兇極惡，僭尊位而色厲，對話云乎，更恐是緩學生之詭計——誰都記得一九八九年對話後的出爾反爾，血染京華！Berlin 二十年前還是樂觀，笑笑點明：Great tyrannies are in ruins, or will be – even in China the day is not too distant! 聽見吧？廢柴同盟！Berlin 這篇講稿也剛刊在新一期 NYRB 上，題目叫〈A Message to the 21st Century〉，事關 Berlin 自知生也有涯，森然道：「I am glad that you to whom I speak will see the twenty-first century, which I feel sure can be only a better time for mankind.」

是耶非耶？我們有幸活在二十一世紀，卻還未有幸見證這個 better time 的預言，可是誰都不願小覷 Berlin 的這個晚年定論。其實 Berlin 最晚年的定論不是此篇，卻說一九九六年，即 Berlin 辭世前一年，武漢大學歐陽康編《當代英美著名哲學家學術自述》，禮請 Berlin 賜稿，Berlin 欣然允諾，遂成《My Intellectual Path》一篇天鵝之歌。Henry Hardy 說：Berlin（then）felt an obligation to address the Chinese readership。其誰曰不宜？

《信報 • 北狩錄》二〇一四年十月十五、二十至二十二、二十七日

Unfinished Dialogue

上、

夜，友儕齊聲感喟，看好心學生跟庸官對話直要悶傻了眼，淡出鳥來，還要只是第一回合，更不知是伊於胡底，抑是韓寒說的後會無期？前者是個 never-ending story，後者卻是 unfinished dialogue 了。Unfinished 只為說不下去，可能是一方不幸早夭，可能是另一方無意說下去，最怕是不想談下去的一方一心摧折清新可忌可妒的青年。試看對談之初，學生清新禮問對座一字排開笑口吟吟的司長局長：「各位必然深悉明德格物的大義，定會跟我們一路在政改上求真？」

座上學生抬舉了位上官人，但官人又有何德何能開其金口應接下去？五官人中四位俱曾枉受薄扶林大學之教——好彩仲有禮義廉我本家江華先生不是校友，甚麼也不是——但不見得俱會明白明德暨格物之間的關係與齟齬。《大學》上沒有將「明德」與「格物」嵌在一起，倒是一頭一尾：「古之欲明明德於天下者……致知在格物。」中間倒裝經歷的是由宏觀到微觀的治國、齊家、修身、正心、誠意、致知等六部曲，非常符合所謂「循序漸進」之宏旨。可是，問題來了，格物以致知後，又如何一步步轉化演進成路線圖上的終極理想：「明明德」？

又甚麼是「明明德」？註疏紛紜，陳陳相因者有之，曲為之說者復亦不少，translation as interpretation，大名鼎鼎 James Legge 將之翻成「to illustrate the illustrative virtue」，甚佳甚明朗，那是十九世紀末 Legge 先在香港砥礪，後在牛津付梓的風華譯筆，似比 Andrew Plaks 二十一世紀初的「to cause the light of their inner moral force to shine forth」來得飛揚自若多了。可是賢如 Legge，因不必為更賢者諱，便逕在箋註中清心直說，不明白「六部曲」如何綴成一線：We are not aided in determining the meaning by the synthetic arrangement of the different steps! 究其原委，格物致知若是 knowledge acquisition，那麼知識如何必然轉化成 illustrative virtue，中間的一環怕是不明不白的 transformation 了。David Hume 老早說過 moral 是一片 argument 或 passion，知識卻是 matter of fact – "ought" is not derived from "is"!

薄扶林大學高明，將「明德」「格物」雙峰並峙，「明德」不必緣於「格物」，「格物」也不必依附「明德」，省去了多部曲，留下一雙玉璧照人。庸官依附暴秦強加多部曲，好分隔沒啥關聯的「政改」與「真普選」，瑕中無瑜。

下、

庸官不願明德不會格物，造藝做手俱難對話下去，更何況是一副心不在焉遊花園的樣子？遊花園是庸官僭尊位、緩學生的 rational 計算，沒有開啟未來開闊天地的道德心胸，進不了清新學生的園地。So far as the creation of moral rules is concerned，reason itself is utterly impotent，David Hume 如是告誡我們。數世紀後 F. A. Hayek 為 Hume 的話下一轉語，索性謂 morality and justice are an outcome of the practical experience of mankind。六月四日的歷史泣血，九月二十八的催淚摧心，廣場上，黃傘下，呼吸動靜，溫習打機，衝撞推撞，自拍他拍俱是 practical experiences，其 outcome 只會是從此不一樣的道德叛逆，溫柔激烈。

十一年前瘟疫虐城，庸政荒腔走板，有人說那時最宜讀卡繆《瘟疫》。今年今日依然卡繆，我城選讀的卻已是他的《叛逆》。我不懂原文《L'Homme revolte》，又好像不見漢文單行譯本，只好引用英譯《The Rebel》：「What is a rebel? A man who says no but whose refusal does not imply a renunciation... A slave who has taken orders all his life, suddenly decides that he cannot obey some new commands.」不是永不認命，而是不再認命，so far but no farther! 也切合我城人一向以來的溫良恭儉禮讓謙卑，但「暴政，請到此為止」。

當然，暴政不會見好止步，奢談對話怕是試探得寸好進尺的無賴底線，不見得會好心腸 to finish the dialogue。Isaiah Berlin 著有一本叫《Unfinished Dialogue》，紀錄了 Berlin 晚年跟波蘭智青 Beata Polanowska-Sygulska 十多年來斷續的對話和來鴻往雁，彷彿是黃金時代裏蕭紅蕭軍跟魯迅的一番忘年因緣對話。話說 Beata 初回冒昧馳書 Berlin 問學，Berlin 回了一封六頁長信，信末寫道：「Let me now say how grateful I am to you for taking my work seriously and for writing to me the letter that you have」，然後欣然邀請 Beata 到牛津盤桓一兩三月——「in which case I could talk to you freely（in the negative sense）from time to time」，那是張三丰從武當山巔發下來的一帖請柬，日期是一九八六年二月二十四日，Beata 還在 Krakow 大學研究院寫論文，題目當然是 Berlin 的 liberty 理論，那是當代世說新語不容或缺的一段。Beata 果然於是年七月跌跌撞撞來到牛津 All Souls College，見着 Berlin，劈頭問的是一條很深的問題：Is there any hope? If so, when is IT going to happen?

那夜，學聯諸君心裏想的合該也是如此問題，但沒有下問五庸官人，因為他們答不上來。

《信報・北狩錄》二〇一四年十月二十八至二十九日

法治奄列

大律師公會高眉，新近就法院禁制令風雨所發聲明下筆自亦高眉，以 Berlin 新出土文章收結，《信報》和《南早》好像俱狠心略去了，那是二十年前 Berlin 於多倫多大學未曾親口宣讀的講稿，題作 Message to the 21st Century，小欄之前 Berlin 微鼈系列小結篇上淺淺提過，惟所倚重者各有不同。公會聲明引的是一截搞鬼的蛋與奄列，Berlin 說「And in the end the passionate idealists forget the omelet, and just go on breaking eggs.」公會接着說「the Rule of Law is definitely Hong Kong's all-too-precious-egg」，筆下與心上一般沉重。

Berlin 的寓言緣於他一貫的 value pluralism，不相信世有單一終極人人歡樂擁抱的 single and overarching ideal，不相信 Enlightenment 以來的一派自信樂觀，故他苦口婆心，彷彿勸告黃傘下的我們：「But you must believe me, one cannot have everything one wants – not only in practice but even in theory.」我們自然明白，因此獅子山下、飛鵝山上亮出的黃幡才沒曾寫上「結束一黨專政」的撩人口號——We are not asking for everything。

如 Berlin 有知，也會同意公會的引喻嗎？我疑心他或會嘻嘻一笑，側目詰問：Does "all-too-precious" mean "single and overarching"？然後便細步隱入蒼茫的思想史中。

我很愛讀牛津大家 Joseph Raz 差不多四十年前的舊文〈The Rule of Law and Its Virtue〉，收在文集《The Authority of Law》裏，初版一九七九年，三十年後印的第二版依然保有此篇，紋絲未動，文中說近世東南西北左中右，莫不爭相擁抱 the Rule of Law（當然共和國自又除外，她心上的永遠是「依法治國」），眾口爭傳幾成「the promiscuous use」-promiscuous 是既濫且淫吧！Raz 不忿道：「Not uncommonly when a political ideal captures the imagination of large number of people its name becomes a slogan used by supporters of ideals which bear little or no relation to the one it originally designated.」君不見當日人大大剌剌自由釋法，我們便站在終審法院前為法治默哀，今天傍晚又有法律人走到高等法院門外哀嘆溫柔激烈的黃傘運動嚴重衝擊我城法治。

可是在下愚魯，常以為只有權貴才能摧毀法治，從未聞公民可與法治為敵，不如一切請循其本。

「請循其本」是追始溯源，即追尋 Raz 心上那「the one it originally designated」，可是 Raz 在文章裏沒有如是我尋，倒是輕輕巧巧引了我非常愛誦的 F. A. Hayek 的一截慧語：「stripped of all technicalities, (the Rule of Law) means that government in all its actions is bound by rules fixed and announced beforehand...」這是一款 logical and formal 定義，幾乎沒有內涵，但吃緊處是點出 the Rule of Law 徹頭徹尾是志在制約政府權力的設計，不在防範人民。反轉那張通花織錦來說，法治是在 empowering we the people！試問如此邏輯上公民又哪能衝擊法治？當然今世俗人多，胡亂撮拾己之所欲以敷成口邊唇上的「法治」，好方便罔責不識相的對手，斥其罔顧、衝擊、殲毀法之大治，那是種可口又可怕的 interpretation in the beholder's favour-Hooray for our side！

我們古共典高眉，仰望法治當要上溯 A. V. Dicey。Dicey 的書《The Law of the Constitution》是憲法學 Canon，法學院一年級新生總要翻過讀過半鱗半爪。Dicey 未必是自鑄偉辭 the Rule of Law 的近世古人，但他的書卻將此理念鑄成 common currency，廣披英美及其殖民地。書是 Dicey 牛津講義編纂而成，第五講講的便是 the Rule of Law，其義有三：其一，the absolute supremacy of regular law as opposed to the influence of arbitrary power；其二，equality before the law；其三，being the consequence of the right of individual as defined and enforced by the Court。諸義細微奧妙處各位開卷自尋好了，恕不贅。劍大John Allison一向批評Dicey甚力，去年卻勞苦功高編成兩大冊牛津版Dicey憲法學，頗有歷史鈎沉之姿，卻依然critical，那才能不負源頭活水，讓憲政一路changing，一路moving。

可是縱然一路走來，觀念變遷尚應恪守coherence和distinctiveness兩大virtues，將制約政府權力的Rule of Law伸延成市民守法有責，實將法理學上the obligation to obey the law悄悄從後門引入，有意無意間將法治inflated起來，神采頓失，having its virtues blurred。從制約公共權力擴延至公民守法，其間實少了邏輯上的連繫，損了coherence；將兩款道理勉強擠在一處，損了distinctiveness，磨去了論辯的逼人鋒芒，君子不必取焉。

因是之故，我年前讀英倫鼎鼎大名大法官Lord Bingham的小書《The Rule of Law》便有點心不在焉。何以故？

Lord Bingham在書上自然欣然上溯Dicey的古典理念，且給其一個當代表述：「（The Rule of Law）is, I suggest, that all persons and authorities within the state, whether public or private, should be bound by and entitled to the benefit of laws publicly made...」彷彿又將權力制約跟公民守法嵌在一處，跟他原先於二〇〇六年在劍大 Sir David Williams 講座上的主張竟有不同。那年他一口氣列出心上法治的八大原則：其一，法律必須清晰明白公開；其二，權利的紛爭必須依仗法律解決；其三，法律之前人人平等；其四，法律必須保護保障基本人權；其五，公民須有訴諸法院的有效渠道；其六，政府及一切公職人員必須合理行使法律所賦權力；其七，法院司法必須公平公正；其八，政府必須凜遵其國際承諾。

一切無不針對政府及公共權力，步步為營，縱觀其後依此擴展成書的《The Rule of Law》，亦步亦趨，換成了書上的八章論說，不曾見有要求公民守法的新篇，那麼「all persons...within the state, whether public or private, should be bound...」遂無有着落處。Private persons 沒緣得沾公共權力，故不能與 the Rule of Law 拉上 binding 的關係，說公民違反法治是 analytically and synthetically inept！惟權貴方可摧毀法治。

將公民守法有責（no right to disobey!）強行納入法治之內，最少招來兩個壞處：其一，此「法治」既限制政府權力，亦限制公民權利，沒有區分 power 和 rights 的不同性質與意涵，前者是一種 resource，後者卻是一種 claim 或 entitlement，彷彿是催淚彈與「我要真普選」之不能同科；其二，此「法治」隱去了政府跟公民違背法律的大不同影響。前者擁龐大資源，可資遮掩過失，阻礙公民追究責任，遺害天下；後者縱然集體違法，卻會瞬間暴露在政權合法非法的權力武力之前，未能燎原，星火已滅，是以如此 inflated 的「法治」是 consequence insensitive，失去了應有的道德份量，泰山鴻毛，不分輕重，trivial！

公會憂心年輕人違法搗蛋，渾忘了法治奄列，然而，如果 the Rule of Law 在知情者口中也意理混亂，那只會淪為 Lord Bingham 厭棄的 meaningless verbiage, the jurisprudential equivalent of motherhood and apple pie，哪來奄列？愚忝為公會會員有年，愛之深，叨念自多。

《信報 • 北狩錄》二〇一四年十一月三至五日

What is Re-enlightenment?

黨國高官領導恆愛厚生澤民，吐氣蘭馨，古事今典，新意舊情，綿綿汩汩，面一層，裏一層，我最心領神會。日前又有「再啟蒙」一語，我讀來鬆毛鬆翼，暫作解語花。

我城人仔素來蒙昧，自須獲高人袪蔽啟蒙，否則一直傻乎乎給蒙在鼓裏，一再當其特區阿蒙。試想其言不是「啟蒙」而是「再啟蒙」，意即最少已曾經歷一趟啟蒙，彷彿《三國志．呂蒙傳》上載，魯肅見呂蒙已篤志力學，遂拊其背曰：「吾謂弟但有武略耳，至於今者，學識英博，非復吳下阿蒙。」呂蒙笑曰：「士別三日，即更刮目相對。」我城人仔何只三日，七十九日耳！

「再啟蒙」是叫你我再接再厲，勿忘初衷。「啟蒙」初衷為何？那是大哲康德在一七八四年一力追尋的問題，遂有大文（英譯）〈An Answer to the question: What is enlightenment?〉，文章開首不只點題，更是往後的 motto: Enlightenment is the human being's emergence from his self-incurred minority!「Minority」是劍橋版《康德著作集》Mary Gregor 的譯法，原文是 Unmundigkeit，我依稀記得舊譯作 tutelage，略好

會意，然而康德緊接下一註語，明明白白：「Minority is inability to make use of one's own understanding without direction from another.」要擺脱的是不知就裏懶惰的逆來順受，認命受命。Sapere aude! 那是康德為你為我援引的賀拉斯金句，意為 Dare to be wise！不能忘卻的初衷是 Have courage to make use of your own understanding！那才是「啟蒙」。「啟蒙」然後「再啟蒙」便成了一脈綿綿無盡期、憑自力的立命立心，因此沒有 enlightened，只有 enlightenment。康德提醒我們：If it is now asked whether we at present live in an enlightened age, the answer is: No, but we do live in an age of enlightenment! 拿開雨傘，抬望眼，藍天下立着一個已開其端的啟蒙時代，有你有我有情有花有草有地有微笑。

若問是否另有一種「啟蒙」專門教人聽話，教人好好收斂心智，拳拳服膺於 the constant control and rigorous discipline by some authoritarian elite – a state? Isaiah Berlin 大聲舉手説：有！那叫 Counter-Enlightenment，不絕於史，史不絕書。

《信報 • 北狩錄》 二〇一四年十二月二十二日

Ulysses Bound

我城二十七位代議士聯署明志，司長說是「捆綁聯署」，禮義廉大佬則說成「捆綁表態」，有是有不是，惟遣詞用字未及優雅古典。二十七子的聯署自是捆綁，但不是bundled 式的活兒，卻是 Ulysses Bound 一般的 Pre-Commitment。

這位 Ulysses 跟 James Joyce 無關，卻是史詩裏那位救了 Helen，焚了 Troy 城的大人物，在回家的海途上，怕半女半鳥的 Sirens 以迷魂音色蠱惑人心，叫一眾船員滴蠟封耳，又將自己捆綁在桅柱上，吩咐手下人莫要聽其號令鬆綁，否則船毀人亡。社會科學百曉堂堂主 Jon Elster 憑此先後寫過兩本小書，探索 Ulysses 自我捆綁式 Pre-Commitment 的幽玄曲折，先一本叫 Ulysses and Sirens，後一本叫 Ulysses Unbound，中間隔了二十有年，誠念念不忘。Elster 著作等身，雖然偶爾略滲水份，但依然奪目好看，他的 pre-commitment 理論詳細卻不麻煩，要而言之，我們的 pre-commitment 是刻意削去了未來的選擇項（option sets），又或將未來的選擇項變得代價奇昂（lifted cost）不划算，最日常的例子是男人擇偶結婚，好讓將來見異思遷，捨她而去（a.k.a 離婚）的代價付不來，遂有穩定（快不快樂是另一回事了）的家庭生活。二十七子在鎂光燈前信誓旦旦，為的也是增加將來轉軚反悔的代價，好處是也許到時代價太大，真的付不來，便一心恪守pre-commitment好了，來個言行一致！退一萬步來說，若然有朝轉軚，則其所獲好處必然更高更大，比那 lifted cost 更大更高，如此事先張揚，黨國特府若要籌票買票，便得更付一城，因此 pre-commitment 也不失為賭桌上的一款 strategy，進退之間，未可言詮。

Elster 的理論也影響了法律學者如芝大 Stephen Holmes 和 NYU Jeremy Waldron 的研究，他們究心的是 pre-commitment 跟 Democracy 之間的齟齬，又要而言之，今天二十七子如 Ulysses 般自縛桅柱，若博弈不變，他們 bound 的是自己，也 bound 的是他朝政改投票時的民意，paradoxical？Paradox 沒有甚麼不好，我們偶然也得依靠 paradox 來堵截制度上的詭變。美國一九四三年出了大大有名的 the Flag Salute Case，裏邊 Justice Robert Jackson 有如此一句鏗鏘判詞：「fundamental rights may not be submitted to vote: they depend on the outcome of no election!」

Ulysses 歸途中危機四伏，我城妖獸都市，Sirens 只是群魔之一，小心！

《信報 • 北狩錄》 二〇一五年三月十七日

Magna Carta 800

我城世道已然滄茫，是非對錯的譜兒恆常飄忽風轉，指鹿為馬，指馬為鹿，彷彿樂此不彼。從前世道總不必如此，我也不是死戀不知有漢無論魏晉的桃花源，只是心上曾有還有那伊人蘇麗珍。王導鏡頭下的蘇小姐前後四度出場，《阿飛正傳》裏賣汽水的荳蔻小姑娘，《花樣年華》裏深巷間連外帶雲吞麵也穿花樣旗袍的內斂尤物，《二零四六》裏花開兩枝，是記憶中飄過的一縷永恆倩影，也是現世風塵現身的金邊職業女賭徒。前三者俱鮮活於過去——一九九七之前吧，待來到那夢魘一般的二零四六，曼玉小姐不捨不捨還得遠去了，換來深沉憂傷賭場內外恆帶着黑手套的鞏俐，伊自是共和國過來人，從一大片火燄紅高粱地翩翩走過來，既菊豆亦秋菊，新近是一心盼望夫君陸焉識歸來的善忘女人——由張曼玉而鞏俐，雖然也叫蘇麗珍，卻已是風雨故人來，既 fact and fiction，復 myth and history，一切如我城般不能無恙。那天我在 Bodleian 新翼 Weston Library 的 Marks of Genius 展覽中看到那張一二一七年的 Magna Carta 時，胡思中浮起的正是這紛紛亂亂，繽繽紛紛。

從前殖民宗主不肯授小兒輩不列顛古今史，怕識史者心懷史識吧，可卻曾在小學社會科上不經意地淺露過一手，那叫一二一五年由英皇約翰頒下的大憲章，破天荒申張小民的草莽權利，約束的竟是專制尊貴的泱泱皇權，遂奠下往後大英聖人垂衣裳而天下治的基業，還一派呼應 Magna Carta 的古典漢譯——《漢書．藝文志》上說的「祖述堯舜，憲章文武」！

我那年月雖還是懵懵然以為英皇約翰即是「英皇御准」的遠親近鄰，卻已深深受教，懂得憲章憲法神聖不可侮，乃國之大本，更是人民權利權力之所本焉，由殖民地年月的《英皇制誥》到後來我城的《基本法》俱屬小寫的 Magna Carta，一樣輕侮不得。然而，在 Weston Library 裏細看那張 Magna Carta 邊的解說，方曉得那 King John 是大英史上惡名昭彰的暴君，只因兵臨城下，無計無奈，才跟諸藩主 barons 立下如斯一紙 Carta，且那 Carta 也少了書上說的煌煌傳奇。

我在 Weston Library 看到的 Magna Carta 是一二一七年那件，不是一二一五嗝！別問我是誰！今年是八百春秋不可不祭，一二一七亦無所謂啦！況且一二一五那件所謂大憲章既無煌煌歷史，怕只有日暮辭廟的倉倉惶惶！都說當日英皇約翰因一眾藩主 barons 兵臨城下，自知戰無可勝，唯有頹然憒然跟叛將（barons turned rebels）締其城下之盟，因此 Magna Carta 並非聖人賢君為身後萬世基業而作的 visionary advancement，卻是陛下不得不爾對爾等不馴叛將所作的 necessary concessions，史上說約翰皇締約時「咬牙吞聲，目眦欲裂，折枝狂噬」（gnashing his teeth, scowling with his eyes and seizing sticks from the trees, began to gnaw at them），鬼咩，那年約翰皇甫自法蘭西兵敗而回，一身是債，惟務開徵征賦，刀刀劈向各地藩主，藩主利害所繫，不甘魚肉，聯手起兵，直搗倫敦，挾天子於泰晤士河畔的 Runnymede 訂下 Magna Carta，因此 Magna Carta 裏篇幅至長至詳的是賦稅徭役及藩主財土分配的婆婆媽媽，不是垂澤萬世的文武憲章，卻是一時息事寧人的和約，那張蠅蠅寫滿拉丁文的羊皮上也真的沒有 Magna Carta 二字呢！

後世的歷史想像和近代庶民的偏心，眼光惟聚焦於一二一五年六十三段文本中的第三十九及四十段，英譯如左：

（39）No Free man is to be arrested, or imprisoned, or disseised, or outlawed, or exiled, or in any way destroyed, nor will we go against him, nor will we send against him, save by the lawful judgment of his peers or by the law of the land. （40）To no one will we sell, to no one will we deny or delay, right or justice.

裏邊沒有 personal freedom，due process，jury trial，更沒有 parliamentary sovereignty，rule of law，可是我們於此總隱隱然看到 modern democratic governance 的那線光。

我在 Weston Library 所見的一本為甚麼是一二一七？事關 Magna Carta 締訂後不旋踵，約翰皇在 Pope Innocent III 撐腰下反悔起兵，不必釋法，即撕破臉皮，又撕破和約，內戰旋啟。好彩一年後 King John 和教宗雙雙適時歸西，煙硝止歇，幼主 Henry III 繼位，跟諸藩主先後三度修訂 Magna Carta，遂有往後一二一六、一二一七及一二二五共三本，我剛在 British Library 裏歡喜看齊了。

一二二五年那本 Magna Carta 曾經滄海，不只載入史冊，更於一二九七年愛德華一世治下邁入大不列顛首部 Statute Roll 中，真正成其成文之法，後雖屢經變裂播遷，其第二十九段（即上文所引一二一五年本第三十九加四十段）卻於今尚存，人權公法大狀於庭上還會欣然引用，其鋒鋭絲毫不減，那麼合該待二〇二五年才慶祝八百春秋吧？大英圖書館不作如此想，她的「Magna Carta: Law, Liberty, Legacy」大展於三月二十一日即高興開鑼，我欣逢盛會，看完 Weston Library 一二一七的一件，又可細賞自原祖一二一五以下各本 Magna Carta 的 surviving copies——其實 Magna Carta 各種真身法相並無足觀，只是滿身中古拉丁的 single sheet of parchment 而已，遠觀近看，無非嗡嗡蠅頭，彷彿不及同代敦煌寫經卷子好看，可是 Magna Carta 既是歷史更是神話，最可供後世人深情想像，讓近代現代的法治思想尋着優雅的古典源頭。文必秦漢，詩必盛唐，那自是高屋建瓴，可是我們不也最愛上溯詩騷春秋的 classical pedigree 嗎？因此 British Library 的大展精彩處是將展品和歷史想像延至美國獨立宣言，美國憲法、法國大革命宣言、國際人權公約乃至 Nelson Mandela 一九六四年 Rivonia Trial 上的自辯辭〈I am Prepared to Die〉：「The Magna Carta, the Petition of Right and the Bills of Right are documents which are held in veneration by democrats throughout the world!」Mandela 如是說得吐氣如虹，早讓法治理想連成古今一氣，任花開遍地，花馨遍地。然而，Mandela 的自辯沒有讓他脫罪，換來的卻是未來二十六年冷牢鐵窗的消受，一如 Magna Carta 之後，世上還有無數暴君暴秦；《基本法》之後，也還有數不盡的劫數，但你我理想仍如盛開的雨傘，亭亭如蓋，恰在風雨如晦的日子裏最閃最亮。今天春盡更寒，我們也來笑擁 Magna Carta，一簑煙雨任平生。

《信報 • 北狩錄》二〇一五年四月十三至十五日

黃傘風雨後，我未等輕塵

一、

文題上半截敬採自《信報》林先生〈黃傘風雨後　夕照泣鬼神〉，我不信鬼神，只信我城有鬼，魑魅魍魎，不懂不會堂堂鬼哭神號，卻最懂最會奸佞鬼祟，此時也，還要擺街站，講鬼話：「保普選，反暴力。」前一半容我拭目以待，最好刮目相看，但後一半分明誣衊栽贓，含血噴人。如若舉頭三尺有神明，怎能袖手低泣？

前兩天酒喝得兇，滿頭 hangover，起來已錯過了進一步多媒體《幾乎是，革命》首映，一窗微雨，更過意不去。江小姐，罪過罪過啦，月前已拜讀過你的小小書《黃絲帶與革命及小雞蛋》，從此我每趟回倫敦，路過 Portland Place，總要想像你如何執紙皮，睡露天，硬抵死撐對面共和國大使館釋出來的冷冷寒流，呵呵。

江小姐的小小書寫來順心不順序，沒打算三十年社運細說從頭，鏡頭拉開處是七十九天政府總部外的磨磨蹭蹭，然後是遠近高低的跳接，出場的社運人物排名不分先與後，吳仲賢剛飄過，然後上場的是曾澍基，再然後是「二〇一四，曾澍基也離去」。在他們之間，有司徒華。二十年，一代社運領袖灰飛煙滅。一個年代星沉影寂，遠去了。」彷彿是恢宏故事不張揚的電影 trailer，可會是我錯過了的《幾乎是，革命》的幽幽預告篇？

黃傘運動預告些甚麼？數月來文字和影像紀錄紛紛次第登台，回顧預告，間中還有詩！我城詩人廖偉棠新刊了詩影集《傘托邦——香港雨傘運動的日與夜》，擁卷而看而讀，略嫌留白處少，掩了餘韻，我獨鍾情前些日子引錄的那首《十二月始冬雨．詩贈絕食少年》：「江湖飛凍雨，灑淚傷同袍。少年何為者？莫許對酒老。」

我奇怪，廖偉棠更新近的《半簿鬼語》，收的雖是早一點點的詩與文，卻更切合黃傘的風雨弦歌，如襲自魯迅的《墓碣文》：「記下，孩子，記住這一切：於浩歌狂熱之際中寒；於天上看見深淵。於一切眼中看見無所有；於無所希望中得救。」

不瞞各位，小文文題也是化自魯迅詩：「故人雲散盡，我亦等輕塵。」

二、

魯迅不光是暗黑，年輕時更曾心灰：「故人雲散盡，我亦等輕塵。」那雲散不存的故人是范愛農，魯迅知彼如己，嘆喟「蓋吾輩生成傲骨，未能隨波逐流，惟死而已。」范愛農於一九一二年失意間無端溺水而死，魯迅疑心他是「獨沉凜冽水」，憤然自絕於世。

我們今天未必明白范君的去留抉擇，即如黃傘人仔去年七十九天及其後的抉擇，也不會盡為濁世俗人所了解。許寶強在另一本進一步小書《常識革命：否想「雨傘運動」的三宗罪》上平實地道出：「建基於『現實政治』的論述，顯然遠離了數以萬計的青年民眾甘願風餐露宿，甘冒被捕被打風險，直面催淚彈胡椒噴霧的精神狀態。」可圈可點自是那丹青難寫的「精神」，然而許氏稍後釋之為「義憤填膺」和「良知人性」卻似太寬太泛，我寧取兩週前余英時先生為其舊作新刊《中國與民主》（竟是天窗出版！）所寫的幾句高蹈卷頭語：「二十世紀初葉以來，民主始終是中國絕大多數人所追求的普世價值，即使在一黨專政的今天大陸，為爭取種種權利而組成的集體抗爭不但隨時發生，而且遍及全國各地。」想想劉曉波、李旺陽、趙連海、陳光誠諸君子，大概除了那份精神上的執着，我們絕不容易想出其他理性的理由吧。其實余先生早在一九八四年的一篇《文化建設私議》中已點出文化的精神層面自有其「自性」，不盡為人生的物質、制度和禮儀所左右決定，是以余先生提出人文修養方為社會發展之本，彷佛 secular 的政治茁壯於 sacred 的道義與精神。

台灣友人執教上庠，去歲出入太陽花海，我素所欣羨，前陣子在《思想》「太陽花之後」專號上寫了一則「三一八」運動哲學側寫，結尾處不無巧合：「筆者參與三三零凱道五十萬人遊行時，體會到了一個彼此合作，充滿希望與和平的公民社會正在崛起，或許不如奧古斯丁眼中的上帝之城，但卻同樣具有精神聖性……」

這種世俗與神聖的綰結，許是玄奧的「天人合一」，我想起文天祥有名的一句：「天地有正氣」。

三、

人生如寄，輕若浮塵。魯迅一生不忘死結，吟過「我亦等輕塵」後又十餘年，寫的篇篇《野草》，夢中必有死，死中多有夢，如《墓碣文》收筆處墓中死屍忽爾坐起，口唇不動，腹中有語：「待我成塵時，你將見我的微笑。」

田橫及其死士也會奮起，也會微笑。想當日田橫兵敗於韓信，率徒屬五百餘人入海，居島上隱世。高祖為王後，懼而召之。田橫佯奉詔歸來，實恥之，途中自剄而令客奉其頭以見高祖。島上五百士聞田橫死，亦皆自殺。太史公《田儋列傳》贊語曰：「田橫之高節，賓客慕義而從橫死，豈非至賢！今因與列焉。不無善畫者，莫能圖，何哉？」

說死士，我只會想起田橫五百，因此在進一步另一書《佔中，我識條鐵》中一再見作者以「死士」自稱，我笑了，略見作者自我感覺良好得過了頭——黃傘人仔你我他精神酣暢，大概不會飲茶時跟老爸老媽說，走出來是為了「跟梁振英政府玩鋪大」、「跟中共政府作對」。後一句劉曉波、趙連海、李旺陽、陳光誠諸君子可以清心直說，餘人不必吧，怕田橫會笑，太史公會笑——最怕讓周融之流也有理由可笑。這小書跟進一步最新的大度書《街道上．帳篷人》精神面貌迥異。《帳篷人》是個個人仔眾聲喧嘩現身說故事說心事，繁花聚散，瓣瓣初衷，篇篇中俱有「我」字，卻近乎無我之大境——大境不是大台，漫遊浪蕩過黃傘境地的人仔，who did care那大台？

當黨國特府加左仔力指黃傘人仔給組織、給召集、給煽動之餘，若再有同道人努力放大「小我」，揚言「鐫刻」歷史，則許寶強君所道出的擔憂正堪一憂再憂：

「除了產生為不民主的政權和制度暴力塗脂抹粉的效果外，還取消了民眾的主體能動（agency）和多元訴求。」

《帳篷人》裏有一篇叫〈腰骨、即興與革命〉，作者鍾勵君彷彿是太史公心上的「善畫者」，其詞曰：「可是雨傘革命呢……甚至根本不叫集會，因為走在一起的人，大部份都是自發走到同一個地方，然後就自然地結聚在同一個地區。」

「我」未等輕塵，正因為「我等」未輕塵。

《信報・北狩錄》二〇一五年五月十九、二十及二十六日

不怕鬼的故事

噢！上週解放軍副總參謀長 Admiral 孫建國在新加坡香格里拉峯會上怒曰：「中國和中國軍隊歷來不怕鬼不信邪，服理不服霸，信理不信邪……」我翻遍那天的 FT 和《南早》，一心仰望如何形神俱俏翻譯過來，卻居然遍尋不獲，彷彿應了某人那句風涼話：「捉到鹿都唔識脫角！」莫非鬼佬竟不知道「不怕鬼」是滿有 political connotation 的鬼話？讓歷史回帶五十四年，即一九六一年，那年一月何其芳編成了《不怕鬼的故事》，更寫好了小冊子的人間序言，直道是政治響應之作：「我們開始編這個小冊子，是在《人民日報》發表了《毛澤東同志論帝國主義和一切反動派都是紙老虎》之後。」毛氏口中的帝國主義紙老虎自然笑含當年和今天的亞美利堅，即「樣子是可怕的，但是實際上沒有甚麼了不起的力量」。何其芳整篇序文嚕裏又嚕唣，翻來覆又去，彷彿是念書不成的愚公不移山時的喃喃自囈，哪像是早早年寫過《畫夢錄》兼長詩《成都，讓我把你搖醒》的詩人手筆？由少年至中年，我還記得《成都》上的幾句：

而成都卻使我寂寞，
使我寂寞地想着馬雅可夫斯基
對葉賽寧的自殺的非難：
「死是容易的，
活着卻更難。」

何其芳那年月已貴為中國科學院文研所所長，活着容易抑更難？端看他是真的癡愚頑，還是假惺惺的逢君之惡低趣味了。一九九六年中央文獻出版社刊行《建國以來毛澤東文稿》第九冊，和盤托出《不怕鬼的故事》實為毛氏下旨編纂的御書，連何其芳的序文也數度上呈以供御覽，一改再改，最後一件毛批如是我云：「此件看過，就這樣付印。付印前，請送清樣給劉、周、鄧、周揚、郭沫若同志一閱，詢問他們是否還有修改的意見。」名字串上的諸君縱然不怕鬼，也要怕毛，應該乖乖沒意見吧！我看過文稿寫真後，其實舒了口氣，暗惴怪不得序文醜陋，難以何其芬芳——其實，我一心只為詩人諱，惟願相信《何其芳文集》第六卷上的評論文字俱經黨委阿爺篇篇竄改，筆筆畫紅，一如共和國近日在南海華陽礁、赤瓜礁大興水上土木，心中有鬼。

在海礁上堆土築島，還不是預備他日見鬼打鬼？不怕鬼但重視鬼，活脱是《不怕鬼》序文上的兩句：「毛澤東同志的這個在戰略上藐視敵人的思想，總是同在戰術上重視敵人的思想一起提出來的。」矛盾統一囉。

怕與不怕鬼也得談鬼詠鬼，周作人一九三四年《所謂五十自壽打油詩》其一頷聯云：「街頭終日聽談鬼，窗下通年學畫蛇。」當然知堂志不在預早嗤笑毛氏擂着胸膛説不怕鬼，卻是不羈的吾道最孤，自然入選不了《不怕鬼的故事》。

《不怕鬼》挑的不怕鬼故事，不少採自《太平廣記》，這部封建大書乃宋太宗太平興國年間李昉開館奉命輯纂而成，內中志怪、妖異、人神鬼魅無不編收，光是談鬼之部已有足足四十卷之數，即由卷三百一十六一氣直抵卷三百五十五，裏邊的鬼有不可怕也有絕可怕，隨手拈來，如卷三百一十八〈楊羨〉一條：「孝武帝太元末，吳縣楊羨。有一物似猴，人面有髮。羨每食，鬼恆奪之。羨婦在機織，羨提刀殺鬼。鬼走向機，婦形變為鬼，羨因斫之。見鬼跳出，撫掌大笑。鬼去，羨始悟，視婦成十餘段。婦身殆六月，腹內兒髮已生。羨惋痛而死。」好一隻髮面猴死鬼，心腸絕歹毒，暱藏楊羨妻子玉身，立意借刀殺人，復要楊羨悟而斷腸飲恨，猛然如黨國特府拋下 poisoned 政改框框，好讓 pan-democrats 提刀斫之，待婦死胎死直選死，屆時「撫掌大笑」者必眾必夥，是人是鬼？

何其芳的序言上自有黨人的豪語錄：「這些故事都是這樣描寫的：人只要不怕鬼，敢於藐視它，敢於打毀它，鬼就怕人了。」那麼，人耶鬼耶？最可怕的還是人好了！孫建國上將要笑得開懷吧。

差不多在孫上將高叫「不怕鬼」的當兒，另一邊廂美帝國務卿John Kerry於伊朗核談判之餘在法國踩單車炒單車，脾骨散咗，引退會談，fragile得緊，也human得緊。美帝發言人欣謂Kerry「still in great spirits」！何其芳地下有知，或會欣然忘食，笑一句：「Spirits還不是鬼！」且慢，剛於月前歸於道山的芝大余國藩教授大名鼎鼎，「兩腳踏東西文化，一心評宇宙文章」，曾有鴻文〈Rest, Rest, Perturbed Spirit〉，說的正是芸芸眾鬼。

鬼有多種，其名各異，卻也因人而異。

余教授〈Rest, Rest, Perturbed Spirit〉起首即借Mircea Eliade之說，拈出所有鬼故事「of course, are part of the mythologies of the dead and dying」，而在漢語中，如此spirits便計有鬼（ghosts）、神（spirit，god）、靈（spirits，soul，efficacy，the numinous）、妖（monster、fiend、weird、abnormal）、怪（strange、portentous、anomalous、fantastic）、邪（demonic、 perverse，deviant），魔（demons，gobbin，ogre，māra），以至於魂魄，洵洋洋大觀，只差沒有毛氏念茲在茲的 imperialist reactionary。

這一堆靈異鬼怪，總之是 afterlife apparitions，又或竟是 those visitors from the other world 吧，卻偏有生人放不下此生的心事情懷。余文不似何其芳，不取不怕鬼的故事，更飽蘸濃墨於復仇之靈（the avenging ghost），初引的是《左傳．昭公七年》上有名的一段：「及子產適晉，趙景子問焉，曰：『伯有猶能為鬼乎？』子產曰：『能。人生始化曰魄，既生魄，陽曰魂……匹夫匹婦強死（注曰不得善終），其魂魄猶能馮依於人，以為淫厲……』伯有為鄭大夫，襄公三十年被殺，化為厲鬼，預警在指定時辰將要手刃仇人駟帶和公孫段，二人果然依時暴卒！余教授沒有微言大義，只淡淡地道，於此故事史事中可見國人心恃 not only a strenous effort in upholding the strictest state of retributive justice！

余文初刊於一九八七年《Harvard Journal of Asiatic Studies》，談鬼談復仇談報應談 retributive justice，應與時局無涉，可我清楚記得余先生於一九九七年由普林斯頓刊行的大書《重讀紅樓夢》，扉頁題的赫然是：「謹以此書獻給我在芝加哥大學的學生並悼念一九八九年六月四日天安門的死難者。」

六月流火，最宜有雪，難怪毛氏黨國一路以來不怕鬼，也不能怕鬼。一九六一年一月三十日北京市副領導吳晗當然識趣，也隨何其芳之後在《人民日報》上寫了〈再談人和鬼〉，結尾處不慎露了尾巴：「我們是唯物主義者，並不信鬼。但是，也不盡然……也還有個別同志，在理論上不信鬼，但在生活上還是怕鬼，這就很不好。」

魂兮歸來，如伯有焉。

《信報 • 北狩錄》 二〇一五年六月八至十日

A Critique of Violence

一、

連串矚目傷心事件掀來一串還待仔細考量的觀察觀念，「以武易暴」、「制度暴力」、「Sanctioned Violence」俱於常理中的「暴力」前加上深沉閃亮的修飾語 qualifier，改變了、解構了、擴大了，顛覆了原來的常理共識，our minds are stretched, like it or not! 箇中原由，自是原來的一套語言詞彙不敷應用，搔不着說不中眼前劇變的種切。

由至高無上人大大「八三一」不許易轉的框架始，繼有警方明裏暗裏擺正牌的催淚煙水胡椒霧，復有法院為小巴的士頒下的民事清場禁制令，預先張揚預約的 staged 拉人拘捕，乃至薄扶林大學校委會的風風雲雲，高牆的一邊恆久不動如山，還盡享話語權及制度上的 monopoly of the use of legitimate force，而手持雞蛋的我城人仔便順理成章變成衝擊法治的暴民或小混蛋，所謂「self centered spoiled brats who have no respect and consideration for other people's freedom and rights」是也。為了小混蛋的幸福成長，「some penalty such as one day in jail or 100 hours of supervised community service would do these young people a great deal of good!」嘩！說如此重話的人幸虧不是法官，只是前沙田大學的好校長，我們真真愛死 Lawrence Lau 啦！

馬國明馬老闆馬先生聽了，想必會一手捲着 Walter Benjamin 的書，一手指點迷津，謂那 Lawrence Lau 煞有介事的 some good penalties 其實只是 law preserving violence！那是 Benjamin 在一九二一年寫的名篇〈Critique of Violence〉裏的深沉理論。Benjamin 一向不易懂，馬先生也怕我們不好懂，便捲起衣袖，寫了本小書《雨傘擋不住的暴力》，跟前作《歐洲十二國十六天遊》一般，也是 Socratic 對話錄體，扉頁上開宗明義：

An Exposition of "The Right to Use Force" and "A Critique of Violence", Written by Walter Benjamin at the Age of 28 and 29

那年月年輕的 Benjamin 剛在柏林經歷過 Kapp Putsch。Putsch 在德文中可作叛亂解，黨國特府中人若說德文，或會將雨傘待中說成雨傘 Putsch。

二、

少年時所獲第一本 Benjamin 書《Illuminations》即來自馬先生的推薦，那是個夏日炎炎的買書天，曙光書店老爺冷氣機尚轟隆隆，電車路上還是叮叮有聲，不遠處還依然坐着揮汗如瀑布的羅志華，馬先生囑我回家看卷中的 Storyteller，我果然笑着回家，這一幕從此成了電影《Inside Out》裏圓滾滾的開心核心記憶球，掌管人自是短裙短髮的漂亮 Joy！我那年月還算 joyous。

《雨傘擋不住的暴力》裏馬先生叫我們細讀的那兩篇 Benjamin 文章〈The Right to Use Force〉和〈A Critique of Violence〉，俱收於當年哈佛版 Selected Writings 第一卷，一九九七年初版，主編人 Michael Jennings，我手上的一卷一九九八年五月三十日採自曙光書店。Jennings 去年跟 MIT 的 Howard Eiland 合寫了厚厚的一卷《Walter Benjamin: A Critical Life》，可憐曙光早已隱入了我城文化史的 Core Memory 裏，我自然無法獲書於馬先生處，這一卷惟有讓 Bookdepository 悄悄郵來。書上第四章〈Elective Affinities〉淺淺寫了 Benjamin 當日的寫作氛圍，話說 Benjamin 於一九二〇年春天回到久違了的柏林，正碰着五月天爆發的 Kapp Putsch ——由文官 Wolfgang Kapp 和武將 Walter von Lüttwitz 合謀掀起的奪權政變。其實，戰後德國風雨飄搖，柏林尤其風蕭蕭，政治暗殺明殺，日有數起，左翼巨人 Rosa Luxemburg 和 Karl Liebknecht 便於柏林慘遭毒手，是以當日國民大會也不敢淹留首都，轉往 Weimar 制憲立國，從此鑄成了史書上的威瑪共和，可是柏林依然未有平靜，一九二〇年三月十三日 Lüttwitz 起兵挾持柏林，推出 Kapp 為新首相，德國政府沒本錢兵戎相見，惟號召 general strike，四天後 Lüttwitz 跟 Kapp 倉皇出走。Jennings 坦言沒有發現 Benjamin 有片言隻語提及當日柏林之險峻，可是看過 A Critique of Violence 的你我必然記得 general strike 正是文內探討的一大題目，還要細分成 political general strike 和 proletarian general strike 兩類，後者更是「as a pure means, is nonviolent」！罷工不是從來和平沉靜理性 non-violent 嗎？Benjamin 是滿有想像的思想人，當然不會簡單，文章裏有如此的閃爍句子：「All violence as a means is either lawmaking or law-preserving.」一切還得憑此話說起，馬先生便在黃傘風雨後説滿了一本小書。

三、

馬先生親口說情迷 Benjamin！他用的深情字眼是 enchanted！我沒有馬先生的勝緣，只能循他的隨手點撥淺讀 Benjamin，某年也曾在布拉格自由大學的書店裏喜孜孜抱來一疊德文原著（其中一本送馬先生），可是我只能讀英文譯本呀（中文 Benjamin 譯本是絕好的壞翻譯指南），彷彿天人永隔，永遠不能被 enchanted，即如這篇〈A Critique of Violence〉，好心的英譯者為我們點出 violence 譯自德文 Gewalt，已含英文的 violence 和 force 二義，這便惱人了，事關 violence 是貶義的暴力，force 卻是 neutral 甚至 noble，記得《星球大戰》裏的絕地武士臨別時總愛風度翩翩說：May the Force be with you! Force 若符合道德律，不會是 violence，只會昇華作佛家扭轉乾坤的「大業力」！

因是之故，當我們讚嘆 Benjamin 摘星碎玉般的句子：「All violence as a means is either lawmaking or law-preserving」時，怦然心動少不免，但還得記掛這「violence」其實是 violence 跟 force 的形神合體。如若 law-preserving 依靠的是 violence，那暴露了堂皇政治秩序背後的歷史偶然和躁動骨髓，振聾發聵；然而，若維護政治秩序的是

force，那或是普渡眾生的大業力，自有必然！

無產者大罷工之所以不屬 Benjamin 心上的 Violence，只因「it takes place... in the determination to resume only a wholly transformed work, no longer enforced by the state」，意即如此大罷工滿不在乎修修補補的改良芻議，卻是另覓全新政治秩序，Benjamin 遂下一轉語，曰：「anarchistic!」因此我恐怕縱沒有 lost in translation，這也是一種美麗的自圓其說。若以這理論來描繪黃傘人仔，我們的所作所為既不在 lawmaking 或 law-preserving 之列，故絕不 violent 了，但我以為常理中的 non-violent 更切合那七十九天黃傘人仔的一切。我們縱以雞蛋或胸脯抗拒不義，那也是義之所寄的 force，絕地武士必會欣然首肯！

馬先生在《雨傘擋不住的暴力》頁四十四上說：「我明白了，（Benjamin）文章的用意無非是要豐富討論暴力的概念和詞彙！」可是我城黃傘人仔巍然高尚的 non-violence，庶幾可以常理擁抱之。

《信報 • 北狩錄》 二〇一五年八月十至十二日

黨不唱歌

一、

總書記陛下君臨天下，於天下人前檢閱雄兵，揚聲器中鐵錚錚向戰士們問好，戰士們忙不迭齊整整報以「首長好」的颯爽英風。另一邊廂陛下恩允「永不稱霸」，狠心裁兵三十萬員。《南早》翌晨頭條是 pun pun 的相關語：Awe and Peace! 我想起的不止是托翁的《戰爭與和平》，更是 George Orwell 不識趣的《一九八四》裏老大哥的金口金句：War is Peace!

《一九八四》裏書中有書，既有已不知改版多少遍的《Newspeak Dictionary》，也有異端 Emmanuel Goldstein 為拆老大哥台而寫的《The Theory and Practice of Oligarchical Collectivism》，大逆不道，小民不敢耳語，遂暱稱 the book，小說主人翁 Winston Smith 最愛偷偷開心讀。The book 自有一章拆解 War is Peace 的詭密，中有一句頗切當世：The primary aim of modern warfare is to use up the products of the machine without raising the general standard of living!

天津大爆炸枉死的冤魂若有幸飛翔於天安門上的閱兵藍空，背負蒼天，俯瞰人間，或許也會作如是觀。

噢，陛下不是已千金一諾裁兵嗎？閱兵即裁兵！呵，那是老大哥頂有名的Doublethink吧！甚麼是Doublethink? The book說：「Doublethink means the power of holding two contradictory beliefs in one's mind simultaneously and accepting both of them!」精神分裂的統一，人民內部矛盾的和諧，國人應笑着明白，黨從來與眾不同。

「The birds sang, the proles sang, the party did not sing!」

這段話蠻有詩，見於《一九八四》第二卷第十章，我當年一九八四讀的劉公紹銘中譯《一九八四》，早已如青春、如理想、如門前流水一般不能向西，於這幾句話自然無從憶處，幸虧去年李零新書叫《鳥兒唱歌》，書首引了這段《一九八四》，我才如Winston般坐下來初看the book原文，一邊讀，一邊幾乎聽到女主角Julia說：Yes, my love, I'm listening. Go on. It's marvellous!

二、

黨不唱歌未足奇怪，最怕是國中鳥兒也不唱啦。鳥兒不唱歌，幹啥？毛氏笑說：「鳥兒愛答問！」一九六五年，國窮國鎖，自亦無礙無妨毛氏詩興，遂調寄《念奴嬌》一首：

「鯤鵬展翅，九萬里，翻動扶搖羊角。背負青天朝下看，都是人間城郭。炮火連天，彈痕遍地。嚇倒蓬間雀。怎麼得了？哎呀，我要飛躍。借問君去何方？雀兒答道：有仙山瓊閣（下文太卑劣，不錄！）。」

毛氏鯤鵬，大位以下的黨員和小民只配當給嚇壞嚇倒的蓬間雀兒，乖乖坐待陛下勢將掀來的文革天地翻覆！Awe and Peace！前者才是說給國人雀兒聽的圍內話，聽了話便不要唱歌！

鳥兒歌唱在《一九八四》裏是滿載柔情的 symbol，我讀着莫能忘懷。話說 Winston 和 Julia 辛辛苦苦避開了老大哥的耳目，初回幽會，選了倫敦郊外的蓬間，那是一片藍鈴草 Bluebells 圍攏的小空地，四周灌木矮小，該藏不下黨的偷聽器！Winston 跟 Julia 頭一回親密，伊人的嬌軀、烏髮和青春體息俱是他魂牽夢縈中所觸所嗅，溫香玉軟，而 Julia 更是任君愛憐，utterly unresisting！可是 Winston 給黨摧折太久，竟然給她的青春美麗嚇倒，無有寸進。Julia 是一株男界求之不可得的解語花，居然笑語「Never mind, dear. There's no hurry!」這是志明說給春嬌聽的「有啲嘢，唔使一晚做晒嘅」的前世翻譯，Julia 便跟 Winston 攜手徐徐踏出藍鈴花海，忽然見到一隻畫眉鳥（Thrush）飛臨枝上，Julia 悄語：Look! 畫眉鳥輕理羽毛，略一頷首，便唱歌起來——began to pour forth a torrent of a song。Winston 愕了，暗想：「For whom, for what, was that bird singing?」

畫眉鳥不肯為人忙，不肯為黨忙，歌還是唱給自己聽的，弄得 Winston stopped thinking and merely felt，然後 Winston 將嘴唇湊向 Julia 耳畔：Now!

畫眉鳥的歌聲竟然喚起了 Winston 古典和當下的慾望，瞬間撮成了那番藍鈴花海間的野合。Orwell 寫得奮起，逕說：It was a political act!

三、

「每天早上，鳥兒還在枝頭歌唱，但一夜之間，我們全不會說話了。要說也只能說這樣的話。」

李零《鳥兒歌唱》初刊於去年春天，裏邊還未有右引的一段話，更未點明「我在書前引了《一九八四》的幾句話，主要是為了突出這位左翼作家的隱憂和傷感」。是以我初看這小書時，沒法留意到「鳥兒歌唱」這雀躍symbol，李零的自註通通是今年香港新版才添磚加瓦建新園，明晃晃怕粗心人看不出原來的心事。其實書上那篇《讀動物農莊》（二）已明白引過一回：

「鳥兒歌唱，無產者歌唱，但黨不歌唱。」

這《讀動物農莊》系列早見於李先生二〇〇九年讀書記《何枝可依》中，其《自序》也載滿「世紀感言」，如「一個時代已經結束，另一個時代還沒開始」、「路在哪裏？我很茫然」。那是一片史家「通古今之變」的自我躊躇，自我期許。來到《鳥兒歌唱》，副題索性是「二十世紀猛回頭」！吸人眼球的不是二十世紀的恢弘幅度，卻是挪用了革命先烈陳天華的大文文題：猛回頭！

陳天華何許人也？諸君若未藏有近代史圖錄一類，網上搜尋，自亦輕易搜得陳先生那幅長髮敏感照，一派鄭伊健陳浩南，少時讀其跟鄒容的合集，自未有《古惑仔》的文本參照，惟《古惑仔》的英譯是《Young and Dangerous》，倒非常切合鄒容陳天華二君的剛烈性情，激烈心智。鄒容因「蘇報案」下獄而死，時為一九〇五，年二十，身後有檄文《革命軍》傳世；陳天華稍長於鄒，卻亦於一九〇五年擇日本投水而歿，年也不過三十，二十多歲寫成《猛回頭》，其辭雖拙而無文，卻依然傳世不滅。《猛回頭》起首即浩歌狂熱：

「大地沉淪幾百秋，烽煙滾滾血橫流。
傷心細數當時事，同種何人雪恥仇？」

看官，陳天華不是眉小眼小的憤青，倒有 cosmopolitan 的眼界胸懷，論及強國強民，首曰：「要學法蘭西，改革弊政。」次曰：「要學德意志，報復兇狂。」復曰：「要學那美利堅，離英獨立。」終曰：「要學那意大利，獨自稱王。」嚮往的不是西洋，卻是人間笑傲的 civilization！

李零的《猛回頭》倒 critical、cynical 多啦。

四、

李零是史家考古文博家，今年除了新版《鳥兒歌唱》外，更有一卷專業的《待兔軒文存．說文卷》，寫的盡是古文字古器物，我見猶憐，卷首的一篇總攬全局，叫《文字破譯方法的歷史思考》，多有知人論世的內行人語：「近代的古文字學（羅王之學），其實是個年輕科學，只有八十年，傳人只有四代……但就是這麼一些人的研究，現在都是一筆糊塗賬。」我猜這番肺腑話（多年前的一篇《中國史學現狀的反省》亦復如是），源於學術的 inner logic 和當局者的 tested consensus，一切遂 macro 而不蹈空，但當猛回頭看二十世紀（主打是政治史）時，李先生便隨便隨意多啦，一任猛虎歸山，花間小酌，繞樹三匝又何妨？

考古博文以外的李零崇「黨」，厭美、笑左派。先此聲明，崇「黨」的「黨」不一定是共產黨，李先生的崇黨觀也是歷史觀，在《說鼎》結束處明言：「黨，甭管一黨、兩黨，還是多黨，都是現代政治的產物，跟皇權專制無關……甭管國民黨、還是共產黨，從王朝正統看，都是『亂黨』，但中國的亂，沒有『黨』還治不了。」不旋踵，下一轉言，自問：「中國需要的是一場『茉莉花革命』嗎？我說 No。」

這番問答初看如天外飛來，也不好瞎猜，結合李先生的「厭美」，或多明白一點。「厭美」不是個帽子，「反美」才是，其實「反美」也不必是個帽子，「反美國人民」才是！李零在《鳥兒歌唱》新版中怕各路英雄誤解，遂澄清宇內：「我的美國觀是甚麼，原文（《環球同此涼熱》）很清楚，我反對是的美國的利益集團以及它們的政治代理人，而不是美國人民。」

依李先生看，「美國，富足強大……天堂建在地獄上。」那美國人民不正是天堂之門內的居民嗎？我不明白，反對黨國特府絕不等於反對中國人民或我城城民，但反對美國天堂，天堂居民怎好意思要求免責？美式政府政治不行「雙首長制」，並不僭居於三權之上，她並不等於美國人民，卻必然 represent 人民。

黨不唱歌，因為它不肯遵隨歌的音樂，哪管那是從前自家的音樂。

五、

黨不唱歌，鳥兒敢唱？

司長好心苦心，勸我城人仔好好將《基本法》兩面睇，還未宣之於口的怕是哪一面 overrun、override、overwhelm 哪一面呢？黨從來直截，《一九八四》不唱歌的黨索性勸你如此這般看：The party told you to reject the evidence of your eyes and ears. It was their final, most essential command! 何況，《基本法》上既沒有「三權分立」四字，閣下連點點可憐的 evidence of your eyes 也沒有，還唱啥歌？

李零在《鳥兒歌唱》中引過一首《一九八四》的歌，也傷懷，但似不及書上另一首更使我城此刻神傷：

It was only a hopeless fancy / It passed like an April dye, / But a look and a word and the dreams they stirred / They have stolen my heart away

兩制從前是偷心的 fancy 憧憬，一國才是從來的 hopeless。

李零崇黨、厭美、也笑左派，笑左派葉公好龍，既嚮往革命也怕死革命，既同情受壓迫的人民也怕死人民的愚昧無知。李先生沒有點明甚麼是左派，左派跟左翼又是否異名同種，但 Orwell 肯定左翼，也或許矛盾，是否葉公好龍卻又好像對不準號。那我們呢？我們在黨眼中都是左，事關我們都是黨國特府凌厲超然地位下的 left-out、left-over。The Left 是剩下來的無權派，未敢唱歌。然而，《基本法》的 text and structure 明晃晃設定了三權各自運作，相互制衡的憲制藍圖，那是 evidence of our eyes，你不愛「三權分立」的簡稱，但說無妨，即如《基本法》中沒有「行政主導」，我也從不愛這四字妄言。

二〇〇八年七月七日儲君殿下（as his Majesty then was），叫「行政、立法、司法構關互相理解，互相支持」，今天曉明哥笑謂某人位在三權之上，「起着聯結的樞紐作用」，俱在敦促我們 reject the evidence of our eyes and ears。

縱然音樂停了，不准鳥兒歌唱，我們還該說話，更要說得優雅，說得翩翩華采，髣髴兮若輕雲之蔽月，飄飄兮若流風之回雪——Words without Music！

《信報 • 北狩錄》二〇一五年九月八、九、十四至十六日

Transcendental Argument

前輩友人酒飯之間垂問於我：「曉明哥講話全文有否英文版？『超然』如何翻得信雅達？」我嘿嘿一笑：「只聞有漢，未聞有帝英文本！『超然』不妨作 supernatural 吧！」語畢相視轟笑，盡杯更酌。旋閱《南早》，見「超然」化作 transcend 的政治哲學，妙妙妙！「超然」二字屢見於古籍，俱 philosophical，我喜歡董仲舒《賢良三策》中回武帝的一段話：「人受命於天，固超然於群生，入有父子兄弟之親，出有君臣上下之誼……」那是坦蕩蕩地說，人獲授天命，自有文明，故與群生百獸不同科，不可同日而語焉。

某人因黨國授命，故與百官萬民不同科不同群，寧不超然？既屬超然，道理上某人不必跟萬民百官一起 to be equal before the law，這是邏輯使然。曉明哥一邊禮讚某人具超然的「特殊法律地位」，一邊又挪用《基本法》第六十四及七十三條文字，巧言制衡中有配合，配合中有制衡，純然粹然是 incoherent，incongruous or plainly inapt！

如熱烈渴望因受天命而超然，請看梵蒂岡憲法第一條第一段（英譯）：「The

Pope as the head of the Vatican state possesses the full extent of legislative, executive and judicial power」！教宗因受神命而超然 Vicarius Christi! 而其超然地位正在於一身總攬地上三權，不用猶抱琵琶半遮臉！行政長官在憲制中的角色叫獨特唯一，不是超然！

甚麼是 transcend？黨國曉明的話兒最 transcendental！他們學問好，必然深悉 the Kantian transcendental argument 的奧妙。康德在《純粹理性批判》上教我們怎樣的 argument 才是 transcendental：I call all cognition transcendental that is occupied not so much with object but rather with our mode of cognition of object insofar as this is to be possible apriori! 這是知識論上的一種終極 justification，借 apriori 來解釋我們感官上所能認知的世界。甚麼是 apriori？那倒弔詭地是不必亦不能藉感官而得來的 proposition 或 presupposition ——所謂先驗之存有。康德以時間空間為不必藉 senses 證明的 apriori，黨國曉明的「超然論」亦復如此。

《信報 • 北狩錄》 二〇一五年九月二十一日

一週年後

一、

如此一週年本不足喜，尤其那風雨後的一年竟是傷懷憤慨的 impasse，一味憶舊，倒成全了 nostalgia is the sin of sin 的詛咒。幸有黨國高官，熱氣的、過氣的，一味越界挑機，先是超然，繼而去殖，俱妙語如「豬」，透出的狼子野心毫不足怪，其思辨修為之惡之劣才令人氣短氣結。「中國人失掉自信力了嗎？」那是魯迅一九三〇年代的鬱悶語，卻也依然適用於業已崛起的黨國，彼既恐防三權分立，又怕死「去中國化」（其實，如此硬譯 de-sinolization 才去中國斯文愈來愈遠，真見鬼！）！

江小姐進一步社《抗命年代》系列最新一彈是羅永生寫的《在運動與革命之間讀書》，書題斯文，意旨也斯文：「事實上，無論你說成功還是失敗，都是一種評價。而評價一個社會現象，不單要基於事實，也要基於評價所依據的觀點和理論立場。」那麼勸勸曉明哥和陳年高官好好讀書吧？笑話！

一九四五年傅斯年往延安訪毛氏，毛氏大喜，且喜不自勝，即書唐人章碣《焚書坑》一首贈興，末二句云：「坑灰未燼山東亂，劉項原來不讀書！」毛氏倨傲，從來自比漢高祖，大喇喇，何用讀書？然而毛氏又暗要人家誇他戎馬倥傯尚有詩，此處末句竟跟原文有一字出入。章碣不知何許人也，其詩《焚書坑》初見於五代王定保《唐摭言》，末句作「劉項從來不讀書」。呵呵，原來毛氏將得天下才叫人不讀書，卻不敢說從來也不讀書，事關天下已得，地位「超然」，便不必管書上原先說的一套，聽老子說了算數便好，那才夠媽的「中國化」。

我們不是黨國高官，不願離地超然，書還是要讀，還更要好好讀好書。

二、

高眉友人愛讀書，更十年才磨成一劍，去年風雨前刊出一部大書，最宜風雨後細讀，書題是《The Judicial Construction of Hong Kong's Basic Law》，副題是更寬闊的《Courts, Politics and Society after 1997》。

這副題彷彿包羅萬象，端因書中綜論細論的是我城法院，尤是終審法院解釋《基本法》的Jurisprudence。Jurisprudence一詞跟《基本法》一般不易解，翻作「法律哲學」雖大雅無傷，惟不曾細緻入肉。試看李官上週五刊在《南早》上那篇不吐不快的*Here to Stay*，裏邊正有如此一句：「The court must essentially be judged by the quality of its jurisprudence!」Jurisprudence不必強譯，卻要甚解，從前教我Jurisprudence的老師Raymond Wacks說得直白：「Jurisprudence seeks to answer fundamental questions about law!」

十八年來風雨，終審法院has sought to answer many fundamental questions about the Basic Law，最富jurisprudence。友人書第二部份是風雨編年，由一九九七一直寫到二〇一三，由並不起眼的逆權侵佔案Wong Tak Yue案說起，那年天上無風，水波不興，之後忽然是悲壯的居港權案系列：吳嘉玲、陳錦雅、莊豐源、劉港榕。四個名字，不僅四個家庭，背後還有數不清在世和未出世的right holders（當年特府倒數得最精細，乖乖一百六十萬！），更有終審法院自覺的自我期許和風暴中（the storm centre）的自設權限，友人稱之曰the Constitutional Assertiveness，那是說法院在我城三權關係中為自己選擇了不可置疑不可推卸的角色和責任，即查核一切立法機關所立之法及行政機關之行止動靜是否符合《基本法》。友人書上直言「the role chosen was one of judicial supremacy」（頁七十八）。

Judicial Supremacy 二字鏗然宏亮，法院當然未有在判決書上用上，their Lordships 只規規矩矩地說：「（the court's）constitutional role under the Basic Law of acting as a constitutional check on the executive and legislative branches of government to ensure that they act in accordance with the Basic Law」。我城既以《基本法》為尊，而法院肩負解釋詮釋之責，順理成章，constitutional supremacy has become judicial supremacy（頁一八三），那是邏輯使然，遂不必字字登山立碑。可是友人書上對此早有隱憂，黃傘風雨後今天看來更像是一語成讖！書上第三部份叫 The HKSAR Court's Vulnerable Judicial Supremacy。

三、

How vulnerable? 影影綽綽，答案尚未寫在牆上。一回，語多警世的包致金大法官於薄扶林大學作 the Common Law Lecture，除了向沒博士學位又少有問候盧寵茂的敏敏致意外（a most distinguished constitutional advocate and scholar!），還有一句沉痛的妙語：「The judicial independence has its enemies!」昇華作 judicial supremacy，敵人只會更狠更多更無情。

友人書的創見在於將 judicial supremacy 視作我城法院非常自覺的 fundamental choice，因此「（it）is not a given but a precious thing that its holder must define, delimit and develop with acumen」（頁一七五），語重心長。然而，友人書的 thesis 是「to doubt the undoubted」，並不以為在《基本法》的框架之下，judicial supremacy 必然是天經地義，縱然終審法院在吳嘉玲案中已頒下如此的天職：「（the courts）undoubtedly have the jurisdiction to examine whether legislation enacted by the legislature of the Region or acts of the executive authorities of the Region are consistent with the Basic Law...」而一切更別無選擇：「The exercise of this jurisdiction is a matter of obligation, not of discretion...」

終審法院這論斷未必是唯一合憲的論斷，故友人書爽直指出法院的選擇只屬 claim for themselves the power to review，而且是「in the assertive sense and not the affirmative sense」（頁一七九）。

初，《基本法》裏沒有明載法院具有如此的 power to review，因此我猜友人書只能說這項權力是由 assert 而起，並非 affirm 而來。這 constitutional assertiveness 其實不含絲毫貶意，Marbury v Madison 是美國憲法史上 judicial review 甚或 judicial supremacy 的開天闢地（the big bang）之作，裏邊 the Supreme Court 的 review 權力也是從成文憲法和邏輯推衍 assert 出來，誠如案中 Chief Justice Marshall 所云：「So, if a law be in opposition to the constitution; if both the law and the constitution apply to a particular case...the court must determine which of these conflicting rules governs the case. This is of the very essence of judicial duty.」

終審法院在吳嘉玲案中想必樂於引 Chief Justice Marshall 為同道，obligation not discretion，那才是 the very essence of such judicial duty! 可笑黨國學界淺人太多，居然指斥終審法院萬不該依賴外國勢力 Marbury v Madison，卻其實終審法院在案中未之引也。友人書上嘆喟：「in fact it did not!」（頁一三五）

四、

那天包致金大法官的演辭題作〈Constitutions: Ours and Others〉，我癡心疑心《基本法》和文明世界的 jurisprudence 才是 ours，黨國的一套是火星來的 others！Others

是火星人，火星人最愛襲地球，我城自難幸免。友人書上坦言：「The other or national system has noticed (that the Court of Final Appeal reconstructed the Basic Law according to the court's own perception of it as a judicially enforceable constitutional document of a common law jurisdiction protecting fundamental righrs of residents and safeguarding the autonomy of the HKSAR).」（頁四七三）。

我們額手稱慶我城尚有如此「勇武」的 Court of Final Appeal，勇者無懼，止戈為武。黨國特府斧鉞處處，虎視眈眈，超然去殖，絮絮不休，難得法院秉持「獨立之精神，自由之思想」（陳寅恪先生禮讚觀堂先生語），選擇以人權法治的方向詮釋《基本法》，申張 the power of review，敢在波動的（dynamic and interactive, and to have a national dimension，頁七十七）「一國兩制」三權關係中 assert 其 judicial supremacy，知之唯艱，行之益艱。

Judicial supremacy 憑恃的是終審法院判決的 ultimate finality，我們愛死 Justice Robert Jackson 的豪語：「We are not final because we are infallible but we are infallible because we are fina!」《基本法》第一五八條明載 CFA 的判決 unappealable，但此 unappealibilty 是否即 finality? Judicial supremacy 會否有天不再 supreme?

事關「it remains vulnerable to NPCSC interpretation, presumably a blunt instrument of coercive constitutional convergence」（頁四七五）。

人大常委大大大，一再「依法釋法」，隨心所欲恆踰矩（大概除了二〇一一年剛果〔金〕案），說是「blunt instrument」已然太斯文，我則沉不住氣，會說成 successive unwelcome penetrations by the savage penis。

五、

我們雖然明知《基本法》第一五八條上明明載有人大常委可依法釋法的緊箍咒兒，但依然不肯俯首認命；我們或許悟出非民選的 judicial supremacy 會跟三權分立的理念略有勃谿，但依然嗜之如蜜，甘之如飴，友人書上甚至喻之為 the Second Founding of the HKSAR by the Judicial Construction of the Basic Law（頁四六九），此豈是冥頑？豈是愚癡？

終審法院所 asserted 的是普通法下 judicial supremacy，滿懷 rationality，equality，fairness，consistency，transparency and the preservation of fundamental human rights，滙合而成 the legitimacy，而 their Lordships 馬上成了 Ronald Dworkin 心上

的 Hercules 了。

Dworkin 的文字跟學問一貫飛揚，早早不賣 legal positivism 的賬，一九七七年刊行的《Taking Rights Seriously》好讀但未必容易明白，卻是當代英美 jurisprudence 必修之作，裏邊 Dworkin 創造了超能律師 Hercules——跟古典神話大力神同名，Hercules 從來擁躉不絕，去年又有電影版面世，演 3D Hercules 的是超能大隻士 the Rock Dwayne Johnson——Dworkin's Hercules 是「a lawyer with superhuman skill, patience and acumen」，偶爾也會出任最高法院法官，也會解釋憲法，而在解釋過程中，「he can develop a full political theory that justifies the constitution as a whole. It must be a scheme that fits the particular rules of this constitution, of course.」Dworkin 眼中的憲法不是一條條字斟句酌的 rules，倒是一幅完整的 scheme of principles，撐起了整個社會的制度和價值，其語言抽象寬廣（abstract and general），斷難具體而微，若有歧義爭端，法官須憑藉其政治道德理想以作取捨權衡，例如終審法院在吳嘉玲案中力陳當以 generous interpretation 來解釋《基本法》中的一切基本公民權利和自由，透出的正是法院側重人權的 political theory！Hercules 勇武，自不會怯於伸張胸中所懷之義，友人書上好像沒有多引 Dworkin 的理想和理論，自然未及 Hercules 的故事，但書上甚稱許前以色列最高法院院長 Aharon Barak，Barak 一回在判詞中引過德國法學家 Gustav Radbruch 的話，謂：「The interpreter may understand the statute better than the author of the statute, and that the statute is always wiser than its creator...」Barak 愛死 Dworkin！

六、

Barak 在《The Judge in a Democracy》前言上捫心自問：「Is Hercules the proper model by which we should judge?」沒有直截的回答，倒有毫不模棱的自期：「I reject the contention that the judge merely states the law and does not create it!」Barak 強調那是 common law 世界裏法官的權與責，因此解釋憲法也同時在 create the constitution，故法官不許有 political agenda，卻不能沒有襟懷中的 political philosophy。Dworkin 聽了，必然首肯。年前牛津精研英國上議院 jurisprudence 的 David Robertson 寫了本書題開宗明義的《The Judge as Political Theorist》，將 Barak、Dworkin 和自身爽直綴成一脈智性譜系，主張法院在現代 constitutional review 中不避嫌疑，一力伸張民主人權和 human dignity，將憲法中的 generalities 轉化成當下具體而微的 particularities，不必

事事乞靈於 those constitution makers' dead hands。我城終審法院路漫漫其修遠兮，事關黨國不只自許是 constitution makers，更自恃是 the ultimate interpreters，《基本法》第一五八條明言人大大大只是授權我城法院解釋本法，隱隱然予奪隨意，故友人書說：「(the judicial supremacy) has been successful only because the co-ordinate institutions accepted and continue to accept the claim」（頁一七九）。在如此佈置下，終審法院法官不僅是 political theorists，還要隨時亮出趨避黨國逆流的 political manoeuvre，友人書上特闢一節專論 the Stratagems of Autonomy（頁四二四至四三八），其招數計有 avoidance、transference、defiance 和 engagement，陰柔如太極，含蓄如詠春，那可是我城 jurisprudence 獨一無二處。

Hercules 來到我城當下，自當具有 superhuman skill、learning、patience、acumen 以外的 delicacy，否則怕會不幸淪為希臘悲劇中的 Cassandra ——伊人雖能通透洞悉未來，其 prophecies 卻 always 慘然 unheeded。

今一年已去，盼來日方長。

《信報 • 北狩錄》二〇一五年九月二十九、三十日，十月五、六、十二及十三日

Scalia 歸去來

才是剛過去的二月初，薄扶林大學居然禮請得Justice Scalia 光臨山上宣道說法，我城多少人仔曾到過華盛頓朝聖行，仰望那仰之彌高的 U.S. Very Supreme Court？更不用說親聆那九位 Supreme Justices 的慧語綸音了！我自然不敢錯過，早早上山，懷中還揣着 Scalia 跟 Bryan Garner 的攜手新著《Reading the Law》，略略意想不到的是 Scalia 那夜差不多是照本宣科，僅僅從新書中抽出幾款 Canons of Interpretations 說說笑笑而已，我不知 audio book 是否即如此葫蘆依樣，但我老早明白明星咖啡館主打的不是咖啡而是閃爍明星。Scalia 在 Supreme Court 也真閃爍了足足三十年，前陣子亞瑪遜才預告了 Scalia 今夏行將問世的新作，題目爽朗，直叫《Scalia's Court: Thirty Years on the Bench》！

意想不到的是十一天過後，Scalia 便在 Texas 一所豪紳打獵牧場中忽爾辭世，朝野震動，事關 Supreme Court 上九大按察司 liberal 跟 conservative 一半一半，Scalia 雖已年屆七十有九，但依然是 serving Justice，亦是有名的 conservative，而今將軍一去，誰人欣獲 Obama 提名繼任，自會左右大局，tip the delicate balance，因此共和黨人早已不問法理，居然在國會山上說 Obama 已屬黃昏總統，不堪提名，一切要待下任新人總統（最好梗係 a Republican President 啦）說了才算數，連隔咗個大西洋的《金融時報》也看得無名火起，在社論中大罵此輩妄想赤裸奪權——an attempt to snatch power from a sitting president! 我油然想起我城年來慘淡，何只給人家 snatched the power，直頭 striped and raped，raped 完又 raped。

Scalia 雖是所謂 conservative，但一切只是便利店的爽手標籤，他老人家當年在劃時代燒國旗案 Texas v Johnson 中毫不含糊，毫不頑保。當控方 Texas State 代表律師老調老彈，謂保衛國旗乃 the State interest in protecting symbolism，Scalia 即彈出一串寸嘴詰問：「咁 State flower 呢？」「咁 the Constitution 呢？」「Flag 與 Constitution 之間，I might go with the Constitution!」

Scalia 他老先生愛死《美國憲法》啦，心香虔敬，從不增字解經，步步以 the Founding Fathers 的意念為法度，自承是法先王的 Originalist。那夜在薄扶林山上 Scalia 說一向恪守 textualism，而 Originalist 頂關心的正是憲法文本的意義如何已在立憲時穩穩凝定，故 Scalia 的一派可算是 Textual Originalism，跟晚近由耶魯 Jack Balkin

所領頭的 Framework Originalism 花蔓兩枝。Scalia 在 Texas v Johnson 案中欣然接納國旗乃國人和國史的寶貴 Symbol，但絕不屑於一邊倒的「You can honour it all you like, but you can't dishonour it as a sign of disrespect for the country.」如只許愛國之聲虛情擁抱而不許尋常百姓真心憤怒，那豈非正是 the First Amendment 期期不可的 abridging the freedom of speech？結局是五比四，最高法院裁定 Texas 州政府的禁燒國旗法違憲，Scalia 自是五票之一，絕不頑保。

那年一九九九，我們在終審法院為「吳恭劭案」辯護，自然也曾祭出 Texas v Johnson 以指出吳氏污毀國旗區旗亦屬 symbolic speech，不容無理限制，可是最終敗下陣來，終審法院特地點出「Hong Kong is at the early stage of the new order」，因此維繫 national unity 和 territorial integrity 更形重要。噢！香港的月光跟亞美利堅的月光並不相同！十五年後人心不死，「古思堯、馬雲祺案」嘗試以十五年來的社會變遷好點出國旗區旗的 symbolism 已今非昔比，不應再來限制燒國旗這類 symbolic speech，可是終審法院不為所動，在未有太多論證下，便逕斥之為 unarguable！

當年有份判定吳恭劭敗訴的包致金大法官榮休後優游，去年寫了一卷 Human Rights，述及「吳恭劭案」時，筆鋒頗帶感情：「The price while Ng Kung Siu's Case called upon people in Hong Kong to pay is a restriction on freedom of expression...Did people in HK get good value for the price...?」彷彿猶豫，莫非風雨過後，過來人尋尋覓覓，終也如Scalia般，在國旗與憲法之間，合該義無反顧？

《信報‧北狩錄》二〇一六年二月二十九日及三月一日

政治志業

準候選人成不了候選人，未必可惜，獨立之志業怎可能依靠科層建制權力？擠進議會以謀獨立是 cognitively self-defeating，一下子太油滑精光，背棄了理想，誰人都可以。

一百年前的一九一六復活節，愛爾蘭人又一次謀獨立圖共和，遂有都柏林 Easter Rising，起義領袖 Patrick Henry Pearse 沒進過議會建制，是律師是老師，雖也曾寄望於倫敦國會通過 the Irish Home Rule Bill，但幻滅過後，敬告同代人：Let our generation not shirk its deed, which is to accomplish the revolution! Pearse 自然曉得與虎謀皮是要殺頭的，果然。

W. B. Yeats 葉慈是 Pearse 好友，好友給殺頭後，葉慈悼之以詩〈Easter, 1916〉，末章點名禮讚殉難就義的兄弟群豪：

> MacDonagh and MacBride / And Connolly and Pearse / Now and in time to be, /
> Wherever green is worn, / Are changed, changed utterly: / A terrible beauty is born.

綠色是愛爾蘭國色，葉慈別一首四句小詩〈Gratitude to the Unknown Instructors〉彷彿前詩續篇：

> What they undertook to do / They brought to pass; /All things hang like a drop of dew /Upon a blade of grass.

準候選人漂亮出身文學院，沒有引詩，倒引了一回韋伯，自喻胸懷政治家的三項才具，即熱情、責任感和判斷力。韋伯那篇名文漢譯作《政治作為一種志業》，累贅，源於《新橋譯叢·韋伯選集》中錢永祥的譯筆，翻自 Gerth 與 Mills 早年英譯《Politics as a Vocation》，文題亦步亦趨德文原文《Politik als Beruf》。二十年前 Peter Lassman 和 Ronald Speirs 新編新譯《Weber Political Writings》（收在 Cambridge Texts in the History of Political Thought 系列中），此文卻改作《The Profession and Vocation of Politics》，務實得不存詩意豪情。

新譯文題本於世情，無足深怪，事關韋伯此文說的不盡是政治人的慷慨襟懷與驕人才性，還有許多筆墨敘及「政治」這貼地的東東西西，咿咿呀呀，起首便公告周知他心中何謂「政治」：「Today we shall use the term only to mean the leadership, or the exercise of influence or the leadership of a political association, which today means a state.」奪權自然，但我看關鍵處還是 state 一字，此字不該輕鬆譯作「國家」，依韋伯之說，State is that human community which successfully lays claims to the monopoly of legitimate physical violence within a certain territory。按此，我城也是 state，而獨立派群雄爭相走入議會參政，正是希冀獲得 legitimate physical violence 的專利以推動本土獨立的 worthy cause。可我說這是 cognitively self-defeating，只因 the successful legitimacy of violence 源自眼下紙上的「一國兩制」憲制秩序，閣下藉參選參政以奪取這項專利，好反過來推翻原有的「一國兩制」（即專利授權者），那是忍心刺眼的 intellectual incoherence, if not dishonesty! 這種 incoherence 將使原來的激情萎頓成韋伯友人，另一社會學大家 Georg Simmel 所憂心的 sterile excitement，錢永祥好齋地譯作「沒有結果的亢奮」，我說何如「不孕高潮」？韋伯以為正是這款高潮糊塗迷惑了太多他的同代人：「It plays such a large part amongst our own intellectuals at this carnival which is being graced with the proud name of a "revolution"!」

八月五日晚上，添馬外，群賢畢集，鎂光熠熠，口號飛揚，警方更自動獻身重兵佈防助興，一切彷彿 carnival！此中準候選人揚言「革命」，卻還依戀尚未成事的選舉呈請（upon some naughty counsel's opinion?!），滑不溜手地讓陣中各人替代自己高呼「香港獨立」四字，非愚即妄。韋伯和 Georg Simmel 天上看了，或會不以為然。

理想與手段的背馳，依準候選人之說，正彰顯了政治人判斷力之重要，而他暫且告別昨天的主張，還不惜跟往日的面書徹底決裂，只因選擇了「手段唔夠目標咁重要」。這類犧牲小節以成大義，小不忍則亂大謀之說，古今不缺，但那是 utilitarians 的計算結果，應跟韋伯沒有關係。在《政治作為一種志業》裏韋伯冷冷地道：「Nor can any ethic in the world determine when and to what extent the ethically good end sanctifies the ethically dangerous means and side-effects.」

韋伯這篇名文原是演講稿，慷慨而談（縱然我只能讀其英譯本），冷靜與熱烈之間，筆端恆帶感情，卻未必處處邏輯井然，推理周密，彷彿同一時代的梁任公，我們便樂於誦讀樂於引用得不亦樂乎，將其議論未周延處自圓其說。例如此處韋伯只謂不能憑藉目標之高尚以「聖化」卑鄙的手段，但他沒有否定政治上有手段與目標之分，更從不以為為達政治目標竟可沒有犧牲妥協：「that the world was governed by demons, that anyone who get involved with politics...is making a pact with diabolical power.」韋伯這幾句話說得雖然理直氣壯，但在他的理想中始終有 the ethic of responsibility，即有名的責任倫理：one must answer for the foreseeable consequences of one's action!

如何梳理政治上的黑暗邪惡和因之而來的責任倫理，似乎很困擾着韋伯，最少在《Politics as a Vocation》中，我們還找不到明晰的答案，尤是篇末韋伯已不惜自相矛盾，謂政治上有大成者不會只是一名 political leader，還要是天縱的英雄。我每讀到此節，總覺得要小心引用這篇名文，又或小心那些引用這篇名文的名人。

《信報・北狩錄》二〇一六年八月八至十日

本土 Thick & Thin

鹿不必理會死於誰人之手，鹿總之死了。

選戰煙硝盡多，我衰，卻不覺得耐看。禮義廉之流不必說了，就是「本土」一派的「本土」之說也稀薄得如威化，thin 得離奇，幾乎沒有上文與下理可稽可尋——皇后碼頭和菜園村是 fundamentalist 的可愛想像，是當代社運血淚自述多於我城血肉流芳風雅頌，王國維看了，大概只會在《人間詞話》上略補一筆「真隔」！「隔」是抽象的離地，葉公所好的龍，即 You vowed to shoot the elephant but the elephant is yet to be seen。

噢！怎樣是象？方才說的還是鹿！

George Orwell 那篇〈Shooting an Elephant〉裏的純馴小象跟柳宗元《秋門行南谷經荒村》裏「機心久已忘，何事驚麋鹿」的鹿科動物一般，最是溫婉嫻靜，宜屠宜宰，更宜欺騙誘哄，合該是本土生物吧？

昨天候選人（今天怕已是當選人）的「本土」論述多是既隔且虛，小貓寅恪又打呵欠啦。陳雲先生從前筆下的山村風俗，花草樹木，純樸渾厚，最是本於舊時風光的香港本土相，遠較他後來自家製的城邦論述深獲我心。心態遺民，一笑丰神，讀着讀着他《新不如舊》那幾卷舊書，彷彿臥遊好一遍《東京夢華錄》。孟元老當年因何夢覺偏寫《夢華錄》，追懷汴京城？蓋「一旦兵火，靖康丙午之明年。出京甫來，避地江左，情緒牢落……暗想當年，節物風流，人情和美，但成悵恨」。

我城的兵火不幸早在一九九七，真箇不到舊園林，怎知從前春色如許？

從前看舞台《遊園驚夢》，不必倚借中原崑曲，卻有勞唐滌生譜寫《牡丹亭驚夢》，裏邊麗娘如期玉殞，其塾師陳最良卻哀嘆：「唉，我七十歲人，死個女學生，仲有咁好食好住麼？」果然本土。

湯顯祖在《牡丹亭．鬧殤》裏雖然也笑麗娘塾師陳最良，但也只是及身而止，讓陳先生自傷兩句：「苦傷小姐仙逝，陳最良四顧無門！」或讓道姑掩袖相譏：「你是陳絕糧！」一概未有唐先生的本土「啜核」變奏。

近日有有心人重刊唐滌生粵劇劇本數種，校訂者更是《信報》副刊同文慣見慣寫一台風景的張先生，所據的又是滿有本土原裝味道的仙鳳鳴劇團開山泥印本。粵劇台上的鑼鼓大戲（中原崑曲更無論矣！）縱非我喝慣的 double espresso，但紙上文本，on page not on stage，我還是一一看得歡喜。忽然想到，粵劇既是廣東南來，也是我城土生，自稱得上本土不二，可又覺得跟目下新生的本土運動有點貌不合神也離，何故？莫非「本土論述」暫且一切太thin，浮花浪蕊，遂難賦深情？

道德哲學上素有thick與thin的不同論述，所謂thin者絕不膚淺，即Michael Walzer所說，This is morality close to the bone！如Justice如Equality之謂也，好處是容易共襄義舉，在大是大非（唔係黨國特府中聯辦口中念念有辭嗰隻！）關頭凝聚最大的moral agreement, an invitation to do more serious work！因此在運動初期又或在大難臨頭之際，thin is good。然而與此同時，the thin morality必須融入特定的歷史與社會之中，發酵以釀成the thick morality，提出一時一地的具體內容，指出行動的方向、理想和目標。早在諸色雨傘遍地花開之前，我城已有人有心搞了本年刊叫《本土論述》（編輯顧問中唔覺意請埋今天已貴為運房局局長的張教授），據聞其編委會議只會在我的local pub Dan Ryan's盛大舉行！唔知係我買唔齊定係佢冇年年出，我有一本沒一本地讀下來，雖然作者群中頗有能人，可恕我還未能勾出那一片朱唇厚的thick localism來。

《本土論述》年刊二〇〇九年那期封面是沒有王子的菠蘿油，翌年是春田花花幼稚園校長兼職時兼賣的油亮亮燒鵝，二者俱是本土茶記大路酒家的signature dishes，我不喜歡但也無礙嗅出其間的「本土性」。然而，菠蘿油加送燒鵝仍跟thin或thick的本土運動本土論述扯不上關係，箇中原因不在菠蘿油和燒鵝是否滿載適用於各人大腦的 metaphorical references，而是「本土」指涉的是一種 empirical fact——如花問周星星零零柒：「陀地定北姑？」無論陀地定北姑，指涉的只是產地來源，隱含的只是各人不一樣的口味和性趣，其間不問價值理想，遑論終極關懷！「本土」不是 normative language，不是 moral category，不會有 thick and thin，不應該是我城政經大事的是非對錯準繩吧，怎生可有 appeal？今天「本土」派如果有所斬獲，只因黨國大陸太令人厭惡嫌棄，「本土」即非共黨非暴政非河蟹非玻璃心。如此「本土」亮出的不是「What it is」，只是「What it is not」，雖然 value-laden，卻還只是 empirical，殊不足以「乘騏驥以馳騁兮，來吾導乎先路」。

近日深水埗桂林街新亞書院當日舊址給闢成休憩處，兼懷先賢錢先生唐先生的孤芳孤憤。「新亞精神」今天優渥的沙田大學師生還在念念有詞，但我每讀至錢先生《師友雜憶》中〈新亞書院〉諸章，必為此本土大業肅然起敬。當年錢唐諸君子是南下外來人，何來本土？其所授古典儒學，怕也不幸逃不了大中華膠的讖語，可是今天新亞書院業已成了不滅的本土傳奇，但其志其心事從來不是 empirical 的 localness，卻是「上溯宋明書院講學精神，旁採西歐大學導師制度」的典雅夙願，那才是可 thick 可 thin 的一襟驕陽晚照。

《帝女花．香劫》上崇禎帝對着長平公主哽咽：「你雖然身似金枝玉葉，但可惜生在帝王之家。」唉，果然「香」劫。

《信報 • 北狩錄》二〇一六年九月五至七日

灰心與棕土

一、

難得選舉甫歇，旋即好戲連場。朱先生何只票王，直是直搗馬蜂窩之王，stirred up quite a hornet's nest，滿園嗡嗡又嘩嘩啦。

更難得的是朱先生因緣際會重定了那嘩嘩論辯的戲匭戲碼 agenda，添上從前曝光未夠的一番觀念，一輪明月，例如又叫棕土的 Brownfield！

Brownfield 這字其實有點不好講，這邊廂特府明裏暗裏不敢在太歲頭上動人家鄉紳的棕土，那邊廂我在 FT 上偶然讀到俄國國家石油巨靈 Rosneft 的頭頭 Igor Sechin 説要 maximizing production at its aging brownfield！按諸上文兼下理，這 brownfield 只會是一直被投閒置散 underinvested 的油田用地。嘗檢我手上的《Shorter Oxford》未收此字，倒是新版《Oxford Reference Dictionary》將之解作 a piece of land formerly been the site of commercial or industry activity but not cleared and made available for development，此中既有荒廢亦有重生，跟目下我城討論熱切的新界「棕土」在理念上大有出入，事關在橫洲風暴中的「棕土」指的是那些已改作貨櫃場、露天貯物所、廢車場或回收站的荒廢農地，或曰「與環境並不協調用途」者也，即一概未有重生不見綠色的銹色之地。

選舉前數月有年輕的本土研究社出心出力，編刊了一本小冊子叫《棕跡》，言之有物有初衷，我讀來獲益匪淺，其旨斷不在挑戰那「發展起樓齊齊買磚頭」的城市價值暨人生願望（恕我真說不出「理想」兩字啦），而是以國際比較觀察（美英日先進）和唾手可得的公共數據（即是Google Earth、Google Map和Google Street View的功德）記錄那「一千一百九十二公頃一直不在公眾視野的土地存置」。視而不見不是invisible，卻是有眼無珠的wilful blindness了。

二、

嗱嗱嗱，「棕土優先」的理念不在挑戰資本主義的起樓邏輯，在容忍與啞忍之間，只期望起得廣廈千萬間之餘，原本的社區和自然風物尚堪留存，一切溫柔得交關。然而，是耶非耶？會否正是主張溫柔才抵觸了那不懂悔改的資本主義邏輯？

主張「棕土優先」是用心良苦，化未用為有用，避免囤積居奇的overaccumulation，但馬克思恰巧說過資本主義社會從來便有the permanent tendency towards the overaccumulation of capital！先不論人性貪婪自由放任的永恆大道理，Henri Lefebvre當年發人深省（尤其是我城人仔吧！），謂資本主義歷劫不衰，靠的便是the production of space！很多年前自馬先生曙光書店採來Lefebvre的《The Production of Space》英譯本，看得沒有頭緒只有霧水，擱下。又許多年後的今天拿着David Harvey的舊文新集，夕拾朝花《The Ways of the World》，翻到那篇〈The New Imperialism: Accumulation by Dispossession〉，喜見Harvey也說Lefebvre的睿智確實有點語焉不詳，繼而提出自家製的一番論說，彷彿有點兒說中我城的橫洲棕土心事。先來個overaccumulation的定義，其意為surpluses of capital and of labour power side by side without there apparently being any means to bring them profitably together to accomplish socially useful tasks。那是「棕土」一類的有用而未能用了，按Harvey之說，這般overaccumulation正好為資本主義政商一體提供大好理由推展其spatio-temporal fixes。這spatio-temporal fixes不難明白，即透過geographical expansion（從當

年的殖民四海到今天輝煌的「一帶一路」）來疏導閒置的資本與人力，又或藉 temporal deferment（從基建硬件到教育人才軟件）來延後其資本財回報，讓政商百業朝着光輝未來走下去。

三、

今天應該很高興，快樂人共並肩！噢，那些快樂人怕只會是政商一體的連體可愛嬰兒！

Spatio-temporal fixes 是解決 over-accumulation 的妙法，讓有田有地有辦法的繼續擴張擴展，橫的殖民，綜的稱霸。Harvey 夕拾朝花的新書叫《The Ways of the World》，彷彿欲語還休，欲語還休，究竟是 The ways they are 還是 The ways they should not be？畢竟此卷是他的名篇縮集，四五十年來關心的也是資本世界的 accumulation of capital 及隨之而來的空間地理，而這種亦正亦邪的 landscape 又回過頭來塑造了我們的自由與不自由，Harvey 看在眼裏，我城人仔看在眼裏，不能不 at least question if not reject the system that produces such excesses。

Brownfield是資本超累積下不該有的excesses，背後的政商連體若不能超越國界以殖民，也可以藉尋常urban planning以竊佔尚未到手的陽光空氣清水和空間。早在一九七〇年，Henri Lefebvre在一篇題作〈Reflection on the politics of Space〉的演辭裏狠狠說過：「New scarcities emerge-such as water, air, light, and space, over which there is an intense struggle. Urban planning must be understood in terms of this struggle!」年輕人在《棕跡》裏追問，為甚麼「棕土」在政府規劃論述中不見精確定義？這問題自不難回答，事關「棕土」是政商連體不欲人家看見的excesses of capital，not invisible but not to be seen.

Harvey上一本大著小書叫《資本主義的十七種矛盾》，其中第十一種正是the production of space，裏邊提到香港，說世人讚嘆維港兩岸璀璨，可正因為華燈掩蓋了那心灰的資本邏輯。

《信報•北狩錄》二〇一六年九月二十六至二十八日

風吹草動

風吹草動，不是物理使然，卻是世情使然。尊貴準議員們，swear or not to swear, that's the question! 今午我遊於 Magdalen River 之上，一邊廂是 St Hilda's College，另一邊廂自是 Magdalen College，我時運高，居然遇着 J. L. Austin 的孤魂飄在水上，自遠而近，迎上前來，我左顧右盼，一河水盡鵝飛，除了掌舟的 punter，只有落鴻與孤雁，我遂厚着臉皮道：「Professor Austin, what a pleasant surprise!」

Austin 是牛津哲學大佬，從前在 Magdalen，位極 White's Professor of Moral Philosophy，二戰時跟 Isaiah Berlin 一般服役於英軍情報局，據說在那碧血長天 D-Day 裏渡人無數，神級傳奇，我自然俯首禮敬，卻忽聽得 Austin 操着我城妙語，道：「喂，嗰班友仔，話宣誓又唔宣誓，煞有介事！卻從未懂得甚麼是不比生菜的誓願！」

我湊上前來，陪笑道：「彼等想必未有讀過前輩一九五五年於哈佛登壇說法的 William James lectures: How to Do Things with Words 啦！」

Austin 虛捻鬍子（其實前輩沒留鬚子唄！），釋然道：「小弟弟，此書太老，不讀白不讀。」

我忙道：「不不不，今早在 Blackwell 總壇裏還見着前輩此書的數碼矇矇重印本，美妙如佛經呢。」

Austin 緩緩念出：「To utter the sentence（聰按：如立法會議員的誓辭）is not to describe my doing of what I should be said in so uttering to be doing or to state that I am doing it: it is to do it!」

Austin 的書只教人風吹草或動的道理，閣下若不愛現代英美分析哲學那杯茶，或嫌前輩囉哩囉嗦，例如上面引的那一小段，驟看不會驚人，可當年卻是 Austin 藉以打破 statement 與 pseudo-statement 二分法悶局的一道大板斧。

Austin 說在教堂裏執子之手，深情回應司禮人那句誓辭：「I do!」不具任何 descriptive 的價值，沒有 true 或 false，卻是藉言語 to indulge yourself in that marriage！Austin 稱如此一類話語為 performative utterance，說話本身就是表演表現嘛！Austin 畫公仔更愛畫出公仔的腸，逕謂「the act will as a rule include some special further feature, for example raising your hat, tapping your head on the ground, sweeping my another hand to my heart...」差不多晨早預告了尊貴準議員們宣誓時玩嘢，或身披

香港旗，或輔以艷彩圖「Hong Kong is not China!」略知 Austin 理論的必然洞悉準議員們不在乎話中的 truth 與 falsehood，只是藉如此這般的 performative utterance 來表現表演。至若表現表演些啥？一切卻有賴世情脈絡。噢！諸君一心表演表現的是 in apparent defiance of PRC。那一面披身錦旗與那一張 mere assertion 勞作仔，儘管如泣如訴我城不是共和國，卻從未能論證箇中曲折，只是諸君嘴上 performative utterances 的醒目道具，教人不要計較此中毫無理論論證，一切只是表演表現中的 defiance 而已，鴉鴉鴉。

明乎此，閣下理應猜着，我要笑的不是熱中表現表演的準議員，卻是手操法器的律政當局！彼等以準議員們的 performance utterances 為口實，逕謂他們違背了落場參選時的承諾，要打又要殺，卻不諳他們只是嘴上凌厲，表演表現小學程度的 defiance 而已，試問 mere defiance performed 又如何違背那落水鳥誓辭？

難怪 Austin 要嬲嬲豬了。

Austin 老早說過有種 performative utterance 叫 joking！在 How to Do Things with Words 中前輩舉過不只一個例子，其中一個叫「Go and catch a falling star!」海底撈那星！真箇聽了便算，何勞認真？我看尊貴準議員們的一顰一笑，彷彿認真，卻亮出 Hong Kong is not China 的點子來，誰能不笑？如我城是 X，共和國其他省市自治區暨經濟特區及澳門特別行政區則通通叫Y吧，共和國便只許是X＋Y了，試問X又怎能是X＋Y？「Hong Kong is not China」是Quine所謂analytic的句子，其truth與falsehood不假外求，只是語理分析的遊戲！諸君joking得太過explicit，如曾諗過認真，早已在議事堂上說清說楚「Hong Kong is not part of China!」甚或講究一點：「Hong Kong shall not be part of China which is only taken herein to mean the PRC!」雖是謔而近虐，黨國特府卻竟已煞有介事唄！

從前鐵幕裏的東德人民不知死活，依然愛說共黨頭子Walter Ulbricht的笑話，人民甲問：「Does Ulbricht collect political jokes?」人民乙笑對：「No, he doesn't. He collects the people who tell them!」今天黨國特府自然Ulbricht上身啦。又從前George Mikes寫了本小書叫《English Humour for Beginners》，今夏忽爾重印，我一卷在手，有端無端翻到政治笑話那一章，讀到不無慘然的幾句：「The tyrant kicks back with desperation; the tellers of political jokes are often prosecuted, tortured and killed!」說的自是不識English humour的另一可憐世界，那可憐世界的地圖上今天或已鑄有我城的名字，悽悽戚戚，欲笑無聲。

可幸George Mikes安慰我們：「The jokers often die; the jokes never.」庶幾風不吹，

芳草還動。Magdalen河上忽地掠過一雙烏鴉——鴉鴉！

《信報‧北狩錄》二〇一六年十月二十四至二十六日

Why not That?

冰島大選，行情看漲看激的是一班 internet activists 組黨而成的 Pirates，一派維京海盜豪情。Pirates 全是年輕不畏虎的臉孔，入世未深，甚或不屑入世，更無半分議會行政經驗，青青蔥蔥，主事人是我們游小姐一般芳齡二十六的歷史系畢業生 Ms. Helgadottir，給人家問着「零經驗」的老掉牙問題，索性直言：「Maybe it's OK that nobody in your parliament has been in government so you ask basic questions like: Why do this? Why not that?」

Why not that？點解唔得唧？Obama 未做美國總統之前都無做過總統啦！當然某人未登我城大位之前已在政場中經營儲君有年，深沉陰鷙過人！But why do this？

胡官誓師啟航，又即惹來無班底無經驗之譏，Why not that？

將法官大人視作煙火人間之外的孤星 blindfolded 人，只是一厢情願的曲想，黯於事，歪於理。法官亦人子也，只不過恰巧是更叻的人（利申：在下當年有緣有幸，曾稍効微勞於我城司法機構）！從前是英倫最高法官的 Tom Bingham 爵爺最夠資格現身說法官，千禧年間爵爺稍事文章結集，縮成好一卷《The Business of Judging》。

我還記得那天微寒，我又走到 Fleet Street 上那一小爿 Wildy & Son 書店看書，見此卷，即揣在懷中，遛到 Lincoln's Inn Fields 的小綠洲上啟卷，彷彿還有小雲雀在不遠處不語。

Bingham 說道：「In deciding the facts, the judge knows that no authority, no historical enquiry and no process of ratiocination will help him. He is dependent, for better or worse, on his own unaided judgement.」小雲雀忽地嫣然一笑。

Lord Bingham 的話，或許有點 counter-intuition if not counter-factual，卻是知者之言！當然英倫法官群英多敏於行，訥於言，少有閒筆戲寫 extra-judicial writing，更少有以身說法，略伸一己的私見豪情，近年雖有 Lord Woolf 的文集《The Pursuit of Justice》，又或 Sir Stephen Sedley 的精粹文章《Ashes and Sparks》和《Lions under the Throne》，卻俱是法哲學或法學史之篇什，沒多見笑聲淚影，縱是上世紀 Lord Denning 幾部「回憶錄」也是說 cases 多於說其 self，是以英式法官大人身上總有一層褪不去的 mysteriousness，久而久之，遂在世人想像中成了冷冷的孤星人。

大西洋另一邊的美利堅卻別有不同，事關聯邦法院法官俱是 political appointees，走不出Senate的vetting，因此多了人間的煙火，偶爾也會從神壇上走下來，親親紅塵，說說未能如煙的往事，如近年便有Justice Sandra Day O'Connor退休後閒寫回憶錄《The Majesty of Law》，更有現任Justice Sonia Sotomayor未退下來已寫出前半生的故事《My Beloved World》，緊扣的是伊人Hispanic的身世與成長，勵魂勵志。然而，嘴上筆下最一瀉如注的當推Court of Appeal for the Seventh Circuit的老大Richard Posner，《信報》林先生多年前便寫過Posner一天工作流程，排得麻麻密密，難怪Posner七十七年來多產如斯，我眼前架上隨意數數便已有二十之數，還未計散落舍下四角的遺珠！此中題材萬變，近年Posner老爺則顯然在意於demystify同事法官頭上不必要的halo，還他們該有的personhood，例如新著《Divergent Paths: The Academy and the Judiciary》便說：「Most judges evaluate cases in a holistic, intuitive manner, reaching a tentative conclusion that they then subject to technical legal analysis.」跟爵爺說的異曲同工。

Posner老爺既是聯邦上訴庭大法官，也長年是芝大法學院高級講師（其子Eric Posner卻是那兒的Distinguished Service Professor of Law），老早游刃於司法實戰場和法學理論苑之間，雙翼齊飛。他寫《Divergent Paths》就是看不過眼太多同僚（尤其是Supreme Court那幾位）不看不理懶理法學理論高頭文章，未能多採其中的intellectual resources，累得雙方愈行愈遠，愈歧路愈亡羊。Posner 新書正是以學苑人之姿，為司法世界上下把脈——弔詭的是，Posner 恐防一眾同僚連他這本學苑小書也不細看，特闢了好一個 executive summary（見書後《附錄四》）曰〈List of Judiciary's Problems and Possible Academic Solutions〉，中有一項叫人 to seek a realistic understanding of judges，我城人仔在狐疑胡官離地前也大可看看。Posner 笑說：「The Justices are not philosophical. They do not read H. L. A. Hart or Ronald Dworkin!」

學苑是外人，不懂法官，不明白他們各有各自的信仰理念關懷與乎人情偏見執着動機，不是紙板公仔人，卻是血肉裁斷者，the one who judges and adjudicates! 因此請不要妄說法官只懂黑白森林，不諳政治，我偏心偏見，深信他們總比所羅門王高明高智。前年馬官為薄扶林大學葉保仁君新書作序，中有如此幾句肺腑語：「This is often misunderstood and exaggerated, particularly when one understands that the judiciary has no political role. However it does mean that in the adjudication of particular public law cases, the courts do take into account realities and matters of public policy.」

不僅「Why not that?」更是「It has to be that!」可惜我最愛讀 Ronald

Dworkin（我家小貓女便叫 Dworkin!）和 H. L. A. Hart，懶 philosophical，難怪仕途不彰，起步處忽爾行人止步。

《信報 • 北狩錄》二〇一六年十月三十一日，十一月一及二日

Cannot be Said

雖然人屆中年，可還依戀給人叫「哥哥」的好日子，依然難忘初初出道的嫩口雙生兒Twins，更難忘小妹妹皓齒紅唇間吐出來的那首《哥哥》（伍樂城的曲，林夕的詞），當中有忘年的幾句：「誰也有偶像，大個崇拜孫中山，更高智商。」

一切好端端的，孫先生天上有靈，自也鬍鬚叢間笑呀笑，怎知媽的，一百五十冥壽之際，連老而不董也汲汲祭出孫先生來撒野：「孫中山先生的愛國精神，是弘揚追求國家統一思想，反對分裂。」

唉，有人讀書少，少讀書，仲冇更高智商！且看孫先生寫於一九二四年四月十二日的《建國大綱》，其中第四條云：「……對於國內之弱小民族，政府當扶植之，使之能自決自治。」

另第十七條云：「在此時期（那訓政時期），中央與省之權限，採均權制度。凡事務有全國一致之性質者，劃歸中央；有因地制宜之性質者，劃歸地方；不偏於中央集權或地方分權。」嘷嘷嘷，聽到未？

訓政時期乃憲政時期之預備，那何時方屆憲政時期？《建國方略》第廿三條如是說：「……（各省之）憲政開始時期，即全省之地方自治完全成立時期，則開國民大會，決定憲法而頒佈之。」可知建國以建省始，而建省又以地方自治為鵠的，不是巨靈一般的集權中央，中央集權！而孫先生《建國方略》中只提過「國家獨立」，獨立於國際之間，卻沒有硬銷促銷過「國家統一」，事關各省不是被「統而一」，而是先待各省完全自治，繼而共商國民大會，頒佈憲法，屆時四方「聯而合之」！People are not united, we complete ourselves!

「He's a demagogue, who seems to appeal to the lowest denominator!」霍金如是說特朗普，卻也可借來孝敬老而不董呢。

不能說的未必是秘密，可能只是不該說的瘋人瘋語！聞一多借《一句話》說出那不該說的一句話：

有一句話說出就是禍，有一句話能點得着火。
別看五千年沒有說破，你猜得透火山的緘默？
說不定是突然着了魔，突然青天裏一個霹靂，爆一聲「咱們的中國！」

「咱們的中國」不是不該說，只是不該說得如此聲嘶力竭，理所當然，誠如聞先生另一首更肅穆的《祈禱》：

請告訴我誰是中國人，啟示我，如何把記憶抱緊；
請告訴我這民族的偉大，輕輕的告訴我，不要喧嘩！

然而是否中國人取決於你我的想像共同體，the shared memories, the shared imaginations and the shared values，是以聞先生有更慷慨的幾句：

請告訴我誰是中國人，誰的心裏有堯舜的心，誰的血是荊軻、聶政的血……

堯舜的仁心，荊軻、聶政的憤血！老而不董應不會念聞先生詩，更不會懂得孫先生的革命心事。試看孫先生一九二四年《三民主義》第一講中提到的國家與民族之辨，信手所拈來的例子正是我城：「像香港的幾十萬中國人，團結成一個民族，是自然而然的。」那是一眾禮義廉和老而不董不敢懂的「香港民族論」芻議。孫先生續道：「所以一個團體，由於王道自然力結合而成的是民族，由於霸道人為力結合而成的便是國家，這便是國家和民族的分別。」王道與霸道正是 legitimacy 之所由，身份認同是不能勉強的愛情，暴秦不要愛情，愛霸王即上弓，故獨沽一味，「國家」二字琅琅上口，既喧且嘩，聞先生聽了一定皺眉。

舉世滔滔，好像已經沒有甚麼話不可以胡說亂說，尤是有權有勢者，更肆張其如盆血口，唬嚇小民要小心說話！當然有權勢者自不必說話小心，更可隨心隨意剪裁古今人物，一廂情願引為知己，例如光說孫先生追求國家統一而不及其現代民族論說，更不及其中央與地方分權而不偏權的主張，直如他們口中只愛念念有辭說「一國」，腳下卻狠狠踐着踏着那淒涼的「兩制」，partial truth is no truth at all。「一國」從來只是理想的一員，不是理想的一切。

週末讀荷里活演員兼美國 Freedom of the Press Foundation 理事 John Cusack（其實他的戲一向不算好看，除了 Being John Malkovich!）和印裔名筆 Arundhati Roy 合寫的小小對話文章〈Things that Can & Cannot be Said〉，叨念的是因着 Edward Snowden

而起的說真話種切。Cusack 非常討厭政治人物講啲唔講啲：every isolated idea that doesn't relate to others yet is taken to be true（as a kind of niche truth）is not just bad politics, it is somehow also fundamentally untrue...

「充份高度自治」絕不妨礙「國家統一」，「權在人大大」也不必等於「依法干政」。僅及一端而不及其餘，刻意顧此而渾然忘彼，只因 the universe of truth 之中容不下暴秦一心割裂的偏相。

Cusack 和 Roy 在小書上忽爾扣問：Doesn't the height of a country's success usually mark the depth of its moral failure?

我知我知，人哋講緊笑緊美國，唔關我哋強國事嘛！美國從來好玩，想孫先生必深以為然，先生一九一二年二月三日馳書日人宮崎滔天云：「……再往米國，為革命之運動。此地甚自由，可以為所欲為也，惟有所不便者，則去中國太遠……」Cannot be Said 的是，正因為去中國太遠，始方得自由。蓋虎口難望餘生，此我城大可哀也。

《信報 • 北狩錄》 二〇一六年十一月二十一至二十三日

主席先生的ㄗ

我們總會奢望主席先生在議事堂中裁斷英偉，秋毫明察，今回竟給我們奢望中望中了。那天某人（賤之，故從來不及其名）在議事當中高唱其 Swan Song，信口又造王又造勢，Q&A 尋常茶點事耳，使咩幫拖？有本家小麗議員原汁原味大庭廣眾間播出某人從前未反口前的一段政策承諾，好讓今昔對照，魔鬼在細節中現形。

某人正擬偽言相欺之際，主席先生斜刺裏亮出無情紅牌，橫刀一伸要逐小麗姑娘離場，那一刻大概連某人及全體保皇一族也不禁微微吃驚，我獨不然。我猜想小麗姑娘功課做足，器材帶足，但許是看漏了今本《版權條例》第三十九條，其文云：「（1）Fair dealing with a work for the purpose of criticism or review, of that or another work or of a performance of a work...does not infringe any copyright in the work...」

唔係呀話？就係咁話！小麗姑娘播出一截錄音是 copyrighted work，其主人應是錄音的 journalist 或其僱主（諒不是某人，除非某人當時念念有辭的是 scripted speech），亮出來給天下人批評個頭頭是道，乃天下正理，可惜法眼底下只能就 work 論 work，以「作品」論「作品」，憑錄音論錄音內容質素，未能以「作品」議論某人的人品，if any，好以鐵證指證他今日嘅佢打倒昨日嘅佢！小麗姑娘似不小心挪用一小片人家的版權權利。IP Law 可有幾難，惟識者知之乎？

可是主席先生竟然貌似識者，無奈犧牲了小麗姑娘以存 IP integrity 之餘，還有心無心拋下一句：「就咁口頭引述咪得囉！」勁！幾乎一語道破 idea 與 expression of idea 的幽微分別，即係某人收皮在即，要寸咪寸囉，做咩要播番人家啲帶？佢唔認，你吹呀！姑娘還不如細語撮拾此人從前所諾，繼而嫣然一笑，一嘢質條粉人埋牆，睇佢點死？主席先生心裏或抱怨：「舊年又唔過埋條 Copyright Amendment Bill 2014，過咗咯，小麗姑娘咪無事囉！嬲得我吖！」

鬍鬚約翰的 IP

食薯片，我至愛珍珍，卡樂 ABC 俱非我條片，Pringles 更不在話下了，因此我不曾偏愛貌似 Pringles 叔叔的鬍鬚約翰，畢竟他曾事於某人內閣有年，且自言 always agreeing with his boss！

然而，那天鬍鬚約翰宣佈出戰，手上拿的不是 Pringles，卻是既像約翰又像 Pringles 的 iPhone 7 Plus 套套，據聞是 Casetify 的盛情出品，但願這套套不作公開發售，不然便得有 Pringles 的愜意授權，否則又是 copyright infringement 了。須知如今逐鹿我城大寶之際，侵權如僭建，一下子無限中伏，丟了大位事少，畀人笑到唐營咁款才叫事大。

妙手將鬍鬚約翰打造成薯片叔叔，既親民又鬆化，好一回不死關公，恨死隔籬不叫客氏的奶媽啦，可是我城《版權條例》尚不爭氣，從未為幽默政治亮個綠燈來。坊間鬧得熱烘烘的所謂「二次創作」是個 oxymoron 的壞鬼胎，概念上的毒霧霾。創作在乎發人之未發，彷彿處子，怎有「二次」？若說我們俱乘着前人之創獲而往前多走一步，那是站在眾多前人肩上的累積，由此開出漫天的花果，哪又何止「二次」？關鍵是創作中挪用人家的作品是否得宜，去年死去的 Copyright Amendment Bill 2014 是我城每況愈下倒行逆施中偶然兼意外的善政，其中新寫的第 39A 條過錄了人家英倫 The Copyright and Rights in Performances（Quotation and Parody）Regulations 2014 的幾個法定豁免，有 caricature、parody 和 pastiche，我們自家更多添一項 satire，合共四款，頗能煥發議政笑政的眼界和青春。如當日通過了這項修訂，鬍鬚約翰今天捧着 Casetify 的贈興手機套套，不單無畏無懼，更可藉此高揚政治上 caricature、parody 和 satire 的英倫風采，跟真普選堅民主接上幾許人間地氣。

Trump Trump 的 IP

Trump Trump 總統好比 Tsum Tsum 遊戲，一式惹人愛憐，一樣惹人追打。話說 Trump Trump 當日登基演説甫一見世，叮噹悠揚響遍人間的是「還政於民」的 Trump 口承諾：「We are transferring power from Washington, D.C. and giving it back to you, the people!」眼利耳尖的《蝙蝠俠》忠貞粉即時思想起義，信手拈來 Christopher Nolan 電影《夜神起義》裏 Bane 的一番人前心底話以資察照：「We take Gotham from the corrupt! The rich! The oppressors of generations who have kept you down with myths of opportunity, and we give it back to you...the people!」從此阿 Trump 和阿 Bane 竟是一般草莽，一般英雄！大概沒有人掃興得偏説 Trump Trump 僭越了 Bane Bane（或 Nolan）的 copyright 吧！事關此處明明雷同的只是 the idea of justified populism，不是其 expression of idea，難言竊書難言偷呢！畢竟「還政於民」是太美好的共和合眾理念，誰沒説過？隨手翻開

Thomas Jefferson 的文集，也瞥見先生一八〇一年三月四日的就職演說上有如許的話：「Sometimes it is said that man cannot be trusted with the government of himself. Can he, then be trusted with the government of others?」當然，我猜想，Jefferson 一定比後輩 Trump 說得更悅耳更動人。

Trump Trump 也許真的在跟 Bane Bane 暗通款曲，但在登基演說中佈下的不是 copied speech 而是 the muted reference to 漫畫中那 broken the Bat 的 Bane！在漫畫 *Batman Knightfall* 系列中出現的 Bane 不是新世紀 Nolan 長鏡下的還政英雄，雖然他也是一心摧折貴族夜神 Bruce Wayne，但他的理想卻只是懷中一顆心願：I am the order of Gotham!

心願的 copying 是永無犯於 copyright 的。

《信報 • 北狩錄》 二〇一七年一月二十三至二十五日

血色幽默

幽默而帶血，總不會是笑話吧！記得年前瑞典慘厲暗黑電影《血色童話》（瑞文英譯是更 literal 的 Let the Right One in）寫十二歲小男孩 Oskar 跟小女孩 Eli 友善，可小女孩不小了，已然二百歲，還要是個長不大的吸血鬼，然而對着小男孩始終窩心，只讓有點變童味道的忠僕為自己外出吸血搜血，不曾傷過小男孩分毫，雖然滲着慘然血色，心腸還是童話，吸血鬼也樂得有個 right one 走入那黯然不盡的噬血長廊。

晨起讀報，赫然見共和國最高政治諮詢機構頭領在《工作報告》中猛讚隔壁人大大果斷欣然釋法，「正面發聲」！我笑笑，暗惴官府文章堪解讀，「正面發聲」橫豎看來都是「正聲」的四字加長版，恰恰是頭領的好名字，那麼「正聲」禮讚人大大「正面發聲」，彷佛是自讚自，謂人大大依法幹的好事合該是自家名下的產業了，真係唔該晒！在講究出場次序的共和國金字塔終極政治，那是不懷好意要殺頭的僭越，還是兩會悶棍期間不慎袒露出來的人間幽默？據說幽默不僅存在於資本主義社會，更樂於藏在社會主義的血色暗角。我想起一個老掉了牙的笑話。

甲：What is the difference between capitalism and communism?

乙：Capitalism is the exploitation of man by man. Communism is the other way round!

想出這個笑話來的怕只會是社會主義原居民了。從前嬉春倫敦，有幸耳濡目染那該死的幽默，同一屋簷下的大塊頭常笑我是 petite Chinois，我總死撐回敬道：「My body could not just be measured in one size!」然後大小二人便摟着肩膀嘻哈下樓去喝 Guinness 了，算是 Anglo-Chinese humour，好嗎？

我和大塊頭之間的幽默從來沒有血色！一回他送我一本老書，那是 George Mikes 刊於上世紀六十年代的《How to be An Alien》，那時我想到的卻只是不倫不類的 cross-over 電影《Alien vs Predator》，遂對曰：「Don't try to think yourself a bloody Predator!」

大塊頭遂翻開 Mikes 書卷首，朗朗誦曰：「In England everything is the other way round!」

嘻！George Mikes 其實不是藍血英倫人，來自後來成了共產衛星國的匈牙利，卻也一心嚮往幽默，昨天我鈔錄的那個老笑話便來自米奇先生的另一本小書《English

Humour for Beginners》，弔詭的是卷中掇拾的政治笑話總多來自苛政暴秦的共產國，米奇先生的解語閃亮：「Under oppressive regimes jokes replace the press, public debates, parliament and even private discussion...」幽默笑話原來帶血，事關制度機關早已容不下對政權政事真心的討論和肉緊的批評，一切唯有隱遁於野人幽默潛流之中，不死不滅，縱然敢說政治笑話者不幸殉道，笑話還會流傳下去：「The jokers often die; the jokes never!」幽默見血，卻成了天壤之間氤氳的氣，不朽的道。我奇怪，那麼共和國自應多有政治幽默吧？俞主席那「正面發聲」合該只是冰山上的一角詭笑？

喜讀天下無字書的丁學良教授剛寫了本小書叫《政治與中國特色的幽默》，彷彿正合時宜。丁先生的洞見跟米奇先生相若，但更多了一點 refinement：「一個國家太不自由，政治幽默當然流傳不出，但一個國家若是太自由，也無助於產生高水平的政治幽默。」二者之間那個細膩微妙灰色自由不自由的空間方才容得下猶帶血色的幽默，那我們幽默嗎？共和國好笑嗎？

翻開丁先生書，亟願讀到來自共和國的 political jokes，但見書上引的斯大林笑話好笑，北朝鮮的好笑，可來自共和國的笑話委實不太幽默，例如那個「屁股比臉蛋優秀論」云云，說屁股「既能連坐連戰，也不怕壓成阿扁」。雖然呱呱的對上了連戰和陳水扁的名號，但卻非常低手非常工農兵，遠不及丁先生筆下「感謝文革的五個理由」和「生子當如金正恩」（那時金正男尚未遭鴆殺！）般調侃了。

丁先生既謂：「今天的中國一方面有了愈來愈多的自由，但也不是那麼多、那麼正規，這恰巧是產生優質政治幽默的黃金時代……」語畢卻好像偏偏在書中沒有將幽默收集起來，彷彿只有 trailer，忘了戲肉。

還是魯迅高瞻，一九三三年先生老早寫過：「『幽默』既非國產，中國人也不是長於『幽默』的人民，而現在又實在是難以幽默的時候……」末句尤傷心！那二〇一七年的今天呢？人民不見得幽默，但長官最自由，或會自動獻身 humour，例如共和國總理剛錚然鏗然說「港獨沒有出路！」我聽了笑笑，我城最常見最多見的出路叫「Exit」，愛嵌在燈箱裏高高亮起，指點眾人離去星散之所由，沒有「出路」便不要亂走，莫非長官曲線好心叫「港獨」留在原地默默耕耘（不然便少了個「人民公敵」）？一語雙關，寧不幽默？

噢！莫非官場才是幽默橫行之所，早前喬曉陽主任說二〇一七行政長官須具三大條件，不旋踵王光亞主任三改四，得出四大條件，再過兩天合該四改五，走出五大條件來唄，事關早在文革前夕的一九六四年，毛氏便發出了「無產階級革命事業接班人的五項條件」！特區首長是革命事業接班人，條件自不能少於五項，那未加的第五項是啥？莫非是「幽默」？

《信報 • 北狩錄》二〇一七年三月六至八日

面子 of Denial

據說「一國兩制」一旦毀約，共和國輸掉的只是面子，我城人仔損失的卻是連底褲都輸埋的全部。

子曰：「人而無信，不知其可也。大車無輗，小車無軏……」其實信比面子要緊！信是 integrity、reputation 和 trustworthiness，不是粗野淺薄的 face、fame 或 vanity 之可比擬。連「一國兩制」那粉嫩的臉皮也不虞撕破，那是「國而無信」了。那位為官的法律學人在講壇上振振有辭，振聾發聵，閃爍表示共和國不怕丟了面子，是耶非耶？

我想起 David Irving 的 defamation 官司，沒面子也要充面子，跟為官學人口中的共和國迥然大異。那是公元二千，年初已聽聞英倫有哄動大大 defamation 官司開鑼，原告是二戰德國史名家 David Irving，首被告是企鵝出版社，次被告是我當時孤陋未曾聽聞的 Deborah Lipstadt，原來也是史學名家，長於現代 Jewish 及 Holocaust studies。

那年忽爾人間四月某天，我從東京捧着滋味鰻魚便當乘子彈火車往大阪，車廂內熒光屏不斷閃着只有文字沒有影像的新聞簡報，我那時和今天的日文程度俱只夠讀懂日文漢字，便有一眼沒一眼地看着從右至左閃過的世界大事，忽然 David Irving 二字闖入眼簾，料是官司有了結果，但所有平假名片假名堆在一塊，我便不知成王與敗寇。望穿秋水捱到酒店打躉，扭開 BBC，方知 Irving 吃了敗仗，丟了面子，被明察秋毫的 Justice Gray 揪出種種不懷好意的扭曲史實，有違史家的良知和造詣，故意曲說希魔鐵蹄之下沒有慘絕人寰的 Holocaust:「The falsification of the historical record was deliberate and that Irving was motivated by a desire to present events in a manner consistent with his own ideological beliefs...」Justice Gray 如是說。

企鵝出版社是首被告，事關企鵝早前刊行了 Deborah Lipstadt 寫的《Denying the Holocaust》，書中說 Irving 是個 Holocaust denier，希魔同情者及極右反猶太主義人渣，委實傷了 Irving 不該有的面子。

企鵝贏了官司，旋將 Justice Gray 的判辭印成平裝小冊子，功德無量，我趕緊捧讀開懷。數年後美國 The Notable Trials Library 更私下將這份判辭印成幀裝考究的一卷，quarter-bound in genuine leather，edges are gilded，the spine stamped in gold，丰神俊朗，夜讀最宜。

David Irving 一案後來更衍生了兩本來自辯方的書，一部是第二被告 Deborah Lipstadt 憶述此案來龍去脈的《History on Trial》；另一部是辯方禮聘的專家證人劍橋史家 Richard Evans 的《Telling Lies about Hitler》，以 Irving 案中爬梳的材料探討客觀史實史識，一脈相承其前作《In Defence of History》。

難得將歷史放在法律的天秤上，一不留神還以為一下子尋着史實的終極裁決者！非也非也，Justice Gray 在判辭開端即申明：「讀者 should bear well in mind the distinction between my judicial role in resolving the issues arising between these parties and the role of the historian...」然而與訟雙方爭拗的是 Lipstadt 書上對 Irving 的各式批評是否一一有其着落處，而一切着落處正是「史有所徵」的原始材料及其解讀，因此 His Lordship 在裁決中依然要處理專業史家手上的歷史真與偽，故裁決末段的小標題明明白白：Assessment of Irving as an historian! 其實何止於 Irving？裁決中法庭也得審視雙方專家證人的供辭，被告那邊是 Evans，而 Irving 也真牛，強以傳票召來大名鼎鼎的 Sir John Keegan 和 Donald Cameron Watt 為他作供，二人的證辭頗持平中肯，深獲 Justice Gray 敬重，倒是 Evans 對 Irving 的看法太過負皮，惹得法官大人眉頭一皺，不得不說句「以偏概全」too sweeping 了。

讀了判辭，難免不太喜歡 Evans，倒喜讀 Lipstadt 的官司回憶錄。這一卷書剛變成了一齣好戲，響亮叫《Denial》，演 Lipstadt 的是智慧美人 Rachel Weisz。噫！歷史真有面子，不比奢言 deny「一國兩制」的共和國！

《信報・北狩錄》二〇一七年五月二及三日

大時代金曲政治學

五月二十八日，秋官「大時代演唱會」登登登登開鑼，一襟豪情，三面人海；六月三日，港樂「熱烈慶祝特區政府成立二十週年音樂會」欣欣開奏，官民同賀。在這大時代，總少不了可觀的政治寓言寓意。先是秋官閃亮登場，開咪開腔，唱的竟是《輪流傳》：「輪流轉，幾多重轉？循環中，幾段情緣？……今天少年人，他朝老年人，不知有沒有改變……」句句唱着我城三十多年來的滄海桑田，而當天少年人，卻是今朝老年人，從前興盛港英殖民地也蛻成目下共和國前途未卜的特區，箇中改變，我城人仔能不心領神會？

更淒然的是《輪流轉》是神劇，也是大台第一個腰斬劇（唯一後來者應是《龍虎雙霸天》吧），由原定的百集長劇給砍成未完的二十二集，有疾而終，死不瞑目。多年後林奕華尚不無唏噓的說：「最後一集以鄭裕玲飾演的黃影霞出閣嫁給富翁張英才『偏房』作結。無名無份的『婚姻』，象徵了香港人生活在殖民地上那朝不保夕的焦慮感，但不委身下嫁又不行……」同一番話依然適用於今天活在特區地上的我城人仔，且早已有人嚇鬼我們，「一國兩制」也可隨時提前腰斬，無有善終，惶惶！

難怪那邊廂港樂贈興二十年的第一曲竟是海頓《D大調第一〇一交響曲》，又名《The Clock》，第二章滴答滴答滴答滴，時鐘響聲貫穿整個樂章，時光催人，歲月催人，也隨時戛然而止，良宵不永，我們警惕之餘，惟餘歡樂今宵，否則何故座中總有人要趕在第一樂章後拍掌，怕每章也許是最後一章？

歌過三巡，秋官一曲《誓不低頭》：「窮途坎坷慷慨高歌，打開黑暗封鎖，強權高壓想折服我，堅決面對不怯懦。」三十年前的老歌唱的竟是今天不欠的豪情？那夜舞台上繼而徐徐升起的是鄭小姐欣宜，慷慨高歌《女神》，黃偉文的詞竟是秒秒呼應《誓不低頭》，尋且踵事增華：「不要低頭，光環會掉下來，你是女神，不要為俗眼收斂色彩；不要講和，威嚴會碎下來，你是女神，不要被下價的化妝掩蓋。」一切是傲氣傲骨，不屑禮義廉，不必和理非，我城是孤單女神，可女神能否安然甩掉如斯宿命？港樂好像不作如是觀，不然哪有Carl Orff的《Carmina Burana》？試聽序章《命運．世界的女皇》的冷峻：「命運把我摧殘着，我的健康與意志，被追擊和打壓，終生受奴役。」（抱歉，原文古典，一切拉丁！）字字擲景，語語贈興。

身旁高眉友人問我，《Carmina Burana》會否即當年《凶兆》的主題音樂？我舉腳同意，傾耳微笑，暗惴港樂的節目編排委實煞費思量無間道，在人家張燈結彩之際送上如許的細味深長，須知道《Omen》大逆不道，寫的是 Anti-Christ 如何在 Satanists 的簇擁下擾亂人間正統基督秩序，是對 authority 的悍然不服，公然對抗，裏邊常常微笑的「魔童」叫 Damien，不叫特區。七十年代在海運戲院看原裝的《Omen》，格力哥利柏配李麗娟，我還是《魔童》的歲數，沒有想太多，只是聽那 sound track 已有點悚然而懼，想不到今夜《凶兆》重臨。

噢，真的想多了，翻尋資料，方知《Omen》根本是原創音樂，作曲人是 Jerry Goldsmith，不是古為今用的 Carl Orff，罪過罪過，然而見網上錯將 Omen theme music 聽作《Carmina Burana》序章的卻又大有人在，遠不止於我和高眉友人，那我唯有竊喜吾道不孤了。

那邊廂我不敢聽錯，在二十週年的良辰吉日，秋官「大時代演唱會」encore 的最後一曲叫《永不放棄》。

《信報 • 北狩錄》 二〇一七年六月六及七日

錦瑟無端二十年

事情總愛是無端端，例如劉曉波便無端端地坐了許多回許多年的苦牢，牢外的世界一點也沒有變好。國文老師甫自瑞典歸來，素知我癡頑，自諾貝爾和平中心小賣處為我捎來一張明信片，上邊是常見的那幀劉曉波微笑像，顏色換上淡綠，兀自清涼無汗，彷彿水殿風來暗香滿，跟二十週年的特區苦熱我城最是格格不入。

我想起劉先生二〇一〇年十二月十日的獲獎致辭原是內地審訊中的自辯陳述，法庭閉門，無由得知劉先生有否細語念出，倒是典禮上由長青瑞典影后 Liv Ullmann 念成英文版的〈I have No Enemies〉，後來收入 Perry Link 為劉先生編的英譯文選《No Enemies, No Hatred》之中，書題正正採自〈I have No Enemies〉的起句：「I have no enemies, no hatred!」是的，I have no enemies! Only we do!

又例如喪屍總愛無端端地凶群而出，要咬要噬的總是我們這群未死得去的不幸人仔，難怪同業友人忽地 iPhone 傳語：「今晚打喪屍！」噢，我們今夜的敵人是凶群的喪屍！喪屍是 zombie, zombie 是 undead，undead 即是活死人，徒有四肢五官，卻已扭曲得不似人形無有人性！我心裏驀地晃然，為甚麼電影《今晚打喪屍》裏，凶群喪屍首先現身的不是別處，卻是別有意味的西環，而率先遭殃的更是制服鮮明理應除暴安良的好警察，然後噬完一個又一個，喪屍終至遍佈整個香港島，染得滿山滿野一片殷紅。

其間跑完又跑，走來又走去，勇武赤手頑抗的拳師，身上一路裹着的戰袍居然是一張戀殖不去的 Union Jack，旗幟鮮明若此，焉有不死之理？而一眾主角的藏匿之所叫「萬重山粵劇社」，危樓古蹟，驚死你唔知佢係本土派大本營。

無端端《今晚打喪屍》裏尚未死得去的好男好女，千辛萬苦，只為逃離喪屍西環，矢志跑到碼頭外碧海邊，許是一心等待那一葉可渡萬重山的輕舟——電影裏一唱再唱麥炳榮鳳凰女的本土派粵劇金曲《鳳閣恩仇未了情》，點點都是未了的恩仇淚——誰於我城有恩？誰於我城有仇？可又哪來一葉輕舟？

那邊廂七一又無端端有大大人以普通話朗讀粵諺：「蘇州過後冇艇搭！」擺明跟打喪屍的天地雙龍暨王敏奕 BB 搭訕：「那一葉輕舟唔使旨意嘞！我係屈機。」

戲裏末段白只倒在地上血泊，卻憤然跟妖物說：「我就係唔 Gur 你咁屈機！係咪一開始已注定我哋要死？」係咪？咪係。

我從不知道為甚麼蘇州過後會無端端冇咗艇搭，即如我不明白共和國外交部為何指天篤地侃侃而語：「九七過後《聯合聲明》不再有任何現實意義！」

這兩天我遂勤翻新刊的《粵謳采輯》，粵謳多是珠江花艇青樓妓女的心事，且看看裏邊會否有「蘇州過後有艇搭」的前身與今生，卻尋不着哎呀也哥哥，倒遇着一首《心肝》聊可贈興：「我自係相識到至今為你長日受困，枉你當初同誓今日背了前盟……記得起首相交今日你就唔記得箇陣。」嗟乎！

是無端端也是別出心裁，在二十週年之際，Lord Patten 推出了一卷高興之作《First Confession: A Sort of Memoir》，雖然說的多不是我城殖民歲月，我倒覺得讀來分外窩心精神，事關末代殖民地二十年前早已灰飛煙滅，但末代殖民地前度港督的 conservatism，其理念與由來卻更具永恆魅力。

Lord Patten 是我們永恆的前度，凝在歷史裏，從冰餃死火中冷然嘲笑我們新朝的位位繼任人。我那一代人時運欠佳，居然在殖民地末代遇上殖民國派來收拾殘局的一流人物，彷彿每當變幻時才見夕陽無限好。《First Confession》只雲淡風輕的一句，「After losing my parliamentary seat in Bath, I went as Governor in Hong Kong.」。

我們那一代戀棧 Patten，不為那件膚淺的大路蛋撻又或那杯老餅涼茶，而是珍惜近距離觀摩老練民主政治人的風度風采、雄辯修辭和眼界謀略，當然我們也絕不諱言 Kate、Laura 和 Alice 是督憲閣下攜來的福慧明珠，總之是煉就那「千古罪人」的一身本領，那些年我們既可望，也可即。

「千古罪人」是怎樣煉成的？Patten 在從前的三兩本書上好像未道端倪，也許那時還未屆從心所欲之齡，尚未回頭回顧不逾矩？今回書上那一章 Wet 我最喜歡，Patten 夫子自道他心上的 conservatism 暨 scepticism：「I distrusted systems and certainties!」他心儀 Edmund Burke 自不待言，也喜歡 Michael Oakeshott，反對一切一廂情願的好 planning，包括「A plan to resist all planning」！Patten 說我們都像極了 Winnie-the-Pooh 身邊的 Eeyore，冬天所獲並不在於春天誠心播的種，我們俱只在掙扎：「So, if you spend your years struggling through life's swirling water, you are bound like Eeyore to come wet.」政治或人生這一趟渾水，最終聊可肯定的只是拂了一身還滿，只不知滿身的是傷痕還是濁水？

Patten 是幽怨的，案頭上長年供着一張 Rab Butler 的照像，Butler 是誰？試聽督憲閣下的自注：「A man whom I only know slightly but admire hugely. He always comes high on the list of those who never quite became Prime Minister!」

《信報 • 北狩錄》 二〇一七年七月三至五日

雲妮 the 寶

七月十七日《金融時報》頭條是 Winnie-the-Pooh 跟跳跳虎閒庭信步，標題是 Beijing blocks Pooh，我笑了，共和國果然是食神，真係點會畀我哋班蛋散估得到？

小時候家裏沒有書，兼之世界真細小，連附近小童群益會小小圖書館也小得未見藏有兒童文學中最紅的小熊，往後許多年我也沒能碰上，遂不知有 Winnie，遑論 the-Pooh。及長，於馬先生曙光書店處遇見那卷美麗圖書 A. A. Milne Complete Tales of Winnie-the-Pooh，方知 Walt Disney 手上的動畫不是正朔，無由沿此得識 Ernest Shepard 彩筆下的素顏稚趣，也絲毫未見原來故事的欣欣幽意：「Here is Edward Bear, coming downstairs now, bump, bump, bump, on the back of his head, behind Christopher Robin.」從此那是經典傳奇的開端，那時小熊還未有今天戶曉家喻的 odd name。故事中的 Christopher Robin 既是作者 A. A. Milne 血肉兒子的名字，也是 Milne 為兒子寫在書上的 fictional counterpart，二者是一而二，卻不必是二而一。Christopher Milne 一直活在父親和自身的 fictional counterpart 影子裏，快樂不快樂？一九五六年 A. A. Milne 逝世，二十年後 Christopher 寫了他第一卷私衷回憶錄《The Enchanted Places》，惜我未之見也，卻在 Ann Thwaite 為 A. A. Milne 所作的傳記裏看到 Christopher 的自白，謂其書之作斷不是為了 Pooh's friends and admirers！彷彿可圈可點。

Winnie-the-Pooh 委實有太多的 friends and admirers，如珠復如寶，不然又怎生有人心有靈犀，從共和國主席圓滾滾的身影看出 honey loving 的熊仔來？

給人家叫作 Pooh，比作 Winnie-the-Pooh，應該甜甜的爽皮的才對，怎麼又喊打又喊住話要封殺？莫非大大人書讀得多，居然早知道這 household name 的來龍去脈？

舉世讀 A. A. Milne 書者，必然曉得書上序章已說過 Winnie 原是倫敦動物園裏的真熊名字。Milne 家父子常往訪常往看：「Well, when Edward Bear said that he would like an exciting name all to himself, Christopher Robin said at once, without stopping to think, that he was Winnie the Pooh!」

Winnie 典出有故，那 Pooh 呢？老 Milne 說從前 Christopher Robin 有一隻小天鵝，其名字正是 Pooh，後來天鵝 Pooh 走了，「We took the name with us, as we didn't think the swan would want it any more」，而中間的好一個

「the」呢？老 Milne 說他自然懂得，瞪瞪我們：「I hope you do too!」Shit，I don't 喎！

Ann Thwaite 為文考證 Winnie-the-Pooh，好像沒將那「the」放在心上，倒愛深究「Pooh」之一字，援引心理分析之說，詰問天鵝既是世間潔白少瑕之物，怎生叫作 Pooh？須知「Pooh」是驟見污穢物事的嫌惡感嘆詞，莫非是高度壓抑中的正語反話，Winnie-the-Pooh 難道是披着蜜糖外衣的惹人嫌禽獸？此所以大大人不能與眾共樂也？

然而，Winnie-the-Pooh 的官方漢譯只是平板電腦一樣平板的「小熊維尼」，壓根兒省去了 the，更隱去了 Pooh 的一段身世悠悠，只可憐，不可怕。

食神思維是你我所估不到者，試逆而溯之，冒犯天威的會否不是 Pooh 而是 Winnie？二戰時英人愛國順便愛埋 Winston Churchill，偏愛叫圓滾滾的 Winston 作 Winnie 呀。珠玉在前，大大人不願忝居二世吧。

大大人是共和國的 alter ego，若他要禁絕 Winnie-the-Pooh，共和國自然從善如流，連跳跳虎、Eeyore 和豬仔也當在被禁之列。素來千古罪人的 Lord Patten 適時贈興，好引唔引，在其新書《The First Confession》開篇引的竟是豬仔的一番佳話：「The things that make me different are the things that make me.」套在共和國歷史上，自然是中國之為中國，正是因為滿有中國特色。

Patten 妙用豬仔金句使我想深一層，為幸福行多一步：Winnie-the-Pooh 之觸忌犯禁會否不在 Winnie 不在 Pooh，卻是為了 Winnie-the-Pooh 書上的一段故事？

一天森林大水，一片澤國，豬仔被困在樹洞裏，倉皇間聰明翻出小小玻璃瓶和素紙一張，上書「Help! Piglet（Me）」，然後將小紙團塞進小瓶中，放乎中流，果然給 Pooh 拾着，借傘為舟，小熊居然神勇，救了豬仔呀！Christopher Robin 和一眾林中友好樂透啦，大水過後，便給 Pooh 來個謝 Pooh party。下邊是 Christopher Robin 的即席致辭，恐怕說透了大大人的心事：「The party is a party because of what someone did, and we all know who it was, and it's his party, because of what he did...」

It's his Party! 雖然心知肚明，但終究不便光天化日宣諸人前，此所以犯諱而招禁？

其實 Pooh 的出身成份從來不好，其生父 A. A. Milne 在二戰時即受大英帝國宣傳部之託，為文激勵軍情，說到當日黑暗塵世中的一襟使命，居然是：To deliver the victims of oppression!

The Party 當天今天俱不會領情。

《信報‧北狩錄》二〇一七年七月二十四至二十六日

妖霧與歪風

一、

行內人不會看法院判詞的譯本，譯本只供不能看原文的他人琢磨消遣。「一股歪風」好笑，「An unhealthy wind」抵死，「信雅達」不能亦不必三箭齊發，同臻化境，「An unhealthy wind」不是分明英語，不信不雅，卻能有「達」的風采，傳神得意地重現了那種字裏人間的 awkwardness，還有那份靈魂深深處的 incongruity of values。

如譯者偷懶，爽手翻作「a repugnant influence」或「a corrupting trend」，雖然如魚得水，卻忍心隱去了判詞中那種新中國的新鮮修辭效果，難見以沫相濡，雖「信雅」卻不「達」了。當年改革開放伊始，潛研英國文學，又是詩人又是譯人的王佐良王老在《翻譯通訊》上寫了一篇〈詞義．文體．翻譯〉，頗知言論世：「對於馬列主義經典著作、外交文件、政府聲明之類的翻譯，那就要十分貼近字面，特別是在關鍵性的名詞方面……若干重要名詞照原文直譯不僅無礙於讀者的接受，有時反而能顯得突出而新鮮。Paper tiger、People's commune、Male chauvinism、The great leap forward、Political power grows out of the barrel of a gun 之類的詞與說法在英語國家也有一定的流行，便是明證。」

王老通達，有中國特色的官方說法合該配上有中國特色的翻譯，新詞自鑄，那又何妨？否則美帝之流又怎識得我國四大發明以外的生安白造？

當年鳩摩羅什早說過：「但改梵本為秦，失其藻蔚，雖得大意，殊隔文體，有似嚼飯與人，非徒失味，乃令嘔穢也。」「An unhealthy wind」的詭譎正是源自「一股歪風」的藻蔚文體，丟失不得。

「歪風」一如「妖霧」，在未被驅散之前，總要驗明正身，否則如何能認出誰是甘為天宮澄清萬里埃的孫大聖？

二、

「歪風」是當代判案的新鮮修辭，彷彿師承新中國歷來的「妖霧」。「妖霧」是共和國太祖高皇帝嘴上的嘻嘻高吟：「一從大地起風雷，便有精生白骨堆。僧是愚民猶可訓，妖為鬼蜮必成災。金猴奮起千鈞棒，玉宇澄清萬里埃。今日歡呼孫大聖，只緣妖霧又重來。」

那是毛氏一九六一年十一月七日寫的一首《和郭沫若同志》，自許一身猴氣，鬥天鬥地鬥人，怎會害怕一眾竟敢不聽朕話的黨裏黨外白骨精？將白骨精收拾好了，皇帝老子的玉宇便又重歸一片大河蟹——其實《西遊記》第二十七回上那「冰肌藏玉骨，衫領露酥胸」的白骨夫人只願吃唐僧肉，雖一日三變其皮相，卻何曾斗膽鬧那玉宇天宮？可是「莫須有」的罪名在共和國素來不缺，說白骨夫人一手翻來妖霧歪風，誰又敢曰不宜？

正傳表過，言歸閒話，話說一九七四年中共中宣部成立了《毛主席詩詞》英譯定稿小組，組長是袁水拍，另組員有喬冠華、錢鍾書和葉君健幾位，禮下向譯壇及詩學專家廣求意見，此中有朱光潛先生。晚近朱先生孫朱永平發現了一疊先祖父傳下來的《英譯〈毛主席詩詞〉修改意見》殘稿，裏邊提到《和郭沫若同志》上的「妖霧」，提議翻作「We hail the Great Sage Monkey today / Because the mist spread by the demon has come again」。

先生的譯文直白，一副尋常百姓家的好心腸，定稿小組自然沒有採納，嗣後官方英譯作「Today a miasmal mist once more rising / We shall hail Sung Wu-kung, the wonder-maker」。

「妖霧」成了不食人間英語的 miasmal mist，詩化疏離，別出一格，滅去了一切形而上的邪魔色彩，絕襯隔世那一股 unhealthy wind 呢！

三、

判詞翻譯重要嗎？在法律國度中可說毫不重要，那還管它作甚？是又不然，舉世皆知英文才是眾口爍金 Babel 世界上的唯一 lingua franca，「歪風」判詞藉此方能廣披四方，為人笑為人識，他朝如若諾貝爾獎委員會諸公垂青見憐，響應《New York Times》那朝的憤然呼喚，靠的也唯有是「An unhealthy wind」的點睛畫龍譯本。譯過 Márquez 也譯過 Llosa 的 Edith Grossman 小姐彷彿以過來人語弔詭嘆息過：「One of the double-edged canards about the Nobel Prize is that no writer who has not been translated into English can hope to be considered for the prize...」試想想劉曉波先生的重要作品如《零八憲章》不也得依賴 Perry Link 的好心譯文方得遠遊西方？此所以縱是文革妖霧熾熱之世，高皇帝也還奢望詩詞獻世，遂有袁水拍英譯定稿小組的風雅頌。

「歪風」判詞花了足足兩星期光景才迎來unhealthy wind的譯文，略少人留意的是梁游案終極上訴的判詞，其原文及中譯卻是同日攜手登場。嘗檢其譯文，斯文通雅，縱未傳世，亦嘗立此存照，其中第三十五段有云：「根據中華人民共和國的法律對《基本法》作出的解釋，是在一個有別於香港特別行政區實行的普通法體制的法律體制裏進行的解釋，此類解釋包括可以對法律作出闡明或補充的立法解釋。」

那是恪守「一國兩制」下法治的傲岸與分寸，我們不應有恨，恨的只應是那有別於普通法體制的共和國法律拗體，那才是an omni-potent的unhealhty wind，竟可名正言順透過《基本法》第一五八條越境作怪的一股歪風。

《信報‧北狩錄》二〇一七年九月四至六日

也論人言可畏

我知我知，人言可畏。然而，總不成：凡人言，即可畏。「香港獨立」自是青年人言，卻並不可畏，可是竟招來八方風雨，十面埋伏，奇怪。

「香港獨立」不會是 descriptive 的人言，其理至易明白，事關「一國兩制」嘛，目下我城不是中國，卻是中國的小小部份，不曾獨立。那「香港獨立」只會是一句 normative statement，展示的只是說話人的願望願景，甚或一廂情願，咁都唔得？

先是特府最高領導人鐵錚錚地說，這說不得的四字掛在校園中跟言論自由無涉，蓋言論自由不是絕對云云。唉！「阿媽係女人」、「慈母多敗兒」一類的 cliché，少講總勝於多講吧，尤其領導人既係慈母又係女人。

《基本法》是我城憲法，體現「一國兩制」，既明文授予我城人仔諸般權利，復限制特府施政威權，但法理上邏輯上我城人仔享受的是 the conferment of rights，委實無力違反《基本法》。青年人一廂情願的表述，最多不合大人先生們的耳朵耳膜，卻不會違反《基本法》第一條載的總則，即「香港特別行政區是中華人民共和國不可分離的部份」。看官，這條總則規限和指導的是我城特區的性質和她在共和國中的位置，對象分明不是我城人仔喎！

二十三條尚未立法，若要以言入罪，將稚子的稚想說成是分裂國土的死罪愚行，那請留待他朝吧，大人先生們！今天，「香港獨立」是稚子話，說的是一種冇腳雀仔飛上雲端的想像，我也不喜歡，我也不欣賞，但「獨立之精神，自由之思想」，從來不必妄求奢願不相干人士的寵愛。

「Very grandiose, you might argue, but my conviction is there is no point in mediocrity but every point in meritocracy!」

這一段人言，語出說話唔怕得罪人的 Sir David，即剛剛壯年辭世的 Agony Uncle。年來 Agony Uncle 每週六也在《金融時報》上寫寸嘴專欄，月旦點評日常起居的諸般 delicacies，非一般的 delicious，去年杪結成一卷，卻起了個十分一般的 generic 書名《Rules for Modern Life》，可還是一臉林敏驄式笑嘻嘻，然而當說三道四的閒人逕問阿 Sir: Is your column morphing into your own soapbox... platforming your political views? 阿 Sir 卻機鋒一轉，忽地正經一本地說了小欄恭引的那番話，meritocracy vs mediocrity! 說的既是人間品味，也是俗世大學日漸乖離的精神。試看本地八間食君之祿的大學（仲有兩間私家嘅就唔提啦！）校長近日的肉緊聯署表態聲明：「……不支持『港獨』，並認為這是違反《基本法》。」大人先生們匆匆借「言論自由並非絕對」這種「阿媽自古以來係女人」邏輯譴責「香港獨立」四字，其實無妨，即大人先生們早已認定那四字是稚子言論，只是 offended 了他們自家製的「並非絕對」標準，而這種言論恰又違反了《基本法》云云，如此便不經意地露出了「以言入罪」的馬蹄馬腳，更渾忘了我城人仔法理上邏輯上俱難以違反憲法條文。喂！阿邊個嗰個校長大人，只有行使公共權力的官署方可違憲呀！

八大校長聲明其行文思路之 mediocrity 委實叫人不能卒讀，若阿 Sir 泉下有知，必起而斥曰：「Every point in mediocrity but no point in meritocracy!」更悲涼可哀的是，阿 Sir 跟薄扶林大學素有淵源，忍見離任馬馬一再不拘晚節，或會載笑載言「I am certain I can point out bad taste when I see it. And now I see an inordinate amount of it.」。

Agony Uncle 專欄隨欄主款款落幕，留下一大片雲彩，《金融時報》編輯在報上追懷美好時光，記得阿 Sir 寫作最愛信手拈來，故曾溫馨提示他筆下要 careful 一點，阿 Sir 聽了，卻斥曰：「Careful? Since when has the progress of Man been ever resulted from that insular approach of safety?」一語鏗然，一笑鏘然。

所謂八大校長大人先生們，庸劣卑陋，我猜應不會是阿 Sir 朋友，沒資格參加那九月六日的 Dorchester Party。

「大膽的假設，小心的求證。」胡適的話自是不符現代英美科學哲學的細密推敲，但我卻以為依然是渡人金針，尤是言及「學術自由」。公會前主席說校園掛的「香港獨立」字眼不受學術自由保障，說得慧黠，綿裏藏針吧，劍指的是「香港獨立」目前只是個天外飛來的口號，沒有半點 argument，算不上 proposition，更不可能是個 viable 的理論或主張，背後沒有片刻 intellectual inquiry 的耐心和功夫，絕不學術，自然不配享受「學術自由」的光彩光環。

然而這廣招風雨的四字卻大可視作學生學術自由的一個起點，沿此路進，深研慎思，隧道盡頭是喪屍還是光明，未知之也，但來回地獄又折返人間後，經歷的是一番青春啟悟，還有反抗 indoctrination 的身汗身水。粉人們講嚟又講去的《基本法》第一條是 positive law，不是 moral law，但無論哪一種，也不該畏於人言，偶語者棄市！

「Precisely because the tyranny of opinion is such as to make eccentricity a reproach, it is desirable, in order to break through that tyranny, that people should be eccentric.」J. S. Mill在《On Liberty》上如是說，阿Sir在呼吸古巴雪茄之間，鬍鬚叢中想必recite從容。

《信報．北狩錄》二〇一七年九月十八至二十日

花果飄零未相思

前陣子沙田大學開課，鬧鬧「港獨」橫額小風波，有學子恭引錢唐牟諸先生，謂諸先生嘗言道：「中國文化於中共治下已是花果飄零，意指中共摧殘五千年中國文化，早非我中大之中華。」旋即惹來學院長輩訓斥訓示，謂小朋友「引喻失義」云云。

都說沙田大學的新舊門生尊人師重道統，多愛將一己血脈連上新亞書院桂林街草創年代的一襟豪情，那確是我城在中國災難歲月中為中華文化點的一盞孤燈，彩雲不滅。余英時先生當年為老師錢先生寫的悼文〈猶記風吹水上鱗〉裏有一段空靈故事我恆所鍾愛：「有一年的暑假，香港奇熱，（錢先生）又犯了嚴重的胃潰瘍，一個人孤零零地躺在一間空教室的地上養病……我問他，有甚麼事要我幫你做嗎？他說他是想讀王陽明的文集。我便去商務印書館給他買了一部來。我回來的時候……似乎新亞書院全是空的。」從此每逢香港奇熱，我便想及《王陽明文集》及那孤零零的「空」來，那是暴秦治外的一方淨土，琉璃明瓦。

錢先生通俗作品以外的學術文章爾雅古典，深深穆穆。徐復觀先生行文闊中肆外，屢作獅子吼聲，我最愛賞讀。至若唐牟二先生述作如林，行文又自出蹊徑，更自鑄新辭，我讀得不多，懂得的更少，但也甚賞「花果飄零」的殘紅意象。此四字源出於唐先生一九六一年發表於《祖國週刊》的一篇文章〈說中華民族之花果飄零〉，說的既是一九四九年後中華民族之流散海外，也是馬列毛思想奴役下中華文化之潦倒難堪。越二年，唐先生復有〈花果飄零與靈根自植〉一文，未必有更深的議論，卻能揭出「花果飄零」乃「一情感態度的問題」。若我此處理解不差，國族認同之所以是一情感態度，只因那是一種 empathic choice，既有 passion，復有 intellect。我未必能在諸先生文集中找出學子所引的話來，但一切雖不中亦不遠矣，然而學子說中的只是暴秦治下的文化飄零，卻並不見得堅守民族文化本位的唐牟諸先生會憑此而捐棄家國之思。若我們回到唐先生的文字，不難察覺其理念自有黑格爾式的玄思幽靈，試看其《文化意識與道德理性》第四章〈政治及國家與道德理性〉上一段不無纏夾的話：「故國家為不同時代之人民之國家意識所自覺的支持，而一實際政府則可只為某一時代之特定政治制度下之人民之政治活動所表現的支持。」另「如政府之名而實有所指，其所指者，便只能是一實際存在之政府。而所謂實際存在之政府，即只能是依一定治理國家之方式以從事政治活動之人所結合之一團體……」讀着這些話彷彿今着 T. M. Knox 翻譯的《Hegel Philosophy of

Right》，尤是那有名的第二百五十七段（恕不引錄啦），然而，此處明晃晃地唐先生依然區分「國家」和「政府」，雖然那「國家」已變成一股非常非常抽象的意識流！因是之故，中華文化雖飽受政權摧殘，但國人心中恒有「中國」這一抽象流動的觀念，縱然反對執政黨，卻心繫中國，「港獨」自是無有着落處。

這套論述其實已說之有年，可卻是建基於一個未有言明的先設——a silent presumption——即政府的政治權力尚有明確規限，不必侵入社會的方方面面。一國之中，除了政府以外，尚有其他自足自主的 social spheres，那片國土上真箇有 state vs society 的分野，否則國家即政府，政府即國家，以共和國而言，大地上只有一個乾淨淨完整整的 party-state，此十九大所張揚的「新時代」國家發展藍圖已將一切說得明明白白。

共和國不光是 totalitarian，更是個 totalist state! 這是鄒讜教授二十多年前的一卷書上盛載的洞見，那卷書叫《二十世紀中國政治：從宏觀歷史與微觀行動角度看》。那些年我還年輕，也曾有夢，欣見中文世界竟有如此嚴肅而淑世的著作，還不只一本，更是整整一系列《社會與思想叢書》，本土牛津林先生的出品，主編者是那年代大名鼎鼎的甘陽，從《文化．中國與世界》的八十年代末走過來，在希望與失望之間起起伏伏，是時也，甘陽已在芝大社會思想委員會念書（怪不得叢書叫「社會與思想」了！），師從 Edward Shils 和 Allan Bloom 等名家大家，後來好像未有拿到學位，但卻將求學傳奇寫成一卷《將錯就錯》，我曾讀得非常起勁——少年時我曾一讀再讀林毓生先生回憶 Committee on Social Thought 的文章，長年癡想長大後可能走進那聖殿朝聖，讓一身披滿霞彩？當然，那天遙想的「長大」今天已成老去了的斑駁陳跡，回不回首也不堪看吧。

甘陽在芝大認識鄒讜教授，而《二十世紀中國政治》卷首序言正是甘陽的筆墨，而書中那篇壓卷後記〈從傳統權威政治系統到現代全能主義政治系統〉，據說正緣於鄒教授讀了甘陽序文，「思潮起伏」，遂花了五個月的光景方才成文，裏邊正有 Totalism「全能主義」的定義：「『全能主義』……指出一些國家（包括中國在內）的基本特性，這就是：政治權力可以侵入社會的各個領域和個人生活的諸多方面，在原則上它不受法律、思想、道德（包括宗教）的限制。」

鄒教授揭出「全能主義」於八十年代初，上述那番沉澱過的精義則寫在九十年代頭，卻更宜借來描述今天十九大後無遠弗屆的共和國，一切不只威權，更是全能，難怪順理成章上週《經濟學人》便在封面上將共和國國家主席冠以 The world's most powerful man 的雅號了。

鄒教授於一九九九年以八十高齡辭世，也許不會喜歡自己一語成讖吧，從此議及國家與政府之分別時，不必相思，卻當三思。

《信報 • 北狩錄》二〇一七年十月二十三至二十五日

Unjust Enrichment

「It happened on 19th April 1964. It was bluebell time in Kent.」上週薄扶林大學法律學院 Bluebell Prize 頒獎夜，創獎人兼頒獎嘉賓是大名鼎鼎的前「按察司大人」Henry Litton 烈顯倫，烈先生致詞時，甫開首即吟了一回文首恭引的兩句，那是 Lord Denning 在 Hinz v Berry 一案中起題的話，烈先生說 Denning 箋箋十二字即讓案件的時空風物躍然紙上：案發於一九六四年四月，地點是 Kent，那時節照見一片藍鈴花海。果然，我們幾乎聽得見花海邊緣的雲雀歌聲，然後是原告人 Mrs. Hinz 跟先生和八名子女在花田上野餐，Mrs. Hinz 更在田中盈盈摘採朵朵藍鈴花，猛得路邊有車聲轟然，一回頭竟見着被告人的車輛撞倒先生和幾名子女，先生即時在伊眼前氣絕，Mrs. Hinz 從此成了淚人，成了遺孀，而伊當時肚裏兩個月的身孕自然也成了後來的遺腹子，天若無情。

烈先生設的獎叫「藍鈴花獎」，為的是提醒法網中人，法律文章法院判詞俱要寫得精準漂亮，莫要廢話，莫要有失斯文。

這陣子立法會行政管理委員會去函追討四位前度的薪津，四位前度的回應，由「有汗出，無糧出」、「赤裸的政治打壓」到「佢睇住我宣誓，我可以自己話自己係立法會議員咩？」俱是一派低端市井語，離題又離地，一定採不了半片藍鈴花瓣。

我癡想，如某天立法會為了追討四位前度的薪津，告將官裏去，判詞開端會否如此：

「二〇一六年十月四位依法合法宣誓為當屆立法會議員。二〇一六年十一月七日人大常委釋法。二〇一七年七月十四日法院裁定四位當日宣誓無效。二〇一七年十一月立法會追討四位自宣誓履新以來所獲薪津。四位既曾在位上恭行厥職，any unjust enrichment？」

如猜得不錯，立法會追討四位前度薪津，其所持理據當是普通法中的 unjust enrichment 原則——雖然一切俱是人大大悍然釋法惹的禍，根本不是人間普通的一切法。

Unjust Enrichment 不是如我國領土般自古已然，卻是才有數十年歷史的於今尤烈，更是法庭與學苑難得攜手鍛煉出來的法律新猷，捕捉補足前此未有的許多法網遺憾。

一切俱拜大法官 Robert Goff 和御用大狀 Gareth Jones 兩位數十年來不懈筆

耕，奠下 Unjust Enrichment 這門學問，説的是二人合著的經典《The Law of Unjust Enrichment》，初版於一九六六年，去年已是齊齊慶賀五十週年的第九版，惜 Goff 和 Jones 於是年先後高壽辭世，新版編者惟有悵悵然説：「Sadly, however, our celebrations must be muted...」然而卷首還是一派不必 muted 的豪情自負：「The modern English law of unjust enrichment has developed as the law of restitution, following the decision taken by Goff and Jones in 1966 to publish the first edition of this book...」也是將時地人與乎來龍去脈説得精準漂亮，且近於人情，值得最少一朵藍鈴花吧！

那何謂 unjust enrichment？書上説：That the defendant has been enriched by the receipt of a benefit gained at the claimant's expense in circumstances that the law deems to be unjust! 四位前度最鏗然有聲的回應當是：我們或有 enrichment，但一切從無 unjust！

四位前度曾經以當屆立法會議員之姿收過當時應得的薪津，後來慘遭褫奪了議席，正好應了 Lord Justice Millett（也是我城終審法院非常任法官）的一段判辭：「that a payment may have been made... is not by itself sufficient to justify a restitutory remedy.」

四位從現任慘成前度，立法會行政管理委員會縱有不可告人的陰損使命，追討薪津還是守護公帑的應有之舉。Like it or not，人大大已摵去四位的議席，加冕了烈士的光環，立法會付出去的薪津倒成了沒來頭的覆水，那叫 Failure of basis！

Goff & Jones 書上說，where parties have transferred benefits under arrangements which were believed to be contractually binding, but those arrangements turn out to have been legally ineffective, a claim in unjust enrichment for the return of the benefits is recognized.

這原則自有英國上議院經典案例可稽可考，然而，前度薪津事件若不幸鬧上法庭，合許會是更經典的案例，Goff & Jones 書下一版必然勒石銘記，事關原先的議員薪津安排自然是 well believed to be contractually binding，卻忽被天威人大大告之議員身份竟是 legally ineffective，原來奉旨如磐的 basis 風雲間 failed 得如遠去的前度愛情，逝者如斯，而棒打鴛鴦的又是……唉，米已成炊的就唔再講嘞，倒不如講吓身為前度者有啥 defences，好叫人明白剛才引過的 Lord Justice Millett 的話，即縱然曾有 enrichment，只要未嘗 unjust，自然沒有 unjust enrichment。

四位前度此刻或下一刻應考慮 Change of position 這一辯護理據，那可謂是 Goff 的又一發明，不過不是在其書上說，卻是以 Lord Goff 身份在判詞中說：

「...position has so changed that it would be inequitable in all the circumstances to require him to make restitution, or alternatively restitution in full.」

Equitable or inequitable?. 既是大哉問也是小常識，法院懂的，各位也懂的。

我城不知有否藍鈴花海，如有，或拿一部 Goff & Jones，赤足走進海中。

《信報 • 北狩錄》二〇一七年十二月四至六日

九鼎與完璧

「And God said, Let there be light: and there was light!」

馮象年前的新譯頗有新意，謂希伯來原文合該是指令 command 語氣，故作：「上帝說：『光！』那兒便有光。」

今天人大大常委說：「合《基本法》！」那兒一切便合《基本法》！據說，這叫「一言九鼎」！不是我們這些習慣普通法思維的精英所能領略領情的唷。

習慣「一言九鼎以為天下法」的精英好像不懂得「九鼎」的思維，九鼎之事初見於《左傳．宣公三年》：「昔夏之方有德也，遠方圖物，貢金九牧，鑄鼎象物，百物而為之備，使民知神姦。」那是說上古有德而在位者憑藉資源和技術，於九鼎上鑄刻圖像以勾摹百獸萬物，供世人辨別正邪是非，其間彰示的自有 authority，更有 integrity，是以當楚子心懷不軌，逕問周室鼎之大小輕重時，周王使臣王孫滿輕輕一笑：「在德不在鼎！」如此方有下文的語重心長：「桀有昏德，鼎遷於商，載祀六百。商紂暴虐，鼎遷於周。」那是鼎隨德遷，非以王霸先行！然而，說「一言九鼎」卻是王霸先行了，這故事童稚知之，見於《史記．平原君虞卿列傳》，是時也，秦已圍趙都邯鄲，趙使公子平原君至楚謀求合縱以退秦，平原君門下食客毛遂自薦同行，至楚王殿上，見楚王日中猶不決，毛遂竟按劍歷階而上，楚王叱之，毛遂冷森森道：「王之所以叱遂者，以楚國之眾也。今十步之內，王不得恃楚國之眾也，王之命縣於遂手。」迫得楚王懍懍乎說：「諾諾，誠若先生之言，謹奉社稷而以從。」合縱之議遂成，平原君禮於毛遂曰：「毛先生一至楚，而使趙重於九鼎大呂。」

如說毛先生一言而有九鼎之重，那一言想必是「王之命縣於遂手！」嗚呼！敢問人大大之言果真一言九鼎乎？對曰：諾諾。

公會去年略沉靜，使人曖曖不解，尋且疑心，幸有上週歲末就 co-location 的法理疑惑及對人大大一言九鼎的細膩書面回應，俱見風骨、慧智和冷峻。寒夜夜半，高眉友人給我傳來一雙中英文本，彷彿墨瀋未乾，烏亮亮、晶晶瑩照見滴血肝膽。唉！這時代人家連「指鹿為馬」也懶得敷衍，只管說：「馬！」若敢不識相地問句：「馬在哪兒？」必招來那「一言九鼎」的斥叱！鼎隨德遷，其實沒有「九鼎」，僅餘色厲內荏的「一言」。

公會聲明最末一句卻最一言有聲：「Through the combined efforts of the **HKSAR** Government, the State Council and the **NPCSC** in producing the **NPCSC** Co-location

Decision, the integrity of the Basic Law has now been irreparably breached.」吃緊字眼兒是「integrity」，我想起法哲學大家 Ronald Dworkin 在 Law's Empire 裏的典雅理論：Law as Integrity! Dworkin 心上的 integrity 指的是理想的法律及法律制度背後應有整全連貫的 political and moral coherence，事關 Law 不是光往後看尋找歷史初衷的 conventionalism，也不是汲汲為了方便當下行事的 pragmaticism，Law 應是為社會持續而恆久地提供公義、公平和平等的基石，而解釋法律者身處的是過去與未來之間，宛如連續神劇的其中一位編劇，她或他必須瞭然過去的一切底蘊，掮在心上，才能開出新枝新葉，然而卻永不忘記筆下從來只是一個 integrated 故事裏的一章。

然而，人大大的「一言九鼎」卻叫特府「divest all institutions of the HKSAR from having the jurisdiction they have...」那是不依原來的劇本來演了，橫刀兩截，「一國兩制」的故事從此丟了 integrity，不成文章，不是文章。

公會聲明中文文本將「integrity」譯作「完整」，不過不失。然而，據聞初稿是「完璧」，那才叫「絕」！《周禮》上有云：「以蒼璧禮天，以黃琮禮地。」璧和琮俱為上古禮器，虔誠禮敬天地，其意義自遠高於人間唬人的九鼎一言。

《信報 • 北狩錄》 二〇一八年一月二及三日

約法三章今解

上、

司長新上任，新上任司長沒有古典的三把火，卻有新鮮的「三特准」，伊人被「特准」處理尚未了結的仲裁案，被「特准」上課教授莘莘學子，還被「特准」暫時留任私人公司董事之職，一切俱在特府首長鄭娥的酌情權內，而酌情權之上下左右自應有利扶持幸遭提拔的司長新人類，其實一切無妨，一切只應圓通無礙。

我想到的是本家高祖皇帝劉邦入關中後的故事，太史公書上向來如是說：「（沛公至霸上）召諸縣父老豪傑曰：『父老苦秦苛法久矣，誹謗者族，偶語者棄市。吾與諸侯約，先入關者王之，吾當王關中。與父老約，法三章耳，殺人者死，傷人及盜抵罪。餘悉除去秦法。』」歷來成語俱謂「約法三章」，乃高祖皇帝跟關中父老的深情約定，猶今天鄭娥跟新司長約好的連環三特許，宜古宜今。

那天人在京華，幾乎趕得上北大辛德勇老師在商務印書館涵芬樓店中的新書講座，講的新書正是我盼了很久的《史記新本校勘》！多年前小欄寫過一篇〈史記 2.0〉，記的是悠悠三十多年後的太史公書點校修訂本，然而，多年下來，我書念得不熟，卻老是想入非非，盼望知道新版與舊版之別，知辛老師是古文獻名家，師事黃永年，受中華書局之邀於出版前審閱新版稿本，居然寫了一篇又一篇的長篇審讀報告，寄意又豈止於魯魚亥豕，句讀標點？更旨在辯析文意與史實，其中《高祖本紀》一段，誠醒世通言，我讀着歡歡喜喜，竟及於我城司長「特准」風波，渾忘了趕不上辛老師説書的鐘點，緣慳了好一面。

辛老師力辯云，《高祖本紀》相關處當作：「與父老約法三章耳。」「約」與「法」之間沒有逗號，蓋「約法」此處指的是「省去法規」，不是「商定法規」，真俏今朝鄭娥行事唷。

下、

高祖皇帝初入關中，因秦人自身亦苦於苛法，遂一氣約簡，惟剩三章法耳。關鍵是其間沒有商量，沒有跟父老 deliberation 的餘地，而是憑高明才智，首長權力，於非常時期作非常律法。辛老師叫我們於此處留心《高祖本紀》中，在「與父老約法三章耳」之前的三句話：「吾與諸侯約，先入關中者王之，吾當王關中。」那是高祖皇帝正式向當時當地的父老豪傑宣示一己的身份和權力，表明可任意發號施令，修改朕不喜歡的前朝律法。至若「與父老約法」中那個「與」字，且莫高興，不是 in consultation with 的一番美意，辛老師援引王引之《經傳釋詞》解畫，「與」猶「為」（讀去聲）也，即是一廂情願的 on your behalf 好了，噫！

原來《漢書．文帝紀》中有一段更露骨的記載：「漢興，除秦煩苛，約法令，施德惠，人人自安。」顏師古注曰：「約；省也。」意即「約法三章」，省去了法律，既彰顯新獲的權力，也為的是向人施惠施恩。其實，苛法約法，俱只是在上位者的一時權謀計策，殊非與民共商後有節有理的法度，高祖皇帝笑笑，鄭娥笑笑。

然而，特府首長略略欠了「吾當王關中」的氣概，居然向小民利申，白紙黑字說「約法三章」並無不妥，謂特准仲裁六案不涉特府組織與乎特區事務，阿彌陀佛云云，將是非聚焦於案件內容與 arbitral tribunal 之中，渾忘了關鍵是司長未曾省約的法定權力。隨便在《Arbitration Ordinance》上一瞟，我們也許察覺 arbitral award 涉及的縱是民間兩造，然而最終卻可因為有違 public policy 而不予執行，其間誰有權介入以詮釋 public policy？呵呵！一切竟然應了班固在《漢書．刑法志》上的銳識：「雖有約法三章，網漏吞舟之魚！」難怪鄭娥暨司長如魚得水，獨樂樂。

我從窗外的迷離俗世退回新版舊版的點校本太史公書上，喜見從前「與諸父老約，法三章耳」。新版已從善如流，連讀改作「與諸父老約法三章耳」。句讀之間重現了專制本色，於今特府尤烈。

《信報 • 北狩錄》 二〇一八年一月二十三及二十四日

籌安君子

或說「袁世凱」近來成了不堪搜索的字眼，說不得，那說「袁項城」吧；又謂「稱帝」「登基」不准胡亂見諸網絡，那「變更國體」豈不適宜？名與實，真與相，各有所司，不宜相混。「憲法」亦然，亦有名相與真實之分別。晚清最前衛的嚴復於光緒三十二年十二月十七晚為安徽高等學堂諸生演說，說的是《憲法大義》，起首一段，今日尤堪警世：「按憲法二字連用，古所無有。以吾國訓詁言仲尼憲章文武、注家云憲章者近守具法。可知憲即是法，二字連用，於辭為贅。今日新名詞，由日本稗販來者，每多此病。如立憲，其立名較為無疵，質而解之，即同立法。吾國近年以來，朝野之間，知與不知，皆談立憲。立憲既同立法，則自五帝三王至於今日，驟聽其說，一若從無有法……此雖五尺之童，皆知其言之謬妄矣。是知立憲、憲法諸名詞，其所謂法者，別有所指。」

嚴復深知一名之立，旬日踟躕，背後自有連綿起伏的曲折歷史，隱隱然，森森然，在 the signified 與 the signifier 之間，更藏有無窮的願景：「可知今日吾人所謂立憲，並非泛言法典……乃自其深者、精者、特別者而言之，乃將採歐美文明諸邦所現行立國之法制，以為吾政界之改良。故今日立憲云者，無異云以英、法、德、意之政體，變中國之政體。」晚清風雷激盪之際，嚴復為 constitutionalism 作的已不囿於 exposition 而是 advocacy 了。

今天共和國修憲在即，是否「變更國體」，無待再察。國體常變，自一九四九年以來，胡不尋常？此際此間禮義廉輩左顧右盼為人忙，不懂歷史，只愛時務，書自然少讀，不懂得援引嚴先生的當年睿智：「制無美惡，期於適時；變無遲速，要在當可。」噫！嚴先生後來是籌安會好端端的君子呢！

上週《信報》評論版上有如斯妖夜怪談：「自一九八二年以來，中國在憲制發展工作上便屬『小修』，雖然到現在不過六十多年，但就以制憲與維憲的紀錄來評比，不下於美國行憲的紀錄，美國於一七七四年（按：真不知如何算起！）制定的第一部憲法（按：其實有那麼草泥馬第二部嗎？），間中有過千百條 Amendment（按：高眉友人笑謂，真牛，連過唔到嘅啲 proposed amendments 都計埋！），以美國的行憲表現來說，屬全球一流……」最抵死係此輩嘻哈之餘，筆鋒一轉，正色道：「而中國憲法由六十多年的表現來說，也堪稱一流的了。」

此輩既一心為袁項城張目抬轎，何如乾脆虛心學習當年籌安會諸君子的宣言：

「本會宗旨，原以討論君主民主，何者適於中國。近月以來，舉國上下，議論風起。本會熟籌國勢之安危，默察人心之向背，因於日昨投票議決，全體一致主張君主立憲。蓋以立國之道，不外二端，首曰撥亂，次曰求治……（下刪三幾千字）」民心向背，撥亂求治喎！捨聖人其可乎？微斯人，吾誰與歸？或許共和國人民俱愛變修憲以事君，得君而行道，冀望德治禮治呢！去年有條老外叫 Bruce Dickson，寫了本《The Dictator's Dilemma》，說的是 CCP，採的是中國實地訪問調查，他的觀察堪稱負皮：「Those who promote democracy in China are in a lonely place!」

《The Dictator's Dilemma》的副標題是《The CCP's Strategy for Survival》，涵蓋的自是方方面面的中國社會，事關 CCP 的組織和影響縱橫貫穿於一切公私領域，小欄太小，未能淺說，謹擇兩端以饗籌安君子。

先是此書所採的實地訪問調查居然是 Dickson 跟北大中國國情研究中心（RCCC）的共襄合作，於我有點匪夷所思，其間調查隊伍全是各地大學生，經訓練後在全國二十八個城市或訪問或以問卷調查，應是頗大規模的 public opinion survey，然而書上沒有透露太多的詳情，包括問卷的具體設計，又或訪問中有否遇上官方的監控刁難。我不敢說共和國沒有學術自由，但也不敢說 RCCC 可能完全置身於官方股掌以外，因此書中的data，籌安君子諒可安心享用。

問及共和國人民如何理解民主，RCCC採用的是open-ended question，逕問受訪者他們認為甚麼才是民主，只有約百分之三受訪者說民主必須有選舉，而超過三成人則說「不知道！」Dickson大感有趣，他在書上提出的解釋是，人民沒有民主經驗，故對這制度不太熱情熱中，倒安於現狀，是那麼的complacent and acquiescent regime supporters。我自然想到柏拉圖對話錄裏的Meno悖論，即你我如欲追求新知，卻不知道新知的模樣，如何追尋？故得胸中早早嫺熟新知的面貌，但如早已知悉新知模樣，倒又不費追尋了！沒經歷過民主的制度和氛圍，我們不但沒有民主的認知，更少了追求民主的誘因和動力，因此Dickson認為共和國是追求民主者的lonely planet了。

我們不是小王子，孤獨星球上便長不出玫瑰花。那麼籌安君子大可放心，最終袁項城還不是真的做了洪憲大帝嗎？更有趣的是，民國四年十月十五日，籌安會改名憲政協進會，蓋以君主政體可期，故可討論立憲云云。正是：「蜂衙擦亂聲無準，鳥使逡巡事可知。輸卻玉塵三萬斛，天公不語對枯棋。」

附錄：

籌安君子補

今世之籌安君子太多，但絕難有如嚴復先生博學通儒者，誠然，當日嚴先生列名於籌安六君子之中，然嘗檢其詩文集（我手邊用的還是三十多年前王栻編的《嚴復集》一套五冊，近有閩版《嚴復全集》，似堂皇巨製，所納詩文卻無過於前者），未見勸進之篇。其子嚴璩所編先公年譜，乙卯（一九一五年）條下記：「（袁項城）遣人前來敦請府君以一篇文字表示勸進之意……府君知其意堅決，無從挽阻，乃慨然曰：吾所欲言者，早已盡言之矣！」說得斬釘截鐵，而陳寶琛所撰《清故資政大夫海軍協都統嚴君墓志銘》嘗謂：「君恒昌言，國人識度不適於共和，而戴袁者欲資之以稱制，竄其名籌安會中，君始終不蒞會。」言則嚴先生是否主張如斯變更國體，追隨項城，未始無疑。

畢竟嚴先生是翻譯《天演論》的過來人，縱然沒有激烈革命情懷，也未必會甘心眼前憲政倒車，故蕭公權在《中國人政治思想史》上有一頗中肯的觀察：

「嚴氏據天演論以言變法，其結果遂成為一開明之保守主義者。」一年前中研院黃克武循此路進，搜索嚴復與Edmund Burke 所代表的英式保守主義之間的冥契神會，在其《The Meaning of Freedom》裏更有一節，細心回顧共和國學界幾十年來隨意識形態起伏而對嚴復評價的sea change與波瀾，一切可知讀史不易，知人更難。

嚴復有《瘉壄堂詩集》上下兩卷，上卷民國前，下卷民國後。下卷卷首自題《民國初建，政府未立，嚴子乃為此詩》，只四句：「鐙影回疏櫺，風聲過檐隙。美人期不來，烏啼蜃窗白。」頗不寧靜之中，獨有美人之思，由Statue of Liberty 到 Lady Justice 俱是美人，嚴子自知。

補此一篇，為怕禮義廉輩讀書少，自詡能望嚴先生項背。

《信報‧北狩錄》二〇一八年三月五至七、十二日

《香港前途問題（曾經）的設想與事實》

一切從前，只為記得。

摩挲林先生《香港前途問題的設想與事實》，想到是幾乎不相干的那部《三十三年落花夢》，二十世紀之交，晚清民前，日人宮崎滔天寫的自傳，回眸中國革命曲折，喟然嘆息，原書早已不在手邊，辛苦找到的只是孫中山先生為《落花夢》寫的序文片語：「識見高遠，抱負不凡，發拯危扶傾之志……」若說這些話或可捎來譬喻林先生的健筆，只是隨緣巧合，不算巧合的卻是三十三年的花開花落。

我翻開面前的《設想與事實》，見扉頁上歪歪斜斜寫着「八四年十月五日購於南山」。南山是那年月旺角洗衣街上迴旋木樓梯徐徐上引登樓的老書店，文史哲俱在，本本有折，滋養了好一兩三代人的眼界心胸，是我城湮沒了的煙波傳奇。

那天也許微涼，我拿着學校剛剛發下的一點 Subject Prize，好像是不算小數目的兩百元吧，早有預謀，便跑到南山書店摘下《設想與事實》，還有大教授的《賣桔者言》，委實開心無價麥當勞（那時還未有 I'm loving it 的市語呢）！那時沒有夢過的落花，卻有三十三年前一厢情願的志業，許是弦動過後，久久不散的私語回聲。

林先生選擇在三十三年後董理舊作，新發英譯，其英譯序言寫於去年四月十七日，一切三十三年。上週三林先生在《信報》專欄裏刊出此序中文本，文題是《伏案三更罷 回頭一夢新》，彷彿是夢落花的心情，夢起夢滅。由一九八四年《中英聯合聲明》草簽抵定，直抵二〇一七年杪中共十九大報告中揚言的「牢牢掌握中央對香港全面管治權」，箇中的易轉，政情的冷暖，最是催人夢醒。噢！蠍子起初禮下於烏龜，央烏龜背牠過河，烏龜怕死，怕蠍子忍不住螯牠一下，可是想想，如蠍子尚有理性一絲，料不會遽施毒手，兩敗俱亡，屍沉河底。想不到的是，三十三年過河之間，蠍子早已習得一流泳術，在烏龜背上目露兇光，隨時一刺，了結烏龜小命，自行施施然泅水過河去也。

原來會生金蛋的鵝，某天也會慘成長壽而薄命的烏龜。然而，《設想與事實》中只寫了周亮工《書影》裏入水濡羽，以灑山中大火的鸚鵡，說的是一番肺腑「香港情懷」：「九七問題引起的震動，有如令香港着火焚燒，如果我們沉默不語，甚至吹一口氣，助長風勢，香港『付諸一炬』的可能性更大……」那是一九八四年七月廿三日，烏龜還沒有在林先生筆下登場。「香港情懷」既不是設想也不是事實，而是朗月下的一襟晚照，畢竟設想恆因事實而不得不變，事實也許從來不稱人意人心，能幸存下來的未始不是不識時務的一點初衷。

初衷或如一縷孤魂，怎生英譯？莫非是ghost？是spectre？不能死亦死不了！

在山小姐逕將《設想與事實》翻作《Conjecturing Hong Kong's Future》，彷佛別有幽情，略有暗恨。我想到的自然是Karl Popper和他的大手筆《Conjectures and Refutations》，書中Karl爵爺重申他在《The Logic of Scientific Discovery》裏的知識論：

「if you are interested in the problem which I tried to solve by my tentative solution, you may help me by criticizing as severely as you can...I should gladly, and to the best of my power, help you to refute it.」

Conjectures不是信口胡猜（《Conjectures and Refutations》國內譯本多年來還是作《猜想與反駁》，甚不妥），卻是有把握的預設。精研Popper多年的David Miller（此君來自Warwick大學，不是Oxford那位）曾漂亮的為這種Conjecture代言：「Our conjectures have to be criticizable if they are to deserve to be entertained, for critical argument is the sole control that we have over our meditations and our dreams.」

容我想多了，Conjecture 是在言論自由空間中，因事實而鋪陳的設想，是經得起推敲的 controlled meditations and dreams。那一番夢幻不是飛騰遙遠的 unrefutable 中國夢，卻只是安於目下地上種切的苦衷，《設想與事實》中有一篇寫於一九七六年的〈香港的政治前途掌握在香港人手裏〉，文題依稀激昂，故事卻如水平淡：「若干年後，大部份香港人都『居有政府屋』或在私營屋邨裏佔有三數百呎的樓面……大部份香港成人最低限度擁有一兩手股票將非奇事；另一方面，由於廉署的權威與警察隊伍質素的提高，香港的社會治安將會愈來愈適合人類過正常生活。在這種環境下，大部份香港居民都願『維持現狀』的。」這款 conjecture 當年自是 refutable，但衡諸史乘，絲毫未有 refuted！設想遂漸次演成九七前後的事實，我的你的我們的。

《設想與事實》止於中英草簽的一九八四年，那年月殖民地香港雖還陰晴未定，但遠不如 George Orwell 筆下《一九八四》裏的 Oceania 那樣暗晦陰森，我們都還未是 Winston。

Winston 那天很講究的掏出一管黨不容許的墨水筆，虔敬的在如絲光滑的日記本上寫下「April 4th, 1984」。To mark the paper was a decisibe act，不旋踵 a sense of complete helplessness had descended upon him。我很喜歡這一幕，跟他

稍後在藍鈴花海中，背着黨，跟Julia野合一般驚心動魄。

這麼多年來林先生攤開稿紙，政經短評，閒讀偶拾，不知會否偶爾也曾遇上Winston的一股無力感覺？一九七六年十月十九日林先生寫下：「北京政局現狀對香港大大有利，看遠一點就令人疑慮不安；但香港人不該有太大遠見的……」

莊子行於山中，見大木，枝葉盛茂，伐木者止其旁而不取也。問其故，曰：「無所有用。」莊子曰：「此木以不材而終其天年夫。」

我城人仔自非不材之木，偶爾或會看遠一點，故注定難終其天年耶？其實，我城人仔俱是絕代佳人，幽居空谷，最喜見「在山泉水清，出山泉水濁」。噫！

《壹週刊 • 人間餘話》 二〇一八年三月八日

Unamendability

講笑啫！講笑咩？有啥唔改得，話改唔改要改就改乜都得。噫！是又不盡然，關鍵是哪一本憲法，我城《基本法》第一五九條是好是歹也有明文限制，規定一切修改俱不能與共和國對特區的既定基本國策有所抵觸，那是對人大大權力的少有規限。當然，甚麼時候如改不了，大可先改國策，搬了龍門，波自然是入定了。份屬《基本法》源頭的共和國憲法沒有明文的自我修憲限制，其第六十四條恭列的只是修憲程序，未嘗有 explicit unamendability。

今天太多人關心第七十九條下共和國主席的永續任期，然而姑勿論永續主席落入誰家院，沒有 explicit unamendability，主席任期多少屆，可加亦可減，今天加多了，他朝花落另一家，不妨又修憲減回來，依法治國嘛，一切無敵。

愚見以為，更有趣味的應是憲法第一條加入「中國共產黨領導是中國特色社會主義最本質的特徵」，一來「本質」作形容詞用，開啟了當代漢語變化莫測的又一創造性先聲，二來這修訂將原先載於憲法序言中的幾處「中國共產黨領導」引入憲法條文之內，實屬 the codification of the inevitable state of affairs，名又正言又順，讓國魂飛揚興奮。多管閒事的人或謂，既無 explicit unamendability，那麼他朝如有「政黨輪替」，這一條亦可照改如儀吧？

For argument sake，暫且不管這類 simple and naive 的人仔該當何罪，他們是法盲則昭昭在你我耳目，事關他們昧於共和國憲法序言的超然地位。這一篇序言是當代春秋之筆，回顧了自鴉片戰爭以來中國的光榮革命歷程，是木已成舟的 grand narrative，既不容否認，更不容竄改，而憲法條文只是「以法律的形式確認了中國各族人民奮鬥的成果」（序言第十三自然段），可見憲法序言比憲法更超然，supra-constitutional！

共和國憲法序言第七自然段明晃晃寫着：「中國新民主主義革命的勝利和社會主義事業的成就，都是中國共產黨領導中國各族人民……堅持真理，修正錯誤，戰勝許多艱難險阻而取得的……」這不是憲法條文，而是憲法所確認的革命成果的一切源頭，反倒是賦予憲法合憲性的 supra-constitutional source，而隨着偉大革命事業的崢嶸開展，憲法序言自須不斷添上歷史的一步一腳印，故今回修憲便巴巴的在序言中加入「習近平新時代中國特色社會主義思想」，是繼孫中山、毛氏、馬克思和列寧後又一有名有姓的巨公思想，永遠銘刻於 supra-constitutional 的廟堂之內，任人代代俯首，世世稱臣，以誌大國崛興的盛世豐年。

去年 Oxford Constitutional Theory 叢書中，添了一部叫《Unconstitutional Constitutional Amendment》的大著，作者是 Yaniv Roznai，師從倫大政經學院的 Martin Loughlin，書中探討的是這樣那樣的修憲限制，Unamendability！第三章說及 supra-constitutional unamendability，正好為我們指點迷津。甚麼是 supra-constitutional unamendability？那是 limitation on constitutional amendment powers that are external to the constitutional system and above it，可是 Roznai 舉出的例子只是 natural law 及 international law，更沒有拈出共和國來討論，委實叫人氣餒，彷彿欠了那麼一點點的洞察力和想像力（利申：當年其師 Martin Loughlin 不肯收我為徒呢），否則以中國共產黨因歷史功績而廁身共和國憲制秩序之上之尊，我們自當明白一切修憲俱不能有違「中國共產黨領導」這不證自明的 axiom，也從此洞若觀火，懂得為甚麼要在憲法序言上增建「習近平思想」字眼，那是賦予主席先生 supra-constitutional 超憲地位，那才叫一念千秋。

尚斤斤嗡嗡於主席任期的人仔所見太淺了！

《信報 • 北狩錄》二〇一八年三月十三及十四日

DQ 卡夫卡

DQ成風，又或有人喜見DQ成風吧，煽風點火，代有叻人。我們（唔好意思，拉埋你哋落水）政治上貪戀幼齒，樂見周庭小姐當選，本來對後備的一位無甚好感，但幸有宣誓時宣誓後的招風惹雨，倒為略略平庸的他引來款款青眼白眼。當然，一切還得依賴另一位更招白眼反眼的對手，即書法說法自成一家的王氏國興先生，否則人民怎可能笑到最後（碌地）？

那天敗訴後，王氏領着官方申請人的士從業員總會秘書長黃氏一起記招，背後佈景是一大片「沉冤待雪」，我見猶憐。我沒有看到款署，然期間出鋒略鈍，收結滯然，佈局未分明，不見何紹基，難言鄧石如，當是王氏法書耶？一切魂迷夢魘卡夫卡。

卡夫卡的極短編《Before the Law》，誦之者眾：Before the Law stands a doorkeeper，某氏跑到守門人前，嚷着要進門求Law，守門人笑笑，說「此刻不成！」某氏便問：「遲啲得否？」守門人說：「It is possible」。某人從此便在守門人跟前待下來，靜待那possible的一刻。春去秋來，不知多少年月過去，某氏由壯而老，只他一位，耳聾眼瞶，終而軟癱地上，喘着那最後一口氣，向守門人招手，央他過來。守門人還是神俊不老，睇着眼睛，俯首問某氏：「What do you want to know now?」某氏哭着臉陳辭：「Everyone strives to reach the Law so how does it happen that for all these many years no one but myself has ever begged for admittance?」

守門人淡淡的道：「This gate was made only for you. I am now going to shut it.」故事就此完場，卡夫卡只讓某氏含恨閉嘴。

從前讀只讀出卡夫卡眼中的制度既漠然又專橫，indifferent and arbitrary，今天王氏黃氏 DQJR 一案收皮後，方才驚覺，卡夫卡筆下的某氏興許也像王氏黃氏般 indifferent to truth and arbitrary in tools！可不是嗎？《立法會條例》中明晃晃放着第 61 條的選舉呈請，又或是第 73 條的 DQ 程序，王氏黃氏及其背後軍師俱視而不見，係都要去敲 JR 那道大門，咯咯咯咯！更抵死的是，王氏黃氏入紙 JR，指控的是選舉主任沒有權力接納區先生的競選提名為有效提名，老爺看了，唯有在判辭中直斥其非：While I can see a possible argument that the Returning Officer should not have accepted Mr Au's nomination as being valid （and in that sense the Decision may be said to have been wrongly made）, I am unable to see how it can be argued that the Returning

Officer has, as a matter of law, no power to accept the validity of Mr Au's nomination.

王氏黃氏跟某氏俱自選了一道永遠不會為他和他開啟的大門，守門人和觀眾看在眼裏，除了活該，還是活該！

然後鏡頭一轉，赫然是「沉冤待雪」！噢！還是卡夫卡！他的另一個短篇叫《The Judgement》，起筆處沒有拍案驚奇，主人公 Georg 是正常不過的悶蛋生意人，一天寫信給聖彼得堡的友人，告訴對方自己行將訂婚啦，然後將信拿給臥在暗室中的老父看，老父有一句沒一句，兀自昏昏沉沉，忽然眼中靈光乍露，咬着牙說：「You have no friend in St.Petersburg!」

我們俱不明白，一如我們俱不明白某氏為何執意跑到 the Law 門前，苦候一生。Georg 有沒有朋友，這兒那兒，我們其實不太關心，然而當 Georg 的老父霍地躍起，指着 Georg 說：「You were, truly, but still more truly have you been a devilish human being! And therefore take note: I sentence you now to death by drowning!」我們俱被逼傻了，我們俱不知道一切的來龍去脈，老父為何上帝法官雙併上身？Georg 又曾經如何傷天害理？最終為甚麼 Georg 又真的會從橋頭上縱身一躍，自沉而死？

故事講完，覆核告終，但有甚麼「沉冤待雪」？It's not coherent, it's absurd. 精研

卡夫卡的Ritchie Robertson曾經為我們這樣解釋過《The Judgement》，話說在篇首卡夫卡即以寫實主義的筆墨帶出Georg的細碎，直抵他跟老父在暗室中的對話還是依然這般，我們期待寫實下去，然而卡夫卡故意引出我們的期望，然後又故意搗毀我們期望寫實的一切，便來個筆鋒一轉，將原來的病父寫成手操生殺大權的上帝，箇中詭異，自難言喻。Robertson下一斷語云：「The resulting bafflement corresponds to a perplexity about the kind of a world we do in fact live in.」噫！不實寫的荒誕荒謬描出來的倒是解釋不了的現實現世！卡夫卡當然答我哋都傻，施施然走去寫下一篇更詭異的《蛻變》了。好在我城還有王氏，借他的法書和行為藝術點染我們明白不來的現實，讓我們明白不堪明白的種種。

那麼卡夫卡可以休矣，仲唔抵DQ？

《壹週刊‧人間餘話》 二〇一八年四月三日

King與城

一、

革命先烈黃興曾有一聯，快意江湖，聯曰：「建設共和新事業　剷除世界最強權」。在不許呼喊「結束一黨專政」的未來日子裏，「剷除世界最強權」可以嗎？

哼！小心禮義廉輩嘻着臉厲聲斥道：「掛羊頭，賣港獨！」那天是四月四日兒童節，兒童在熒光屏上看到聽到禮義廉輩這樣的兇咒語，想到的大概是屍橫滿地的動物農莊，豬牛羊頭，位位給吊在滴血的彎鈎上，搖搖晃晃，一陣一陰風，滴答滴答，血泊中原來還有一個一個不能瞑目的人頭……

四月四日從來是個殺人的日子，五十年前他們便一槍轟了旅館陽台上的Martin Luther King，鮮血直流迄今，風中那I have a dream的夢兒也流傳至今，還有civil disobedience和non-violence的一脈理想，一襟晚照。

五十週年，紀念處處，兩位哈佛African American Studies學人Tommie Shelby和

Brandon Terry 為了燭照 King 先生的 philosophical legacy，廣邀仝寅，編了一部《To Shape a New World: Essays on the Political Philosophy of Martin Luther King》，討論的正是 King 氏政治哲學的方方面面，誓要還 King 一個 public philosopher 的本來面目。兩位論者在前言中高呼：「We contend that King is a systematic thinker and thus it is imperative to dig beneath his soaring oratory and quotable phrases...」

也真慚愧，我們懂得最多的不過是 King 先生一九六三年八月二十八日那篇在林肯巨像下的傳世演詞《I have a Dream》，歷來選本必然收納的 soaring oratory，高文雄辯，竟或下啟翌年 Nelson Mandela 庭上那篇跟案情無關的 An Ideal for which I am prepared to Die。

Dream 與 Ideal 從來連枝並蒂。

二、

四月，我城陰寒，恕我不能奮起精神再念一遍《I Have a Dream》。

然而，King 先生尚有更早的一篇更合我意：《There comes a time when people get

tired》，其詞曰：

「There comes a time when people get tired... we are tired, tired of being... humiliated; tired of being kicked about by the brutal force of oppression... We had no alternative but to protest. For many years, we have shown amazing patience...」

那是一九五五年，King才二十來歲，初試啼聲，卻已領着千人從阿拉巴馬的聖堂中吻下來走出去，抗議巴士上的黑白隔離。據說這篇演詞King只花了二十分鐘倚馬即就，可餘韻繚繞，縱是我城今朝隔世提燈默誦，誰敢曰不宜？鬼叫我們真的累透，天天對着聽着翻來覆去的鬼話，禮義廉輩呢頭剛鬧過「掛羊頭，賣港獨」，嗰頭旋又放風試水，銷售國家安全，謂二十三條早寫早着喎。

喂！We have shown amazing patience amazingly!

戴老師在啟動所謂「佔領中環」之前，早已引過King的故事，冀為借鑑，但戴老師及其同志口上筆下從來俱略欠文采，咿咿呀呀，了無oratory，遑論soaring。黃傘風雨後，我們還沒有留下一篇堪可傾城的雄辯之詞。當然，《To Shape a Better World》的兩位編者細囑我們留意的是rhetorics外的理論沉思。

三、

少時遵國文老師之囑，讀當年今日世界出版社刊的《金格傳》，班奈特著，潘一工譯。金格便是King！歲月太老，我絲毫記不起傳中曾有「公民抗命」的章節，今天翻開《To Shape a New World》，我便跳到討論「Civil Disobedience」的一章，對號入座。篇中引了King的〈Letter from Birmingham City Jail〉，提醒我們King的抗命理論並不必然抹殺暴力：It is morally wrong to urge an individual to cease his efforts to gain his basic constitutional right because the quest may precipitate violence。

King愛用的例子是蘇格拉底堅持真理卻落得飲鴆而亡，飲鴆而亡是violent，但你可不能怪Socrates吧！這裏的violence是蘇格拉底的「被自殺」，一切俱是他的peaceful action引伸出來的。耐人尋味的是，如蘇格拉底不甘「被自殺」，打翻鴆杯，奮起而戰，那理應也是「precipitated violence」，不應受責。King說：Society must protect the robbed and punish the robber! 這看法若延伸開去，或會使civil disobedience容得下the use of legitimate force，卻還是non-violent？

當然這一切還待細議，但這種觀照下的King's civil disobedience便跟John

Rawls 的一套 strict non-violence 不同，其實兩位的前設也不相同，Rawls 說：「I assume that the society in question is one that is nearly just; and this implies that it has some form of democratic government...」

終審法院在《黃之鋒案》中引的是 Rawls，但只引了他對 civil disobedience 的定義，卻沒有附上他念茲在茲的預設。

《信報 • 北狩錄》二〇一八年四月九至十一日

開明紳士篇

共和國威權先生在高端端會議上醒世恆言，苦心勸大家勿要作「開明紳士」，我聽猶憐。

威權先生一言九鼎，自然無暇費詞為大家講解何謂「紳士」。「紳」從前是腰帶飾帶，如《論語．鄉黨》云：「疾，君視之，東首加朝服拖紳。」說的是夫子有疾，國君紆尊親臨探問，夫子還是堅執其禮，起來朝東迎駕，身上敬穿朝服，繫上紳帶。

「士」則源遠流長，不可不弘毅，換成今人話語，那是胸懷一襟使命的知識階層，從來不以顯晦分別，此余英時先生一卷《中國古代知識階層史論》及《士與中國文化》論之最詳，我從來愛讀。

然而「紳」「士」連用，古書上恐怕並不多見。從前莊子在《天下篇》上只說：「其在於詩書禮樂者，鄒魯之士，縉紳先生多能明之。」腹有詩書，躬行禮樂且能發揚光大的是「縉紳先生」。至若鄉里間橫行霸道威權一世的便要數「土豪劣紳」了，從前多有，今天該還不少。

近代以還，以「紳士」為題的研究，當推上世紀五十年代先後面世的兩本英文小書，費孝通寫的《China's Gentry》和張仲禮寫的《The Chinese Gentry》，二書均以 Gentry 對應「紳士」，費書寫的是民國，張書解釋的是十九世紀中華帝國，恕我還未見有寫共和國紳士者，其人尚在茲乎？威權先生既勸勉我城人仔莫要枉作開明紳士，那看來我城中合該尚有紳士，尚有 Gentry 歟。

張仲禮書開卷處即點出「紳士」是中華帝國的獨特社會集團，既有各種公認的政治經濟和社會特權和權力，且有着其特殊的生活方式。聽口氣，幾乎是從前許諾下「一國兩制」中特別行政區別有的一番光景。

其實張仲禮書上雖曾提過「紳」「士」合為一詞頗常見，但所引文獻也只是籠統的幾部地方書志，不甚入古人經子史集的法眼，即《福惠全書》、《欽領州縣事宜》及《大清律例滙輯便覽》三種而已。另一邊廂，張仲禮一邊以 Gentry 對應「紳士」，一邊亦提醒大家，此「紳士」不同 the English gentry 彼英國紳士，一則中國紳士其身份乃以科舉功名取得，不獲世襲，復可因事而受貶黜，逸出紳士階層之外；二則中國紳士是知識階層，不必是莊園地主，其地位及影響力不必純粹繫諸經濟蠻力。

綜觀張仲禮書，他筆下的「紳士」是活躍於地方鄉里間的知識階層，多屬身負功名之輩，未必有官職官銜，但在享受其社經地位及特權以外，亦樂意為鄉邦福祉盡力。張仲禮如此總結他眼中的中華紳士：「他們視自己家鄉的福利增進和利益保護為己任。在政府官員面前，他們代表了本地的利益。」這一款對立非常吃緊，事關「紳士」的身份靠的是朝廷選拔，但當站在中央及中央派下來的政府官員面前，紳士代表的卻是本土本地的利益，分明是 localists，今天是要殺頭連坐的吧？

年前亦文亦史的 Adam Nicolson 剛好寫過一部漫說英倫紳士的《Gentry》，裏邊有一段話堪可對照張仲禮書：「for generations England was a country dominated by its middling families, rooted on their land, in their locality, with a healthy interest in turning a profit from their property and a deep distrust of the centralised state.」

紳士是本土人士，桑梓為念，最討厭中央朝廷。

開明紳士又一篇

上面匆匆寫過中國紳士，念念俱在 Gentry，雖然引過一回費孝通一回張仲禮，可還不是自言自語，言未及義？何嘗跟威權先生口中的「開明紳士」對上嘴形，熱吻一番！

國文老師看過小文後，未着一詞，卻傳來文題一道：《關於民族資產階級和開明紳士問題》，作者是共和國高祖皇帝毛氏，寫於尚未登基的一九四八年三月一日。我汗顏之餘，趕忙翻開《毛選》卷四——我的一套《毛選》詭異非常，卷四目錄至一九四七即戛然而止，累我多年來誤以為「雄文四卷，為民立極」的《毛選》終於立國前二年，而非中國人民站起來的一刻——翻到《開明紳士》一篇，文章小注云：「這是毛澤東為中共中央起草的對黨內的指示」，我自然金睛火眼，奢望看破紅塵中的玄機隱秘。文章不見迴環往復，卻是拖泥帶水，阿芝又阿 George，專為各色人士作身份定義，儼然是不必造人卻自許指點造化的上帝，例如甚麼是中國革命中的「人民大眾」？那是「指一切被帝國主義、封建主義、官僚資本主義所壓迫、損害或限制的人們，也即是一九四七年十月中國人民解放軍宣言上明確地指出的工、農、兵、學、商和其他其他一切愛國人士」。至於甚麼是「愛國人士」唷？毛氏笑云：「主要地是指的開明紳士！」

「開明紳士」雖也是愛國人士，但在黨國面前，從來是可用可棄的 consumable，高祖皇帝在《開明紳士》篇中宣旨爽快，諭曰：「我們對於開明紳士的要求，在抗日時期是贊成抗日，贊成民主（不反共），贊成減租減息；在現階段是贊成反美、反蔣，贊成民主（不反共），贊成土地改革。只要他們能夠這樣做，我們就應該毫無例外地去團結他們……」

那是說紳士開明與否，尚在其次，要緊的是聽話辦事，且不同時期要聽的話和要辦的事款款不同，你懂的。敢於贊成民主但永不能敢於反共，那樣才是永恆。

一九四八年我黨形勢一片大好，江山愈來愈紅，國民黨頹敗狼狽，毛氏已在籌謀得天下之後的大計，故在是年三月二十日寫了《關於情況的通報》，裏邊提到要招攬開明紳士和民族資產階級，但素知他們膽小，故謂：「估計要待我們有更大的勝利，奪取幾個例如瀋陽、北平、天津那樣的城市，共產黨勝、國民黨敗的形勢業已完全判明以後」，那才是邀請他們共事的最好時機。毛氏神算準確，謂「其時機大約在一九四九年。」果然，長春之後是瀋陽、天津，然後是北平，那將是一九四九年一月，北平人民夾道歡迎，載歌載舞，喜見紅軍踴躍入城，從此那是共和國元年，也是中國歷史的又一個元年。

一九四八年毛氏雖勝券在握，閒庭信步，但在《通報》及稍後的《在晉綏幹部會議上的講話》中不忘訓斥「左」的偏向，說黨內有人左過了頭，排斥開明紳士，有礙開國大業。那麼今天威權先生開宗明義排斥開明紳士，可謂「左」得忘了高祖皇帝的聖訓吧！

咪傻啦，共和國明年七十大壽，強得方方面面俱已崛起，老早從心所欲，不踰矩。

《信報・北狩錄》 二〇一八年四月二十三、二十四、三十日及五月二日

騷動在虛與實之間

一、

邇來特府廣邀港人「講」地，即土地供應專責小組翻起這樣又那樣的諮詢，將惱人纏人的我城土地政治經濟學化約成供應一隅，準是沒頭沒腦，虛演一場故事，難怪那天在維多利亞女皇公園的論壇上，有年輕人已懶理諮詢的細細碎碎，只管對着專責小組尊貴主席先生啐一口，以我城母語問他娘，嘻！

擇地而安居是人生之事，也是生人之事。串串數字數式演算得了宇宙時空，也摸不準家在何方。一九六七年七月十八日錢穆先生馳書人在哈佛的楊聯陞先生，書云：「港九騷動已兩月，幸獲杜門，堪以告慰。惟在此終非久計，又積一年半來五十萬字之存稿，早夜在心，惟恐萬一儻有散失，殊難補救。因擬於該稿未完成前，提早遷居……」

錢先生那些年正在趕寫其晚年扛鼎之作《朱子新學案》，全書寫成後將逾百萬字數，心力與學力交瘁。港九騷動已兩月云云，那是今人說的六七暴動，錢先生心不能安，此地不宜居，稍後遂有渡海至美麗島之擇遷，料跟土地供應無涉，終身不回來了。

「一九六七年三月二十三日黃昏，盧麒被友人發現在友人在佐敦谷牛頭角徙置區的單位吊死。」「屍體吊着，腳觸地，雙膝屈。頭傾向右，大約上格床以下十八吋。」黃碧雲小姐在新作《盧麒之死》中這樣寫出那一年的這一件非正常死亡，前一小段引號中的是黃小姐的筆墨，後一段則是黃小姐引述有關人士在盧麒死因研訊上的證詞。盧麒從此亦離我城而去。

盧麒其實跟六七暴動沒有關係，他只是在前一年的一九六六年四月五日穿着紅色風衣，路過（或是一心前往）天星碼頭看望反對天星小輪加價絕食的蘇守忠。然後蘇盧被捕，港九續有騷動。盧麒被控以暴動和煽動他人暴動之罪，在那時代的中央裁判署受審。

錢先生的不安，其來有自。

二、

黃碧雲小姐寫《盧麒之死》大概不在為死者立傳，蓋死者生平不算豐饒，一枝一葉或可，惟尚不足以撐起那個時代的騷動。那是個騷動躁動的時代，卻差不多注定會被新時代新版又新版的歷史教科書有意無意地淡忘開脫，事關一九六六年的騷動雖說始於天星小輪之加價斗零五仙，但「從未有一個時段，暴動人士破壞天星小輪公司的設施，所以必須深入觀察香港最近發生的事件，以明解為何此一相對微小事情，可以燃點如此嚴重和突然的火燄」。

So serious and sudden a conflagration! 黃小姐引述的是《九龍騷動調查委員會報告書》，官方的定調，卻不失歷史的敏感，是以黃小姐自謂此卷是「我的非虛構小說」，a non-fictional novel，虛與實的交煎。書後附有小書目，名曰《引述》，臚列了諸多報刊、檔案與報告，坐實了她的非虛構成份，但我始終無意將《盧麒之死》視作Hilary Mantel《Bring Up the Bodies》一類的 historical drama，只因書上沒有當事人的一番做手，倒有作者闖入現場的對質、辯難和詰問，例如當說到盧麒死因研訊的可能選項時，最末一項叫「死因未明」，作者便猛然介入，謂「我們不能夠接受未知、或不知道？歷史不會給予最終答案」。

盧麒死因研訊的裁決是「死於自殺」，不是我們不能接受的未知呀！然而我們恆在歷史之中，歷史欠我們一些甚麼答案？我頗疑心這才是黃小姐書寫中「虛」的地方，借文學的「虛構」來超越所謂事實的「真實」。猶如陳智德在他新結集的《這時代的文學》

裏述及黃小姐的停寫與重寫時寫道：「但最終，寫作者如果選擇重寫或繼續，同樣也不只關乎文學本身……」

陳智德續説：「（黃小姐，還有鍾玲玲和鍾曉陽）應是經歷了某程度的超越，可能超越了文學本身，也可能超越了社會的扞格……」

黃小姐自然經歷了那社會的扞格（是否超越尚在其次吧），「農曆年初二旺角大衝突，本土民主前線黃台仰及梁天琦等八人被控暴動罪」，「控方申請修訂控罪，梁天琦原被控兩項暴動及一項煽惑暴動罪，被加控襲警罪後，一共涉四項控罪，是本案涉及最多控罪的被告。」

《盧麒之死》末一章寫的早已不是死者盧麒，而是生者梁天琦，裏邊幾乎沒有黃小姐的文字，通篇都是報道的拼圖剪影。將梁先生上接盧麒自是一種 assemblage，一種歷史非線性（or linear indeed?）的 assemblage，誘人看到原來不相干的相干，不連繫的連繫。那一章中雖然沒有多少黃小姐的文字，卻少不了伊人的筆墨，筆墨俱化成了圖畫，畫的是被告（我不喜歡説犯人）欄中的梁先生，左方印上「刑事案件 HCCC408/2016」，右邊貼上自《九龍騷動委員會報告書》裁下來的「Kowloon Riots」字樣，一切沒有懸念。梁先生頭上是一句引號中的話（誰的話？你的抑或我的？）：「他說很倦，我在夜之深靜默。」（哪一種靜默？記得黃小姐的《七種靜默》？）黃小姐沒有無聲的靜默，還是放下一句：「他沒有我畫的那麼文靜。」

時代躁動，委實不必那麼文靜。

前篇引過錢先生一九六七年一函，數月後果有另一通致楊蓮生先生書，云：「穆等於上月二十八號抵台北，本月四號遷入新居。」（離此人海，方得安居？）

《信報•北狩錄》二〇一八年五月十四至十五日

厚地高天

一、

從來不知天高地厚，只知「厚地高天」，少年時讀的一闋靜安先生〈點絳唇〉，詞曰：

「厚地高天，側身頗覺平生左，小齋如舸，自許迴旋可。聊復浮生，得此須臾我。乾坤大，霜林獨坐，紅葉紛紛墮。」

那是時空有限而志趣無窮，說的既可以是靜安先生，也可以是此刻身陷囹圄的年輕人。興許是英雄，也不妨是落在凡間的凡人。

《地厚天高》是一個人的紀錄電影，幽幽的幾章，每一章開首俱是詩句，先是北島為遇羅克寫的那兩句，誦者千百：

「在沒有英雄的年代裏／我只想做一個人」

那是不祥之兆，遇羅克早死了，在北京工人體育館萬人公審大會上被執行死刑。

北島這首詩叫《宣告》，明言「獻給遇羅克」，詩裏卻沒有太多遇羅克的遭遇，只有他的命運，連他殺頭的原因也欠奉，適合每一位「也許最後的時刻到了，我沒有留下遺囑」的人，當然也不是那麼的每一位，只可以是「我只能選擇天空，決不跪在地上」的人。導演 Nora 挑這麼一首詩來開始説這麼一個人的故事，已將結局放在前頭，沒有懸念。

「從星星的彈孔裏／將流出血紅的黎明」

那是《宣告》的結局，北島抱着死者，卻長着希望的眼睛，跟《地厚天高》的故事不同，梁先生和我們何曾看到黎明降臨的地平線？尤是荔枝角收押所的鐵窗從來不寬。在沒有英雄的年代裏，我們卻奢望人家擔當英雄，事關悲劇英雄是個道德故事：

...the hero stoops to conquer, bowing to his destiny but transcending it in that very act...

他不自量力，給命運擺弄，俯首之間，卻早已奮然躍起。

二、

「又怕拿了別人的故事來成就一己的作品。」《地厚天高》監製人在映室還未漆黑前如是說，那是一番人文心事，文人委實不必操心，只要聽聽趙翼的低吟：「國家不幸詩家幸，賦到滄桑句便工。」便曉得錯的從來不會是詩賦電影，只有家國的錯、時代的錯，和你我的錯。

時代流轉，是非反覆，人間一切 fluid，梁先生有意或偶爾走過的路，有些早已是人前的舊聞片段，觀眾記憶猶新，例如他在選委會上遙遙指着主席先生的鼻子：「馮驊，XXX，你食屎啦！」那是星星的碎片，碎片的星星。難得在《地厚天高》裏他懂得天高地厚，選舉提名遭攔阻，對着鏡頭，一臉正經：「有得入閘，屎都食。」以其人之罵，還治其人之身，彷彿低下頭來，早已奮然躍起。

他的故事，須得凝定，須得 diecast，否則時過情遷，給人間有意遺忘心事小，人間無從憶處那才可怕。《Lost in the Fumes》之後便是一片蒼茫的 oblivion，一如福柯在《The Order of Things》裏的名句：「...man would be erased like a face drawn in sand at the edge of the sea.」是以《地厚天高》記錄的不只是一個他的故事，更是記錄了我們同代不同代的人此刻不肯或忘的心志，尤是「山雨欲來」之際，風雨最能洗去路上淺淺的一段足跡。

導演引過北島之後引的是許渾：「溪雲初起日沉閣，山雨欲來風滿樓」，寫的合該是年多前的光景，事關今天山雨已來，滿樓荒廢，好不容易才可以點起一根煙。

今天還是五月，我喜歡周作人譯的石川啄木，石川先生有一首寫五月的詩：

「五月的夜／已經是一點鐘了／有人站起來打開了窗子的時候／N和我中間的燭光晃了晃／病後的／但是愉快而微熱的我的頰上／感到帶雨的夜風的涼爽」

三、

石川啄木是明治年間的短命詩人，周作人最愛他的短歌，在石川先生去世後不久，便已譯了他的三部詩集，知堂先生還做過一篇小品《啄木的短歌》，裏邊引了啄木先生的幾句感懷，我在盯着《地厚天高》的海報時，總要想呀想着，「我一隻胳膊靠在書桌上，吸着紙煙，一面將我的寫字疲倦了的眼睛休息在擺鐘的指針上面。」

梁先生在海報上點着抽着他的煙，電影中也讓他道出抽煙在他生活中的情感牽繫：「唔食煙我會死㗎！」然後電影最後一章亮出的是「沒有煙抽的日子」，那是王丹尚未繫獄前的一首真說愁強說愁的詩，二十九年來早已吟得唱得竟似尋常巷陌：

「沒有煙抽的日子／我總不在你身旁／而我的心裏一直／以你為我的唯一／唯一的

一份希望……」

詩寫得太露太直率，於我不算抒情的文本，惟有繫上王丹在北京的監獄裏不再抽煙（他發誓再也不抽煙了，因一抽煙更倒楣！）的故事，這首小詩才有抒情的小小隱喻。

在艱難時代裏勿忘抒情，抽不抽煙也好，此所以我看到梁先生抱着結他，彈着不純不熟的曲子，哼着此刻我已記不起來的歌詞時，我在漆黑的映室中卻愉快舒坦，聲音裏是一個廣闊一點的世界。梁先生也曾走到 Harvard JFK School 前那更廣闊的世界，從 Charles River 吹過來的河風讓他不好點煙，銀幕上黑底白字地說他已少作評論，昔日戰友怪他不說話了。

石川先生有一回禮敬俄國的巴枯寧，為他寫了一首《墓誌銘》，代巴氏發言：「同志們，請不要責備我不說話，我雖然不能議論，但是我時時刻刻準備着去鬥爭。」巴枯寧一生激進、反抗、繫獄、流亡……今天他的墓在瑞士的 Bern，上書「By striving to do the impossible, man has always achieved what is possible」，不知地厚天高者如是說。

《信報・北狩錄》二〇一八年五月二十八至三十日

Mismanaged 的話

人稱魔僧的 Leo Goodstadt 筆下從來沉穩雄健，近日新書更不留情面，錚錚數落九七後歷屆政府的荒誕，其實是正寫我城二十年來的憂鬱。我不清楚「魔僧」渾號的來歷，但有端無端的我總要胡思亂想到智謀武功俱深不可測的西來高僧，先有《天龍八部》的吐蕃國師大輪明王鳩摩智，後有 Umberto Eco《The Name of the Rose》裏的 William of Baskerville（我心上眼中的永遠是電影版的辛康納利！），其志俱不在弘法傳道，卻是顛覆武林建制。

Goodstadt 新書叫《A City Mismanaged》，驟看以為不提政治，只管 Public Management / Mismanagement，翻開卷首，第一章即殺出一條血路，叫〈The Basic Law: Rights denied〉，怎能不政治？直是政治非常不正確！然而，細讀下來，峰迴路轉，說的並不是自由民主集會示威言論思想種種日漸褪色的政治公民權利，念茲在茲卻是房屋教育醫療及社會福利種種民生日用的 social rights。

歷代特首有云：「民生無小事！」當然，他／她話雖如此，卻不見得面子裏子如一，尤是他們總愛將民生和政治對立，放在不見得銖兩悉稱的天秤兩端，隨心擺佈，一會兒說「政治拖慢民主」，下一會兒又說「民生不關乎政治」！真箇悉隨尊便。

Goodstadt 抽出《基本法》文本來，叫歷代特首對鏡照妖，吃緊的是第一三六（教育發展）、一三八（醫療發展）、三六（社會福利保障）和一四五條（在原有基礎上發展和改進我城的社會福利制度），然後援引的更是共和國大護法蕭蔚雲老先生的話，話說草委會當年的大計是要保留殖民歲月的社會福利制度為 legal minimum，一切讓後來居上。

新時代的特府自當如此吧！

然而，二十年來後來居上的卻是官府的涼薄和民間的艱難，我們都成了火宅之人。

Goodstadt 最看不過眼的是歷屆特府最愛以《基本法》第一〇七條來文過飾非，以錯為對，將無情兑成有情，即恪守早已唱得街知巷聞的謹慎理財原則：「香港特別行政區的財政預算以量入為出為原則，力求收支平衡，避免赤字……」云云。

沒有太多心智健全的你和我會反對這道理財哲學（凱恩斯和歷任美國總統自作別論），然而一部憲法不僅是一株活樹，她 first and foremost 合該是一株枝葉扶疏的綠樹，根幹枝葉血脈相連，摘一枝以傷其餘竟是特府的有心慣技：「The government had new ammunition for arguing that in framing social policies, conservative budget was its most important duty under the Basic Law.」新鮮彈藥既有斷章取其不義的第一〇七條，復有形形色色的癡心專家報告，當然少不了議事堂諮詢會中位位工商巨賈的永恆代言人代議士，還有我們承認不承認的對新移民的皺眉……「The assault on social rights intensified!」魔僧如是說。

為甚麼特府這樣鄙夷這樣輕忽 social rights? Goodstadt 的解讀似乎是歷任特府首長暨一眾高高官一味傾斜傾情商界，表子是標榜市場神話，裏子是官商長年互通款曲（此在其前作《Uneasy Partners》已多有申述）。可是當共和國總理由溫家寶到李克強俱曾多番責成特府改善民生，紓困扶貧之餘，區區特府又怎敢聽而不聞，虛應故事？此中應有玄機！

我從前的論文導師，今天已貴為天下第一的 All Souls College Senior Fellow（為免叨光，姑隱其名！），寫過一部《Social Rights under the Constitution》，探討民主與 social rights 之間的牽繫，話中有話，亮劍一雙。先是說 social rights 跟個人的 autonomy and well-being 有莫大關係，此節大家不難明白，沒有基本的教育房屋醫療，衣食未足，難知榮辱，遑論獨立自主的人格。甚麼樣的政府才會狠心忍心讓人民喪失其 well-being and autonomy？試想想，特府擁抱巨大盈餘而不作為（千萬億偉大高高鐵和港珠澳大橋又作別論），所為何事？

Goodstadt在書上一針猛見鮮血：「Financial stringency became the foremost dogma of those in power!」容我續上一筆，政府既鑽不出血來，人民便得努力謀生，賣汗賣血（也稱獅子山精神！），向資本老闆俯首稱奴，久之，提供衣食住行的公共權力轉移至大商賈手中，一切不必accountable，卻能光明正大以市場高壓。政治哲學家Elizabeth Anderson剛寫了本新書，詭異的叫《Private Government》，闡釋的正是這種暗黑轉變（待我翻完再講！）。

然而若說social rights成就個人的autonomy and well-being，繼而促進具獨立人格的公民參與公共討論監察政府，發熱發光云云，論文導師以為這只是一道weak claim，我讀後自然不敢違拗，然而此說正好為特府解窘解嘲，證明特府一眾並非死心眼要港人衣食住不足，繼而無心問津民主政治的花開花落。既如此，特府為何一敗如斯？Goodstadt歸咎於任任特首：「the primary cause of mismanagement has been the misguided policy decision which one Chief Executive after another has made!」自然分毫不差，但為甚麼二十年來我城偏偏如此命薄命壞？放我們面前的是social rights as constitutional rights，但特府一心愛理不理。

從公者 mismanaged 的不只政策，還有 the position of justice 吧。

《信報・北狩錄》二〇一八年六月十一至十三日

為誰風露立中宵

「There is scarcely any political question... that is not resolved, sooner or later, into a judicial question.」大儒 de Tocqueville 如是說，警哉斯哉，我城人仔今天自當會心。

週四，晨起讀報，《金融時報》頭條是「Polish court chief defies government」，話說波蘭執政黨及其掌控的議會早想收拾最高法院幾位大法官，不用明刀明槍買兇殺人，不用費心栽贓誣誑貪腐，奸人自有妙計，不必釋法，自行上馬馬上立法，將法官退休年齡由七十降至六十五，夠鐘就要起身走人，乖乖唔送啦，有章有序，井然 legal。恰巧最高法院首席法官今年六十五，收到政府哀的美敦書最後通牒，話週三唔使你老人家上班上 court 啦，不滴血地笑笑肅清 judicial 異己，一派依法施政。

最高法院首席法官 Malgorzata Gersdorf 是位金髮娘子，週三日依然整妝上班，在群眾簇擁下現身最高法院門前，俏立風中，雲輕雲淡，朗聲道：「I'm not engaging in politics; I'm doing this to defend the rule of law and to testify to the truth about the line between the constitution and the violation of the constitution.」，話終而綸音未止。

其實我更愛《衛報》的標題：「Poland's top judge defies law by arriving at court for work!」較諸《金融時報》說「defies government」，《衛報》的「defies law」更顯深沉，更呈慧智：大法官違抗的不只是政府，還有議會依法通過的律法。

LAW有時是大寫，有時是小寫，端視乎說的是the ideal of law，還是the enacted positive law。Gersdorf不甘順從的自是那條降低法官退休年齡小寫的law……

邱吉爾笑說：In defeat: Defiance，大寫小寫俱無論矣。

無論defies the government還是defies the law，俱是政治不正確的defiance。Defiance跟riot一般政治，那是史上常識，委實不必細表，然而，法院一向追慕司法獨立，於政治不是素來敬而遠之嗎？那Gersdorf既一心defiant，卻在波蘭最高法院門前宣示「I'm not engaging in politics」，豈非黑白不分明？是又不然！

今夏LSE公法教授Martin Loughlin寫了卷新書《Political Jurisprudence》，卷首聰明區分politics與political之歧義，原文稍長，惟勝義精微，恕難撮寫，逞論譯述：

「The political should not be confused with politics. Politics is a set of practices that has evolved to manage conflicts that arise between individuals or groups. The political, by contrast, refer to a decisive and more basic phenomenon, that the primary form of political unit – the state – is embedded in structures of authority and obedience whose power is such that they shape their members' sense of justice and injustice, right and wrong, freedom and servitude, good and evil.」

沿此路進，politics指的是憑藉制度上的權力來理順紛爭，重行分配利益和權位，波蘭政府及其議會正是如此如斯，藉推行法官退休新法重行安排誰和誰可以留在最高法院任上；而political指的則是在現存憲制和國家權力下，我們如何尋求是非對錯，為善行義。Gersdorf力持波蘭憲法保障首席法官一任五年（伊的任期至二〇二〇年），以及《European Convention of Human Rights》確立的司法獨立，擇善固執，直斥新法unconstitutional，故伊人選擇不為所動，整妝上班，既judicious，亦political。

Gersdorf的defiance止於言文上向公眾表明無意受制於違憲的法官退休法，行動上最多是如常返回最高法院伊的辦公室，沒有奢望會有待審的案件落在案頭。當然，當局對伊尚有兩分禮遇，最少不會動員保安人牆攔阻堵塞，to make an ugly scene。伊的defiance，如在此地，特府可能早已祭出DQ一類legality的法寶，驅動保安橫空出世，繼而從容控以門檻甚低的非法集結，Gersdorf怕坐牢有望了。

波蘭當局黨政議會同氣連枝，司法機關其實囊中物耳，早已不放區區伊人於眼內，今天若尚留半分餘地，有權而不盡用，恐怕只是礙於架在其頭上的 European Commission 牢牢站在伊的一方而已，事關年來歐盟委員會早已力斥波蘭當局向司法機關步步進逼，蠶食摧毀司法獨立，大大有違歐盟憲制下秉持的 Rule of Law。去年十二月二日執委會終於出手，破天荒向 European Council 建議啟動 the Treaty on European Union 第七條，裁決波蘭當局是否有違歐盟條約的核心價值：serious breach of the Rule of Law! 果如是，則暫停波蘭在歐盟機關中的一切投票權，並將案件交付 the Court of Justice of the European Union 審訊。目下執委會對波蘭當局的斷語是：Judicial reforms in Poland mean the judiciary is now under the control of the ruling majority。

沒有司法獨立，何來法治？Gersdorf 的 defiance 是 political，但其意卻在維護大寫的法治，而伊正正是在歐盟憲制下堅守其位，擇善以行義，昨夜星辰，風露中宵。那是伊人之幸，也是波蘭之幸，設若沒有 supra-national 的歐盟制衡（可惜，歐盟亦何嘗沒有選擇性執法？），伊人早已無有立足之所。

我城行將有「一地兩檢」，更將有「一地兩檢」的司法覆核，關鍵處又是人大大的決議，可那不是 supra-national，卻是 national，且是 omnipresent，omnipotent。

《信報 • 北狩錄》 二〇一八年七月九至十一日

葉隱倫敦

一、

他其實不叫葉隱，我也不叫他葉隱，只是偶爾他自稱葉隱，囁囁嚅嚅的，彷彿赧然不好意思。十八年前我們一起在倫敦的學院上課，不在柏林。班上就只兩張東方人面孔，我政治覺悟遲緩，不叫他中國人，只管叫他台灣仔。儘管他一心向學，我嬉春倫敦，卻無礙我們一刻便熟落了，最愛一起獵書談書，從 Blackwell、Borders、Foyles 直抵 Waterstone，其實是一整條 Charing Cross Road。那年課上一年下來光讀四本大書，Rawls 的、Nozick 的、Dworkin 的、還有 Sen 的，cover to cover，back to back，算是我大半人生中最窩心細讀夜讀的光景，窗前素月，燈下貝葉猶香，我心上的英美政治哲學從此是蝴蝶線裝了，最不堪為外人道，但總愛跟葉隱說三道四，嘴上剎那明媚煙花，他不是外人嘛！

一年過去，我們俱留了下來，圖的是那 Pretty Hard Days（簡稱 PhD），我尚在

Karl 爵爺當年親手建立的學系裏，晨昏經過系中爵爺的銅頭半身像，總愛摸摸他大智慧的頭，而葉隱揮一揮衣袖便轉到政治系去了，師從一位歐洲思想史名家，轉攻自由主義思想的漣漣漪漪。

春夏秋冬春，兩三年光陰逸去，我們依舊獵書談書，論文卻幾乎未著一字，自詡風流，給逼得緊了，葉隱退回台灣老家閉門杜撰，我獨留在學院跟論文導師抬槓，自然沒有好結果，遂在第五年的夏天頹然下堂求去，一場求學便成了遊學，無端孟浪。葉隱卻在第五年的隆冬交出論文，欣然畢業，論文論的是 Isaiah Berlin 的 pluralism，從此葉隱的名字永久鑄刻在政治系小樓裏的一面銅匾上。

某年冬夜，故園風雪後，我拾級走上那小樓，喜見故人名字，登第為銘。

二、

我跟葉隱十三年前在倫敦別過，往後雖常見面，然總在天涯海角：青海、長春、香港九龍、台南台北諸般化外之地，竟無因緣在倫敦敍舊，一同重拾舊時 Charing Cross 路上更明媚的清暉，聊記取，舊遊時。其實十三年來我們也曾各自走在 Charing Cross

路上，年復一年，看盡路上燈火愈益闌珊。自二〇一五年 Blackwell 燈滅後，大街上便只剩下一座新裝 Foyles，算是孤燈一盞，跟不太遠處 Gower Street 上那座 Waterstone 一起穩住倫敦的學術紙本風景。葉隱和我俱是紙本人，不看電子書報，我更 dinosaur，根本不理網上的人話鬼話，癡迷的是一頁與一頁之間的大千世界，一行與一行之間的黑白風流。好書店其實是盛宴一般流通的萬卷樓天一閣，我們只願長留在絳雲樓裏，靜待柳如是小姐盈盈招手。

今午我和葉隱終於各在倫敦，不期而遇，十三年後我們聚首處是 Foyles 二樓哲學部，旁邊是 Ray's Jazz 小閣，一片幽幽藍調，浸潤着書架上款款愛智的峻冷孤絕，我們一下子樂透了，彷彿 Chagall 畫布上的人仔，總愛悠悠往天藍處去飛。

葉隱身上掛着個大布袋，重甸甸，我逕問他裝的是甚麼書，他笑說不是書，是書稿。我說：「拿來！」他有點不好意思，但不敵我素來的淫威，便乖乖垂首恭敬呈上，我笑納一翻，赫然果然是百頁共十章的中文書稿，自然是葉隱寫的，寫的自然是 Isaiah Berlin。稿子上滿是墨痕朱批，朱絲欄裏裏外外早已無有淨土，惟見心絮心事和心血，我馬上肅然起敬，卻不露聲色，隨便一問：「哪一章最好？」葉隱小聲曰：「大哥，第九章吧。」

書稿第九章議論的是柏林的 value pluralism 跟 relativism 的分別，我瞄了一瞄，一笑：「The ninth is the best! 那是貝多芬的專利。」

三、

其實我跟葉隱一起在學院裏念過柏林，念的是《The Two Concepts of Liberty》，授課的正是他的論文指導教授，只是我們前後腳，他早我一年，我晚他一載，而且我只管上課，不應試不交文，寫意寫意，那些年的 Pretty Hard Days 還未帶 coursework，讀來尚輕鬆。Berlin 寫的是 essays，他的第一本文集便叫《Four Essays on Liberty》。英文世界的 essays 千門萬戶，蘭姆寫的是伊利亞隨筆，John Locke 寫的《An Essay on Human Understanding》卻是深智宏論了。我只將柏林的文章當 essays 看，箇中自有出人意表的議論，但那款思路不無自我，頗任意所之優遊花園，並非今世學報允許發表的枯稿 papers，且柏林行文繁蕪，略喜拖沓（a conversationalist style?），初讀未必便能見其主旨，此我常想起陳先生寅恪《寒柳堂集》及兩卷《金明館叢稿》上的許多文章，彷彿隔地相知或有緣。如此我多年來只管讀 Berlin 和陳先生的 essays，圖個 literary enjoyment，偶也長長史識而已，沒有打算也沒有能耐梳理出一位背後的整全理念，遑論體系思想。

葉隱不同，他十多年來雖然身履 public intellectual 之職志，卻不忘追蹤 Berlin 的身影，要從那個影子中重構 Berlin 思想的整個肉身，再將那肉身放回這個紛亂亂的時代去。十章書稿其實是一篇 philosophical commentary，不是 essay 而是 monograph，且是中文世界的第一部，我賴在床上先讀了。

都說柏林是天才人物，而天才人物自不在乎凡夫俗子輩懂還是不懂他的想法心情，中間或須有一位解人甘作擺渡人。一生追蹤柏林的 Henry Hardy，四十多年來無間為柏林搜稿、編稿、校稿，今年回首往事，寫了一卷《In Search of Isaiah Berlin》，裏邊提到 genius 自須 pedant 的襄助，方好成事。

Pedant 是執着的繡花人，葉底藏花，葉隱應該喜歡吧。

《信報 • 北狩錄》二〇一八年十月二十二至二十四日

下一位夏爵爺

光以大小尺寸而論，倫敦「大報」可憐買少見少。《Guardian》十二三年前已給摺成較 tabloid 略大兩三公分的 Berliner Size，捱到去年還是不得不再縮龍成寸，終成 tabloid。《Independent》也曾在一段不短的日子裏有大報小報二款，任君選擇，後來撐不下去了，惟有要細唔要大，不旋踵更賣盤予俄羅斯富人，年前連紙版都摺埋，純粹網上，從此便在我的世界裏寂滅無蹤，雖然我偶爾也會想念她逢週五刊出的 Art and film review，嘴刁刁宛若當年要錢買的《Time Out London》，噫！

去年《Guardian》變小時，總編 Katharine Viner 小姐早料得有我這種腌臢人，不忘先下口為強：「Independent journalism (is) that our readers value most, rather than the shape or the size of the newspaper!」

我未敢苟同囉，shape and size 從來重要（雖然不是唯一重要），從小小一件白 tee 到大大小心那話兒，莫不如是。尚幸《Financial Times》還未變臉驚情，其紙色曰

salmon，目下還是 salmon steak，未給縮成 salmon fish finger！

倒是人在倫敦，貪多慕得，為了 broadsheet 的豐滿手感，我也樂得每朝在小店中採來《Daily Telegraph》，那天在酒館中給友人逮着，彼一臉不屑，正色道：「Lawrence, I would in no way engage with the Telegraph!」我笑笑：「睇吓 Boris Johnson 個死佬寫啲咩衰嘢啫。」又係嘅，連如此政棍都有自己的園地在此，係礙眼咗啲，我只好徐徐將 New York Times 覆於其上，花底藏葉。

然而，守得雲開，上星期英倫各大小報頭條俱繞着《Daily Telegraph》團團轉，彷彿唯其馬首是瞻，既是 #MeToo 淫虐英倫，復有 non-disclosure agreement 之為虎作倀，還有公眾利益、言論自由乃至三權分立都扯上了，諸事體大，卻一切源於近日 ABC 訴 Telegraph 一案，英倫高院裁斷者誰？夏鼎基爵士也。

英倫高院大法官夏鼎基爵士是 Sir Charles Anthony Haddon-Cave（as he then was）——本月他已榮升上訴庭 Lord Justice of Appeal，從前也曾在我城執業，但我城人仔記得的當是別一位夏爵爺，Sir Charles Philip Haddon-Cave，正是其先翁，更是「積極不干預政策」這風雲歷史名詞的版權持有人，既曾是麥理浩治下的財政司（其實「司」是 office，也指 the office holder，叫「財政司司長」是多多多餘！），也是尤德年代的布政司，典型典雅的 colonial administrator，致仕歸園田居牛津，總是乾淨清爽，不似今世的幾位 incumbents，萬縷千絲。

回說英倫法院的夏爵爺，月前審理 ABC 訴《Telegraph》一案，在報業江湖上贏盡掌聲。ABC 不是真名實姓，只是原告人不願張揚的代號（雖然我情願 XYZ，事關我總要想起《ABC Murders》裏的兇手！），事緣《Telegraph》正在醞釀一單大財閥 sexual harassment 及其銀彈掩口費故事，遂致電財閥，尋個故仔出街前的 comment 或 no comment。財閥不知有否 comment，然而隔天即興訟，向法院申請臨時禁制令，禁止《Telegraph》披露其調查中已獲知的細節，指是 inducement to breach of non-disclosure agreement（NDA）。一切彷彿忠奸分明，一邊是窮得只剩下錢的暗黑財閥，一邊是 #MeToo 聯乘 Freedom of Expression，冇得輸！果然！夏爵爺在判詞（目下還是 open judgment，隱去了所有可能暴露案中人物的細節）中說，容許《Telegraph》披露所獲細節，能有「significant contribution to the current debate of general public interest of misconduct in the workplace」，因此財閥及受害人之間的 settlement agreement，雖然帶有「不准張揚」（NDA）的條款，但已為公眾利益所凌駕，縱使《Telegraph》乃是自有關人等處獲悉 Non-disclosable 的故事，也算不上是 inducement to breach of the

NDA，邏輯井然，清風楊柳。

財閥還不跪地叫苦認輸？才不！ABC 旋即上訴，上訴庭上週三頒下二十頁判詞（〔2018〕EWCA Civ 2329），判財閥暫勝一回，應有臨時禁制令，翌日，《Telegraph》頭條梨花帶雨：#Metoo scandel which cannot be revealed! 同日內頁的大標題更起哄：Day when press freedom received a devastating blow! 瞬間將 #MeToo 轉化成你我他她生死攸關的切膚之痛，然後是左圖右史，對照夏爵爺與三位上訴庭法官的出身履歷，呼之欲出的是夏爵爺一向關顧 victims，重視 open justice，向與傳媒友善，而三位上級法官中兩位出身 chancery，彷彿注定離群離地，連我一向以為 critical but fair 的 Geoffrey Robertson 也從旁火速插上一刀：Commercial lawyers who later become judges have an instinctive preference for freedom of contract over freedom of speech, as if asked to balance hard cash against hot air! 頭一句 instinctive 已夠損人，末端的譬喻更不倫不類，跡近 hate speech 了！

我仔細拜讀過判詞，不得不說上訴庭的推理議論雖沒有夏爵爺的大刀闊斧 heroic，卻更幽微曲深，點出案中的 NDA 既有苦主的律師從旁審閱，復有條款允許苦主報官報警披露細節，既是雙方的庭外 settlement，理應尊重，而且不單財閥不欲張揚，苦主也可能屬意守持一己隱私，不願閭里指點。我猜法庭未宣之於口的是，#MeToo 一類指控，可大亦可非常小，由真心 victim 到貪得無厭的真假受害人，一應俱全，既然拿了賠償銷了案，怎又忽地跑出來踴躍參加 #MeToo 的浩浩大軍？Freedom of contract 的理念是，在閣下的 private sphere 裏，你的取捨未必是未必非，但成年人負成年責好了，法院無緣置喙。至若 **NDA** 在案中是否自願簽訂又或是否不成比例地違礙了局內人局外人的言論自由，審過才有分曉，故目下上訴庭頒佈的只是臨時禁制令，且同時指令當有 expedited trial，悠悠之口未給堵死，#MeToo 眾多膚淺不膚淺的討論還不是依舊火燒？臨時禁制令倒是在 clashing interests 之間的一道 dedicate balance。

然而，不一日，上議院 Lord Hain 在議會中卻以 parliamentary privilege 為盾，繞過上訴庭判決，周告天下：**ABC** 即 Top Shop 主人 Sir Philip Green! 天秤俄而不太 balance 了。

《信報 • 北狩錄》二〇一八年十月二十九至三十一日

海渚晚舟橫

孤舟、扁舟、輕舟，俱不容易，恐有雙溪舴艋舟，還是載不動許多愁。晚舟呢？伊人芳名佳話，風波江湖，晚舟斜橫，一任羣芳妒。

我笑笑，人家捲入的是 international sanction，國與國的風雲，雲詭波譎，誰在乎詩意不詩意？可詩意中或有道理存焉，宋人即愛以道理入詩，詩中有理，理中有詩。錢穆夫子愛讀理學家詩，更選過一部《理學六家詩鈔》，卷首即北宋邵雍詩，果其最愛？邵雍《擊壤集》二十卷，卷六最多長吟排律，中有五言《芳草長吟》一首，都二十四聯，果有晚舟在。詩太長，不便俱引，惟截取三數聯以共賞：

「芳草更休生，芳罇更不傾。草如生不已，罇豈便能停。」說的許是欲罷不能，身不由己？

「溪邊微水浸，原上未春耕。莫遣香車碾，休教細馬行。」那是說前邊地貌難辨，you go at your own peril 了。

「翠接鴛鴦浦，萋連楊柳汀。江潭夜帆落，海渚晚舟橫。」眼前萋翠，其實背後尚有大片浦汀相連，走不過去，況天黑人渺，不好勉強，更宜落帆停舟，晚舟不必強渡。

噫！《擊壤集》卷五更有七言《觀棋長吟》一首，當中載有兩聯，聊可讀入當世：

「局合龍蛇成陣鬥，劫殘鴻雁破行飛。」

「死生共抵兩家事，勝負都由一着時。」

這一着是美利堅針對伊朗的 international sanction，而針對晚舟的是這道 sanction 下的 extraterritoriality。Extraterritoriality 或 extra territorial jurisdiction 多譯「治外法權」，其實「治」外又何來有「權」之「法」？這幾個漢字混在一起，烏哩 woolly，我少時讀近代國史便滿心疑問，原來又是譯名之累！其實最懂 Extraterritoriality 的必然是 ET 外星人，ET 自是 extra-terrestrial 的縮寫，當年看到電影裏那場 ET phone home，我便龍場頓悟，外星人家在外星，地球便不是他的 territory，故他永遠是域外之人：the extra-territorial! Extraterritoriality 是自外於國際法中 territorial jurisdiction 的殊例，越出一國領土以外的管轄權，合該譯作「域外治權」方才妥貼。共和國最痛恨「域外治權」，試問有咩罪名唔可以挾條友返嚟域內解決？

其實晚舟公司（華為也好 Skycom 也好）與伊朗的暗盤交易（if any）既應不在美國領土之上，而晚舟又非美國之民，美國這一着超越了的不只是 territoriality，還有 nationality，一九四五當年美利堅卻曾如此 justify 如斯治權：any state may impose liabilities, even upon persons not within its allegiance, for conduct outside the borders that has consequences within its borders which the state reprehends.

那是為了國家利益先行而引伸出來的 claim of jurisdiction，國際法上聚訟紛紜，尤是 jurisdiction 一字隱含了合法合理之義。今夏牛津諸聖學院 Cecile Fabre 教授又寫了本新書（伊人近四年已三書！）叫《Economic Statecraft》，書中對美利堅這種 extraterritoriality 索性不稱 jurisdiction，直叫 Secondary Sanction。

在 Cecile Fabre 書上，primary sanction 指的是一國禁止其國民及當地公司跟 target 國有交易往來，而 secondary sanction 指的是「（sanctioning state）seeks to restrict the activities of agents, none of whom are subject to the territorial and/or personal jurisdiction, on the grounds that they trade with or invest in the target state」。

目下美國制裁伊朗，憑着的是國會通過的 Iran Sanction Act 1996，打擊對象是伊朗的採油煉油輸油工業，目的是截斷其發展巨大殺傷武器及支持國際恐怖活動的財源，可是，嚴格說來，其 sanction 的直接對象是任何人！條例起首即說：「To impose sanctions on persons...」而其對「Person」的定義是 a natural person and any business organisation，正好跟他處的「United States Person」相對照。美利堅的制裁遂包括 primary and secondary sanctions，而晚舟其人及其公司雖非美國產物，subject to no territorial and personal jurisdictions of US otherwise，但美國卻因制裁條例而 asserts 她的 jurisdiction！其成與不成，頗取決於國與國間的 recognition 和權力較量，目下共和國面對如此這般的 extraterritoriality 自然暴跳如雷，但其實過往歐盟甚至拉美國家也曾數度公開挑戰美國這種 secondary sanction 的法律地位。

香港人偏愛移居的加拿大（電影《Deadpool 2》笑說其國遍地 morons！）此刻面對的不僅是夾縫中的大國壓力，還有難解的法律挑戰，事關 extradition 中須有 double criminality，即晚舟所為如屬事實，其行須在美國和加國同屬罪行，方可引渡。今閱報所得，美國目前指控晚舟犯的是跟伊朗制裁有關的詐騙罪，似頗符合加國 Special Economic Measures Act 下的相關罪行，但在此條例下，加國 morons 卻沒有 secondary sanction 嗝！一切懸疑。

噢！忘了 Fabre，伊人說她只關心 secondary sanction 的道德意涵，不及其法律基礎，我便只好一任帆落晚舟橫。

《信報 • 北狩錄》 二〇一八年十二月十至十二日

一唱三嘆

一、

博我以文，約我以禮。

歌是禮，國歌是國人之間眉頭心上「大家有禮」，a hat off among the fellow countrymen。Dark Knight Rises 裏，Bane 在幽暗中聽畢葛咸大球場上小男生鶯聲唱罷《Star Spangled Banner》，等埋最後一粒音符在「Over the land of the free and the home of the brave」餘韻中 fade out 後，方敢狠心炸毀地上一切，啟動他蓄勢待發的 anarchy。

我們美國外人，不會記得二〇一六 SuperBowl 的分毫，但應會記得 Lady Gaga 一襲紅 suit（該是 her ladyship 出世以來最端莊的一次吧）在晴空下亮麗唱出那《Star Spangled Banner》，繞樑三日事小，激動人心事大。那是 above 禮的音樂，那 lyrics 也真的 lyrical，我還真的不介意電視台每天播放如儀，風雨山竹無間。《義勇軍進行曲》壞在曲，壞在詞，壞在演繹，壞在毫不inspirational，一如叫我嘆為觀止的《黃河》《梁祝》，除了笑笑，還是笑笑。

那天《國歌法》草案出台，不懷好意的高眉友人卻約我到薄扶林大學聽Bach《B小調彌撒曲》，委實quantum contrast之極至！我是Bach cello suites的小粉，他的聖樂作品，連agnostic的我卻也不願錯過獻給上帝的梵音，不止高眉，還在靜穆高明，religious and sacred。凡間的國歌，縱是共產黨人的一脈，締造的也不過是secular的religious頌歌，歌頌的是地上聽他們指點江山的國族，因此「除了我以外，你不可有別的神」自然是第一誡，不容異端異己染指。那天我們聽到彌撒曲第二章Symbolum Nicaenum尼吉亞信經時，瞇着眼睛瞄着場刊，讀到唱詞：「Credo in unim Deum / I believe in one God / 我等信獨一之神」便相視一笑了。

我是濁人，can't play and can't read music，今朝風日好，讀了一小段禮讚巴先生彌撒曲的文字：In no Mass has the difficulty of writing music for the Credo been so completely overcome as in this of Bach's。

作者是史懷哲醫生。

道之以政，齊之以刑，民免而無恥。

二、

史懷哲醫生是 polymath，既是父母心的醫者，也是神學家、音樂人、諾貝爾和平獎得主，寫過《耶穌研究》，還先後用法文德文寫過兩遍兩大卷《巴哈音樂論》。小欄昨天引的一小節採自 Ernest Newman 英譯本下卷第三十三章，我年前偶獲於倫敦百花里的一爿舊書店，一套兩卷慵慵地擱在地下室一座木製的舊日鋼琴上，就是酒館中常見的那款，幾將飄出那隔世的琴聲。書是一九四七年倫敦 Adam & Charles Black 的戰後再版本，當然不是千金才可求的 rare book，卻是我一見難忘的有緣書。

書緣年少，少年時代國文老師囑我讀史懷哲書，讀的是《文明的哲學》、《非洲行醫記》和《史懷哲自傳》，全是台灣出品的漢譯本，譯得循規蹈矩，恕我不覺好看，只隱隱記得一些故事，例如《自傳》上說，法文書寫像是園中曲徑散步，德文書寫則似壯麗密林裏的漫遊。這夜我翻開泛黃了的《自傳》，找到了這一雙譬喻，還找到史醫生給 Newman 英譯《巴哈論》下的讚語：流利。

Schweitzer 譯作「史懷哲」，何止流利，直是音義神俱在，不可多得。徐復觀先生從不輕易許人，卻也譽史醫生為西方的聖人，一生行道，懷哲以終。許是聖人高蹈，論說史醫生者近年似不多見，例外的許是二〇一七年出版的一部以檔案為本的新傳記！然而，以聖人耳目來論述巴哈的聖樂，最是適宜。史醫生說 Symbolum Nicaenum 中反覆頌唱 I believe in one God 之處，正好「took such pain to prove the identity of Christ with God and yet assert the diversity and independence of persons!」噢！樂理深奧，我亦聽亦看也不明白，但那又何妨？這段話最宜挪用來衡量一國之歌，聽聽此歌能否照顧 collective identity 之餘，也能保存個人的獨立與不群？

世上有些歌，連 Lady Gaga 也唱不好唱不了。

三、

道之以德，齊之以禮，有恥且格。

黨國特府也，恆愛「依法施政」，rule by law，故喜立法以擴張其權，愈無限愈美麗。《國歌法》草案第四條 Etiquette for singing and playing 屬 prescriptive，條例中的關鍵字眼還是動詞（加副詞）：stand（solemnly）, deport oneself（with dignity）和

not behave（in a way disrespectful）。動詞指涉的是 physical act，條例規定的是括號中副詞所描述的姿體或動作形態。乖乖企好聽話聽歌，我能明白。

來到草案第七條的 offences of insulting behaviour，由 prescriptive 轉成 proscriptive 的 penal provisions。第七（二）條懲罰的是「insult the national anthem in any way」，草案將「insult」解作「to undermine the dignity of the national anthem...」。「Insult」在此條文中雖作動詞用，但其意已不於特定的外顯 physical act，毋寧已蛻成一種 figurative use，一種意義詮釋，例如世人苦着臉說「That Trump was elected President insults our ideals of democracy!」根本冇厘動作，文風不動。但這是刑法呵，規管的應是行為動作，試以《國旗國徽法》為例，penalised 的行為是「（to）desecrate the national flag or national emblem by... burning, militating, scrawling on, defiling and trampling on...」此處的「desecrate」一如「insult」，是意義詮釋，但《國旗國徽法》中還是費神羅列了五種 physical act，讓我們知道詮釋的憑據和路徑，不是一句「in any way」說了算！

禪宗故事裏的風動還是幡動，惠能說是仁者心動 anyway，戳破的許是詮釋的虛幻。

太巧合了，昨晚睡前重讀雷太愛玲的《戲緣》（雷先生主持的再版新本），看到雷太拿雷諾亞的《馬賽曲》跟吳子牛《國歌》比對，巧笑倩兮，説雷諾亞既拍出革命洪流，復照見寬容胸襟，俏生生貶了《國歌》一回，是insult嗎？

《信報 • 北狩錄》 二〇一九年一月十四至十六日

被消失的一節

《Guardian》的墓誌銘上毫不吝嗇，直言他是 one of the most significant Sinologists in the last 100 years！他是 Roderick MacFarquhar，漢名「馬若德」，《劍橋中國史．中華人民共和國年代》二卷主編，更寫成《Origins of the Cultural Revolution》三大卷，主編《中國季刊》，又兩度出任哈佛費正清中心主任，說是 Sinologist 可能有點浪漫，毋寧是 professional 的現代中國史大家，注重 documentation，talents 分工，學術組織以至籌募經費。

費正清和費正清中心早享大名，不必贅說，只說二〇〇五年中心成立半世紀，委約院中 assistant director 薛龍（Ronald Suleski）寫了一卷《費正清中心五十年史》，分章介紹歷任 Director 的事功，任期最長的自是費正清，由一九五五直抵一九七三，然後當推馬若德，先後二任，先是一九八五至一九九二，後來又於二〇〇五續任一遍。馬若德的首任任期經歷了共和國史上思想最開放的八十年代，也經歷了三十年前最血最痛的六四天安門廣場斑斑 bloodshed。

年前內地刊出了《五十年史》的漢譯本，裝幀樸素，譯者是中心的 visiting fellow，譯筆信雅，還有時任中心 Director 的柯偉林（William Kirby）賜序，彷彿比英文原著更宜把玩。然而，在細節裏我們總要遇上魔鬼，尤是在寫馬若德的一章。漢譯本在此章終處幽幽留下一行細字：「此處較英文版有刪節」。

我們應不難猜出刪節了的是哪話兒，我遂在家中上下四角搜尋英文原著，昨夜找到了，英漢對照，眼下晃然，心上澄然，被消失了的只是兩段文字，小標題是「4 June 1989: Tiananmen Square」。那一節沒有火，只有很 tuned down 的 tune:「The events of 4 June 1989, marking the end of the Tiananmen demonstrations... demanding the end to official corruption and greater degree of political and intellectual freedom. The students were finally routed when tanks and soldiers of the PLA took control of the square, killed and wounded many of the demonstrators.」

「Routed」這種不帶血的寫作正正 mirrors 當年馬若德對「六四」的處置手法。當日身在費正清中心主任位上，馬若德決定不為「六四」定下任何 official stand，但中心各成員自然可以自由發言。據《五十年史》的解釋，一來馬若德心念共和國裏跟中心素有往來的學者安全，怕他們遭黨國報復；二來也考慮到中心宗旨是研究現代當代中國，他日跟共和國的機關和學者必然尚有往還，故沒有聲討，沒有譴責。這應是個很不容易的決定，既 delicate 也 strategic，須知道面對 crimes against humanity 一類罪惡，學術機構的 academic neutrality 容易成了那張涼薄的 veil of partiality。

大概沒有多少人懷疑馬若德的難處和苦心，他後來收的一位研究生便叫王丹。

馬若德是研究文革的大史家，最後一部著作是跟 Michael Schoenhals 合寫的《Mao's Last Revolution》，二〇〇六年哈佛出版，說的自是那十年有多，藉暴力和混亂以提早達至烏托邦共產社會的災難歲月，卻美其名曰「無產階級文化大革命」，噫！《Mao's Last Revolution》以一九六六始，以鄧小平開放改革之始而終。改革開放正好結束了毛氏的那番瘋狂功業，馬若德更往前想，提到了未來的「六四」，如是我云：「Only (Mao's) major achievement, the 1949 revolution itself, is still in place, saved by Deng Xiaoping and the PLA in Tiananmen Square on 4 June 1989, when the CCP could no longer cope.」

馬若德話中有話，且看所謂「the 1949 revolution」又是甚麼？「Mao's revolution in 1949 had been termed as 'Liberation' by the party, but it fitted the Chinese people into the procrustean bed of Marxist-Leninist orthodoxy.」

Marxist-Leninist orthodoxy 是意識形態加專制機器，即當代暴秦之政，「六四」雖只是溫柔地過問一下，卻已一無善終。三十年後，一九四九大革命猶在，更添了史無前例的 surveillance capitalism，被消失了的除了「六四」一節，還有許多代人的教養和理想。

三十年過去，倖存的目擊者生還者只會愈來愈少，共和國裏的記憶可供消失的又哪會多？我正在看一部余英時先生九秩祝壽文集，台灣聯經漂亮書，中有內地名家羅志田的一篇，文中他只說「一九八九年大陸稱為『政治風波』的事」！噢！那一節不只被消失，還要被代替。

《信報‧北狩錄》二〇一九年二月二十五至二十七日

旁觀他人道歉之苦

前輩歌手跟後輩小花車廂中春光乍洩，除了關秀文事國明事，關人叉事？我最多最多遺憾佢哋從此「壞咗」，《春光乍洩》裏的士後座中何寶榮斜倚黎耀輝的脈脈春光，又或輕輕彈破了《花樣年華》中蘇小姐跟周慕雲在的士中徐徐的綺麗風流，剩下來那一池春水，局外閒人吹皺過便算。

然而，煞有介事全程直播的記者會暨含淚啜讀道歉聲明卻是舞台上最惹人厭的關公，一下子將 private mishap 催逼成令人眼火爆的 public sin！

好！閣下既要將私下事渲染成天下事，為甚麼說是「道歉」卻沒有「案情撮要」？那夜是怎麼樣前腿後腳？上車前有甚麼快活人快活事？下車後又有甚麼鯉魚門外魚肚白的風光？還有，暗交了多久？閣下失魂跌咗個靈魂又跌咗幾耐？沒有 admission of facts 便沒有 conviction，沒有 conviction 便不必道歉求饒了，懂嗎？隨便在公眾席前「道歉」卻惠康精明眼地一切犯罪概要（遑論詳情）欠奉，圖的是一個早早 remorseful 的 projection，卻沒有打算讓觀眾 to know more than they did。不是只欠 pairing wine，而是 main course 都冇上過枱。

我想起十年前紐約州長 Eliot Spitzer 因身陷召妓 Client No 9 而朗讀的聲明：I am deeply sorry that I did not live up to what was expected of me。

哦！

不同的是，Spitzer 在記者會上全程有愛妻陪伴，而身為 elected officer，選民對他自有 integrity 的期望（不是召妓與否，而是肉金中有否 election fund），順理成章，但若閣下只是老輩歌手，entertainer 也未必是，怎會是可能叫人失望的 role model？

《信報 • 北狩錄》 二〇一九年四月二十三日

Socratic trial

戴老師幾位入獄那天，奇情巧合，也是《Avengers: Endgame》全球協同上畫之日。

看過《Avengers: Infinity War》的你我曾為少了一半人口的 Post-Thanos 世界心有不甘，不甘逝者已矣，一邊期待一邊曉得在《Endgame》裏當日 Dr Strange 佈下的隔世棋局念念不忘應有回響，況有新來報到的 Captain Marvel 力拔山河，浩劫過後自當迎來萬眾期待的 justice restored！我們還願相信人間總有公道，我們尚會記掛早被煙消雲散的未來。

Ronald Dworkin 教曉我們，公道公義 Justice 俱是 interpretive concepts，不是它們該怎樣解，而是我們該怎樣才能賦予這些概念以最豐盛最 coherent 的意義，其間我們依賴的是心上那一套環環相扣的政治道德理論和理想。我們跟禮義廉輩在 justice 上所見大相逕庭，一切不只在於 definitional / conceptual disagreement，而是我們樂見的世界從來不在他們的想像之中，故我們跟禮義廉只能一味齟齬，不能對話，最後我們嘆氣，原來跟他們對峙非常乏味。

然而，我一邊堅信我城司法獨立，一邊我又雅不願看到戴老師幾位既給定罪且身陷囹圄，這種對峙便麻煩多啦，因我服膺我城司法機關及審訊程序的 legitimacy，the trial itself is always legitimate，裁決縱可再辯，但絲毫未損法治莊嚴，故我從不妄說這是 political trial，最多是 Socratic trial。

蘇格拉底據說因鼓吹思辯，惹惱了雅典，遂誣以不敬神且荼毒青年之罪，送官，受審，罪成，不甘逃逸，飲鴆，亡。一切家喻戶曉，但其實此中內情複雜，細節處才見精采丰盈。

蘇格拉底的審判，由 indictment 到 execution，散落在柏拉圖的不同對話錄中，先後是 Theaetetus、Euthyphro、Apology、Crito 和 Phaedo，還有當時不在場的 Xenophon 留下了兩卷 Defence 和 Memoirs，堪與柏拉圖所記相對照。其中可見雅典當年份屬民主城邦，檢控官 Meletus 不屬官僚，且案中 jurors 達五百〇一人，不可謂不人才濟濟，而且程序十足（雖然規定案件要在一天內審結！），at least procedural justice is done，那麼 substantial justice 呢？

我喜歡 Xenophon 記錄的版本，裏邊議論生風，說的雖是古典雅典的制度，卻也切中後世我們的 common law system。先是蘇氏友人 Hermogenes 只見當事人談笑自若，便勸他不如想想辯護方向。

蘇格拉底笑笑：I have consistently done no wrong, and this, I think, is the finest preparation for a defence。

Hermogenes 給氣死啦：Don't you see that the Athenian courts have often been prevailed upon by arguments to put innocent men to death, and equally have often acquitted wrongdoers...

今天我們俱明白 Hermogenes 的憂懼。成也 arguments 敗也 arguments，審訊中須以理勝人（服人與否許是另一回事了），但箇中「道理」只限於有關 indictment 上所書控罪的正反道理，餘皆不及。蘇格拉底被控以 impiety 及 corrupting the youth 兩罪，在 Xenophon 筆下，蘇氏亦智亦勇，在審訊中質問檢控人 Meletus: So you tell me if you know of anyone who has stopped worshipping the gods because of me?

Meletus 不慌不忙，只道：No! But I certainly know of those whom you have persuaded to listen to you rather than to their parents.

噫！當年雅典刑法合該非常 novel，聽智人語不聽父母話亦罪有應得，而蘇氏在抗辯中偏偏一味暢談一向如何誘導年輕人親近智仁勇勤誠禮，直頭給 Meletus 送大禮！蘇氏笨嗎？

去年倫敦政經學院 Jens Meierhenrich 編了一卷《Political Trials in Theory and History》，提出政治審判須有 didactic function，我們乍看，必以為是當權者藉審判眼中釘以宣示威權，教訓小民要知死活知好歹，可是卷首 Josiah Ober 寫的一章說到 Socrates' trial，發人深省，語及蘇氏在審訊中或許從不打算抗辯，倒是一意將犯人欄挪作老師席，言教身教，以身殉志，那才是案中的 didactic function! 我恍然大悟。

戴老師的案既 political 亦 didactic，最是 Socratic。

《信報 • 北狩錄》二〇一九年四月二十九日至五月一日

暗路夜行 Lawyering

那天風雨中趕上薄扶林大學聽講，題目竟也是一天風雨：〈Lawyering and the Rule of Law in Dark Times〉，講者是David Dyzenhaus，念憲法學法哲學的應無人不曉，盛名之作是《Hard Cases in Wicked Legal Systems: Pathologies of Legality》，說的是種族隔離時代南非法律與公義長年累月的糾結糾纏。今天講題中沒有地域座標，我城自可對號入座。

暗黑時代中可有法治？Could a legal system be wicked？這些問題從來難纏，Dyzenhaus多年來說的議的多不離Hard Cases和Wicked Legal Systems，我們自然懂得其來有自，那是Ronald Dworkin的jurisprudence! Dworkin（我的小貓女Dworkin此刻正側耳傾聽，又以為我在說她的長短哩）一再重申，這些俱不是semantic/linguistic question，而是實實在在的interpretive matters。Dworkin的法哲學理論幽微曲折，文章又寫得元氣淋漓，閣下只要拿他老師Herbert Hart的作品一起對讀，即能分辨此中雌雄（不是高下，切記），我從來傾倒傾心，卻無法以漢文簡述而不失神韻。

我唯有翻了半天，望能翻出一段半段 Dworkin 的自家文字，聊作片羽吉光，且看《Law's Empire》中有如此幾句：（Some legal philosophers claim）that in nations or circumstances there is no law, in spite of the existence of familiar legal institutions like legislatures and courts, because the practices of the institutions are too wicked to deserve the title. We have little trouble making sense of that claim once we understand that theories of law are interpretive.

抽象的哲學不在天邊，我們眼前正有禮義廉輩在議會中機關算盡，借內務委員會度身訂造的所謂「指引」以奪權，the practice is just too wicked to deserve the title「legitimacy」or even「legality」。

禮義廉輩少讀書多忠誠，然而代代相傳相教後，漸漸學懂二事：一、不敢再在人前以淘回來的博士學位丟人；二、努力把持各議會位置，務求一切忠貞忠誠事皆師出有名，wrapped in prima facie procedural legality，事緣在「梁國雄訴立法會主席」剪布案中，終審法院以共和國不肯承認的 separation of powers 原則，申明法庭不應干涉議會的內部事務（恕我不能苟同！）——又一城大學 Stephen Thomson 不無認真地說過，那叫 Legislative Supremacy subject to the reach of the SCNPC，議會事務彷彿成了一個圈套。

David Dyzenhaus 在演說初始，開宗明義，說我們愈益參與 wicked system 裏的 games，甚至意外勝出勝訴，我們便愈益為該 system 的 legitimacy 增值，一切弔詭。

Dyzenhaus 是 Dworkin 的及門弟子，我還以為他會引用乃師 Law as Integrity 之說敷演下去，不期起首說的卻是 Raymond Wacks 的故事。Wacks 是薄扶林大學法律學院的大人物，我初念 jurisprudence，教我的一位便是 Wacks。他上課不愛依書直說，隨意隨緣，信手點撥，入我門來，不學無怨。他當年寫過法哲學小書一卷，收在《Success Without Tears》雞精系列，書卻絕不雞精，倒是他對諸家學說的點點評評清人筆記，他應對 Austin 和 Kelsen 無甚好感，不多費詞，待說到 Dworkin 和 John Finnis 時才見圍爐夜話的煙氣氤氳，我最歡喜。一回，我記得他在班上喃喃說：「One day John（Finnis）knocked on my door at Oxford, asking me...」Finnis asking Wacks 甚麼早已不復記憶，只知道書上的人原來會翩然走入塵世，彷彿若有光。Dyzenhaus 援引自不會是這樣的小故事，卻是 Wacks 一九八三年在南非 University of Natal 法學院的就職演說，講題是〈Judges and Injustice〉，詰問 What ought a Judge to do if he finds the law morally indefensible？

Wacks 劍指的自是當年南非的 apartheid and its destruction of liberty，裏邊又

自然而然地回歸 Dworkin 的理論：Law as Integrity！

Dworkin 堅拒乃師 H. L. A. Hart 的 legal positivism，認為法官判案時須有更高更遠的道德原則考慮：A judge is to construct a scheme of abstract and concrete principles that provides a coherent justification for all common law precedents...

但如果整個制度已然壞透，a totally unjust system，那時又合該如何？事關一個壞透了的制度所能找到的 coherent justification 只可能是個壞透的 evil 吧！那時法官又能如何自處？Wacks 延續 Dworkin 的理念，點出：「If a judge is to square his conscience with his calling, there would appear to be no choice... but to resign.」然而如果法官留任，一面維持司法獨立，一邊又只能 apply and interpret the unjust law passed by a wicked government，又是一番甚麼光景？Wacks 提醒我們：「It is therefore self-evident that a judge who is morally unable to reconcile himself to the injustice of the system willy-nilly lends legitimacy to it.」

那夜，David Dyzenhaus 將 Wacks 的議論從法官移向 lawyers，指律師參與 wicked system 裏的官司，依足法定規矩行事，輸了贏了，也給該制度送上 legitimacy，毋庸期望可能帶來 regime change 的新風。

如果將Wacks / Dyzenhaus的議論移向眼前議會，我們或會樂見上週六平素悶出鳥來的泛民終於有所覺悟，tried to square their conscience with their calling in dark times。

願我城不至日漸淪為昔日的南非。

《信報・北狩錄》二〇一九年五月十三日至十五日

五四蒼涼

一、

上了《時代週刊》封面的是芳齡十六的瑞典人兒Greta Thunberg，黛綠釵裙，嫵媚古典，頭一揚，星塵灑滿眉間心上，carefully unsmiling，小鹿丹青忽爾是A Portrait of a Young Lady了，Botticelli的，Vermeer的，Rembrandt的，當然還有Henry James的，我自然認不出伊就是上月在英倫下議院獲議長John Bercow欣然致敬的小女孩。那天小女孩穿的是purple jeans，blue sneakers and pale plaid shirt，發言頭一句不是「Hi, fellows!」卻是更爽直的「Can you hear me?」是天真試咪還是真心寸人？連《New Yorker》也早給這位串連罷課的climate change activist迷倒了，索性送伊一個大大的Like：「The Uncanny Power of Greta Thunberg's Climate Change Rhetoric!」我初不留神，還以為是Great Thunberg吖！

在五四百年後的五月，讀到《時代》又一年的Next Generation Leaders名單，感覺分外蒼涼，從 Thunberg 的 activist，到天涯海角的音樂人、政治初哥、電競 gamer、拳手、廚師到荷里活主流演員（今年是在《復仇者》中演女武神 Valkyrie 的 Tessa Thompson），鮮明開朗，應比坐着懷念懷舊百年五四更五四吧！從前 Joshua Wong 也曾走入過這張名單之中，開元天寶，前兩天又給投到牢中，真的非如此便不可嗎？我剛一邊讀過 CACV 14/2018 的判詞，一邊翻着 Next Generation Leaders 或飛揚或偏鋒的大小故事，癡想從前五四，從前雨傘，今世 Thunberg，今世 Joshua，年月不同，narrative 自異，卻也逃不過成人世界 politics of recognition 的宿命。

Thunberg 幸有 recognition，給迎進了建制樂意包容收納的世界，還立了像。Joshua 幸或不幸，也立了像，只是另一款式。

二、

說起「承認的政治」，我們俱愛援引 Charles Taylor 一篇開山文章〈The Politics of Recognition〉，Taylor 警惕我們：Nonrecognition or misrecognition can inflict harm, can be a form of oppression, imprisoning someone in a false, distorted and reduced mode of being。

五四百年今天，自然無人膽敢來個 nonrecognition，就連共和國主席也全情投入，深情講話，將五四挪作「跟黨走、聽黨話」的愛國擋箭牌，那是比 nonrecognition 走得更高更遠的 fraudulent misrecognition，只會是 oppressive、imprisoning、false、distorted and reduced，一應俱全，好不嚇人！幸好黨國從來信譽昭彰，我們也從來只信我們信的。

另一邊廂，樂天開揚，只願張揚一切可能的五四遺澤，又或竟將五四之後一切自由民主法治科學的進境進程稍稍歸因於五四風雲，這又何嘗不是另一款 misrecognition，沸沸揚揚？例如余先生分別在港台刊出他的五四百年禮讚，先是於台灣《思想》四月號（總第三十七期）上發表的〈五四的歷史作用〉，稍後即在我城《明月》五月號刊出〈五四：中國近百年來的精神動力〉，文字互有相同，唯所引例子港台有別，殊可玩味，例如《思想》文中詳於六四前夕趙紫陽的逆權及其與鄧氏的齟齬，更進至帶出目下共和國境內的「天下」論述，指其汲汲於否定五四；而《明月》文章則上述故事欠奉，倒有非常之論：「五四文化在中共控制下仍然是歷史活力，這是無可置疑的。」余先生舉的例子是六四和六四以後：「……六四以後，在五四的語言已完全不許露面的局面下，五四的批判精神依然可以找到各種各樣的表現方式，有時是維權律師，有時是零八憲章，有時是卡車司機集體罷工。」嗯嗯嗯！

三、

余先生是大家，且筆端常帶感情，語及五四的歷史作用和精神力量時，偶或感情過當，亦人情之常，例如說到胡適在蔣介石威權下創辦《自由中國》的那份志業可上溯至五四精神，還有雷震和殷先生的悲劇，譜系鮮明，胡先生更是傳承的肉身，五四綿延，信而有徵；然而，共和國建國後一意貶盡胡適思想，只抬舉五四反封建反帝國的一脈，卻狠心折去民主自由的一肢，思想價值上早有斷層，待得八十年代解禁，讀書無禁區，終有六四驚天動地，我看到的是人間追尋自由公義的普世執着和勇氣，殊不必繫上五四的 legacy，畢竟六四是自立的一章，猶如《零八憲章》、維權運動、烏坎村事、美麗島上太陽花、我城朵朵黃傘風雨，跟歷史沒有睽隔，但也是與暴秦周旋的別樣心曲，未宜比附或勉強放在五四的光環之下，縱然過去現在未來一般路滑霜濃。

是以讀着 Greta Thunberg「Do you hear me?」的故事，看着 Joshua Wong 再度入獄的判詞，背景沒有五四的影子，不足為怪，有才是怪！

我不太愛百年後還多說「五四精神在今天」一類太玄的話，五四是歷史殊相，黨國特府容不下的是人權自由民主法治的普世價值，根深則葉茂，但根葉本來便不相同。

五四百年，最宜為歷史殊相多作新姿新研，可是共和國史學界真的乏善足陳，如祖師奶奶筆下那顆蛀空了的牙，平常不痛不癢，百年紀念便似一陣風來，不是蒼涼，簡直瘦痛，總交不出一本像樣的新書來。幸美麗島那邊刊出一小卷《五四100》，王德威宋明煒編，覆蓋方方面面，章短意新意長，作者五湖四海，果然五四。

《信報 • 北狩錄》二〇一九年五月二十日至二十二日

從哥斯拉到利瑪竇

入場看《哥斯拉2：王者巨獸》，忍辱負重，捱了一半，也不見石原里美的倩影，再捱埋嗰半，還是芳蹤杳然。噢！我年老無知，誤入歧途，居然以為此《哥斯拉2》是踵接年前神級庵野秀明的《真・哥斯拉》，將華納的亂作東寶的，更奢望美國總統美麗特使石原小姐再度款款光臨。上一回石原小姐嫣然說過，解決哥斯拉危機後，便鋪路回國出任國務卿（邇來影視界總愛選大美人出任此高高職，先有《Madam Secretary》系列挑了Tea Leoni，新近《Long Shot》更揀了金像影后Charlize Theron!），然後是大統領大總統！此番我自然一心待着石原小姐以更高姿態又一回臨危受命政治哥斯拉……

哥斯拉從來是politically charged drama，從前的東寶系列裏，一忽兒哥斯拉是毀滅地球（其實主要是東京啫）的大怪獸，一忽兒又會良心發現，幫地星人對抗外星人外星大怪獸，一切彷彿是阿美利堅帝國的擬獸化，既曾以兩粒原子彈餵飼日本，收得貼貼服服後，復又將日本收歸其東亞保護傘下，是愛與仇、恩與恨、神與魔的曖昧結合，今回《王者巨獸》更不怕好事多磨，只管快意恩仇，讓戲中人嚷嚷：「讓哥斯拉重建地球新秩序！」說哥斯拉在地球上摧枯拉朽後，人間勢將欣欣向榮，活脫脫是傳說中的 creative destruction！在 Trump Trump 年代，凡事 Trump Trump，由 globalisation 倒向 unilateralism 再倒向 America First，Trump Trump 即是哥斯拉，重建的是貿易新秩序，也是 from Cold War to Hot War 的未知鹿死誰手新秩序。在《王者巨獸》裏一切自有一番答案，不必劇透，倒是稱王稱霸之間，哥斯拉遇上了哪位宿敵？

從前美帝的死敵自是逝去了的社會主義蘇維埃，今天 Trump Trump 的對手早已換上了厲害了的國，但哥斯拉面對的還是數十年來的宿敵 Monster Zero，即 King of Ghidorah——其實要懂得今回《王者巨獸》中的怪獸譜系，還須略知東寶系列的點點過去，否則一定一頭師奶霧水——造型上從來俱是一條三頭兩翼的 planet-killing dragon，本無足論，然而，電影裏唯一華資代表章子怡小姐 Dr Chen 卻洩露了必要的天機……

顧盼着三頭兩翼的 Ghidorah，章小姐忽爾幽幽地以英文道出：「Dragon in our culture represents power, courage and wisdom（咁上下啦……）！」直是冇買飛即對號入座，須知道 GOT 裏的 Mother of Dragons 儘管人人叫「龍母」，但西洋東洋的 dragon 從來不是華夏的龍，華夏的龍我們從來少見，不然哪來葉公好龍？我最愛周作人在《談龍集》裏談的龍：「正如我們著《龍經》，畫水墨龍，若問龍是怎樣的一種東西大家都沒有看見過……」那是民國十六年的舊事了，後來知堂在五十年代寫過不短的一篇《龍是甚麼》，料必博引旁徵，可惜竟是佚文，連鍾叔河《周作人散文全集》十四卷也失收，唯隔世方在二〇一一年內地《大方》雜誌上刊出，惜《大方》不旋踵給拉閘滅聲，我尚無緣一讀，裏邊或有龍與 dragon 之細辨？

尚幸中研院李奭學教授年前寫了長長的一篇《西秦飲渭水，東洛薦河圖：我所知道的「龍」字歐譯始末》，透露 dragon 與龍之間的種種曲折。李先生是芝大余國藩高足，早已卓然成家，精研嫻治中西文學因緣，我讀李先生書讀了二三十年，一向傾心。文中提到明清之世將中國龍譯成 Dragon，正中西方宗教及文學的下懷：Slay the dragon！從此中國便是以「惡龍」自居的邪惡帝國，跟西方文化秩序迥然有別。化 Dragon 為龍，唯利瑪竇羅明堅不以為然。

李奭學在文章中左右開弓，早為我們拈出英文 Dragon 一字實源於拉丁文 Draco，因猶太教天主教傳統中的《創世紀》和《新約》而來，後轉化成西方文學中各類巨蟒毒龍怪獸，莫不噴火吐毒，鱗甲遍體，頭上長角如撒殫，非但不是祥瑞，還一味歹毒邪惡。利瑪竇羅明堅雖為入華耶穌會會士，卻深悉華夏中龍之為物，故不願將「龍」翻成意大利文 Drago 或葡文 Dragao 等一系列魔惡毒邪。然而，萬達代表章小姐在戲中沒有包袱，利羅二公不願為的，伊人便為所欲為了，自告奮勇將哥斯拉宿敵 Ghidorah 說成是龍之一族，卻只怪西人沒有正視「龍」所代表的權力、尊貴和智慧，彷彿錯怪了 Ghidorah。

可不是嗎？Ghidorah 由東寶系列以來，俱是天外來龍，不屬於 the order of the Earth，跟哥斯拉便注定來個地球撞火星，現世中 a clash of civilisations。哥斯拉是美帝是 Trump Trump，Ghidorah 便只好是中華帝王帝國，在地星人的普世價值光照下，自是慘被誤解的邪龍惡龍了，章小姐直為她跺跺腳。

視 Ghidorah 為中國原來源遠流長，Sutherland 大學的 Carolyn Jess-Cooke 為哥斯拉系列著過書立過說，在 Film Sequels 中沒有引過一句別人的話，即逗趣道：The monster in Ghidorah（本多豬四郎一九六四年執導之作）... can be seen to represent China（which）detonated its first atomic bomb in the year of the film's release。

Jess-Cooke 訴諸的不是文獻，卻是敏感。《逃犯條例》訴諸的不是祥龍，卻是噴火噴血的 dragon。終審法院門前，六月六日晚上見。

《信報 • 北狩錄》　二〇一九年六月三日至五日

天人共憤

一、

血海仇深，我們從此跟林門鄭氏及其政權不共戴天，但我們走不出或不願出走我城的人仔，還是要跟奸邪鼠輩同一天空下。不同的是，我們舉頭三尺尚有神明，他們的，沒有。

聽說天堂早留了位置給林門鄭氏，現在應該 expired 了吧？還是根本從來子虛烏有？跟魔鬼在激情探戈，早已廁身在地獄的某一角落，莫非林門鄭氏以為那只是 Limbo of Patriarchs 那層地獄，奢望耶穌復活後還會飛來現身打救？

可是，林門鄭氏一向剛愎自用，興許真作如此想，更向以慈母自許，逕視我城孩子為己出，遂忙於向他們開槍，槍聲卟卟。那麼孩子是她私自生下的，未許受洗，好像依教義死後不能踏步天堂，她便將他們浸死在血海裏，那是她獨家的洗禮。

Seamus Heaney 寫過一首短詩，悅耳卻悲涼，說的是當年愛爾蘭 Ballyshannon 的一宗慘劇，媽媽親手淹死了私生子，屍身浮在海上，給漁民撈起，跟眾多三文死魚堆在一塊，慈母希望孩子早日下地獄，在 Limbo 那邊會遇上救主：

Fisherman at Ballyshannon / Netted an infant last night / along with the salmon. / An illegitimate spawning

A small one throw back / To the waters. / But I'm sure/As she stood in the shallows / Ducking him tenderly...

She waded in / Under the sign of the Cross. / He was hauled in with the fish. / Now limbo will be...

慈母在水裏「ducking him tenderly」，詭異心寒，我們人類只會稱之為 infanticide。「Shoot them tenderly」卻是那天慈母心上的命令，「I'm sure」。

二、

林門鄭氏的慈母說，其最壞處不在偽善假慈悲，卻在政治亂倫，偏將私人領域裏的骨肉親情攪上公共權力運用的是非對錯，居然以齊家為治國之道，妄人妄語。

林門鄭氏雖貴為市長，但弄的自不可能是政治，最多只是公共行政那話兒。公共行政講究的是 rationality、reasonableness、efficiency 及 accountability 一類現代價值，跟家裏關埋門的 passion、benevolence、altruism 及 empathy 一類的古典 virtues 是兩個星球的事，慈母慈心管教家中敗兒跟起勢開槍瞄頭射人哋個仔，那又是互不相干的風馬牛。我城雖早已是現代當代城市，唯指的是各種社會問題，政治上的問題卻還是一天封建陰魂。封建陰魂才見公私不分明，事關公也好，私也好，受罪的必然是人仔，得米的一定是官人。

元劇《竇娥冤》裏歹人張驢兒逼寡婦竇娥獻身，即云：「竇娥，你藥殺了俺老子，你要官休？要私休？」竇娥云：「怎生是官休？怎生是私休？」張驢兒云：「你要官休呵，拖你到官司，把你三推六問！你這等瘦弱身子，當不過拷打，怕你不招認藥死我老子的罪犯！你要私休呵，你早些與我做了老婆，倒也便宜了你。」呵呵，官休私休，從前受害人都叫阿娥；坑人害人，今世卻竟也是阿娥，唯感天動地的，從前是受害人死後的冤魂，今世動地感天的，卻是百萬上街人仔的不死志氣。

滿耳是林門鄭氏的慈母論，我俄而覺悟，「mother fxxker」原來不是罵人的髒話，卻是她心上的寫實豪情。

三、

林門鄭氏今後將伊於胡底？眼前的說不準，暴秦素來詭譎難料，但風物長宜放眼量，此老娘跟老人董及六八九一般模樣，必然沉浸於歷史的渣滓層，遺臭萬年——當然，記憶會遭遺忘，會遭替代，會遭不測，即如八九六四，在共和國境內也不過是記憶中某年春夏之交的政治風波而已！難保林門鄭氏他朝更加得志，坐穩政協副主席，欣欣然為共和國自許永遠正確的圖騰，那麼星期天兩百萬人仔上街吶喊，也只是蚍蜉撼樹吧？暴秦如此，暴政如斯，我們習慣無力，故秋生說：「等天收！」

新的一輩沒有習慣，唔等啦，漸有另一套進退行止，林門鄭氏色厲內荏，即以「暴動」名之，預示又一回的殺絕檢控伎倆。《公安條例》第十九條是六十年代的港英政府摘抄自也屬大英殖民地的非洲某國（恕我想了很久也想不起來）法律，天然過時，天然兇惡，我們下一波當爭取修改如斯惡法。

林門鄭氏黨國特府六八九禮義廉輩愛以「暴動」坑人，我看只是一番僭越！「暴動」是極嚴酷的法定罪名，須經法院審訊後方能斷案，如為政者嚴守分寸，明白三權分立的底蘊，合該出之以「騷亂」、「警民衝突」、disturbances、violent confrontations 等人間字眼，如死心眼地對「暴動」有嗜痂之癖，還是說說「懷疑暴動」吧！當然，此輩早嫌 separation of powers 礙其大事，只愛 usurpation of naked force，欺凌人仔，方才風雨滿城。

風中雨中，宜誦詩人 Wallace Stevens 的弔詭三句：

A. A violent order is disorder; and/
B. A great disorder is an order. These/
Two things are one.

《信報 • 北狩錄》二〇一九年六月十七日至十九日

我自巋然不動

山下旌旗在望，山頭鼓角相聞。
敵軍圍困萬千重，我自巋然不動。

那是高祖皇帝的半闋御詞《西江月．井岡山》，黨史故事不必細表，唯「巋然不動」總叫人無奈，嘸乎教人想到數十年來暴秦綿綿不敗，真箇巋然不動，其 resilence 直催人不解。

天晚了，暮靄四合，歸鴉陣陣，林門鄭氏暨一眾庸吏或欣然聚首政總樓頭，俯瞰樓下蟻聚蟻民，輕談淺笑，高聲同念一遍高祖皇帝這幾句，快意當前。

可是我們都奇怪為甚麼暴秦長存？他們陰鷙、殘忍、貪婪、獨裁、狡詐，在在跟現代普世的自由、公平、民主、理性、開放等價值背道而馳，方圓難周，但卻又等極都唔見天收佢哋？

天道遠，治道更遠，「為政以德」是孔門一脈枕上說的夢話。二十二年來，一蟹橫行過一蟹，假如沒有黃傘以來的新青年插翼高飛，赴湯蹈火，我城怕淪落天涯更不堪。

這夜倫敦高芬嘉頓 Royal Opera House 燈火亮麗，上的是莫索斯基的 Boris Godunov，此劇版本素來複雜，莫索斯基親手改動之餘，後來又有林姆斯基高莎可夫和蕭斯達高維契的異本。Royal Opera 這回演的是一八六九的初版本，首演已是二〇一六，我也在場，但許是位子不夠好，那夜遂心神恍惚，亦失亦忘。今回重看，位子大佳，遂怨無可怨了，卻還是坐立不安寧，大概故事太暗黑，Godunov 憑弒前朝太子以登位，民不聊生還是民不聊生，雖罪咎半生，卻得善終，更傳位於稚子，稚子無辜，旋又為窺伺者所殺，直至 Romanov 一系登場登位，Romanov 續寫的是三百年專政史，然後呢？然後迎來了更可怖的蘇共，共和國高祖皇帝的大恩人。

八九年天變地變，東歐諸共如山倒，連蘇共老大哥一年後不願不願也蛻成了俄羅斯聯邦，換上了另一套專政暴秦，但共和國還是共和國，而且往後更富更強更 5G，更厲害了的國！

二〇一一年北非中東茉莉花飄香，倒了突尼西亞 Ben Ali，倒了埃及穆巴拉克，死了利比亞卡達菲上校，雖然敘利亞戰火還在猛燒，但更多的暴酋獨夫依然安於位上。阿拉伯的春天很短很局部，茉莉花香也不曾飄遠。那年二月二十日，網上早有呼號叫人齊齊上街聚在北京王府井，好響應遠方的茉莉花運動。那天王府井依舊擠滿了人，但最多的是公安和記者，大家凝神屏息，卻只等到一位年輕人手持一株茉莉花路過，然後好像甚麼都沒有發生——如此這般又過了許多年，雖然偶爾我們還會聽聞烏坎村、新疆和西藏的騷動，但星星花火，未聞燎原。

Authoritarian states 為甚麼可以如斯巋然不動？這在八九年以後早惹來學界注意，但瀏覽所及，我們除了從此不敢跟福山一般樂天以外，還未見有太多發人深省的睿智。

Yao Li（漢名不詳，大概不會跟春秋刺客「要離」同名吧！）是哈佛 Ash Centre for Democratic Governance and Innovation 研究員，今年初出版了一本小書，叫《Playing by the Informal Rules》，副題才叫人眼亮心亮：《Why the Chinese Regime Remains Stable despite Rising Protests?》，問題問到癢處痛處，開卷即點出西方學界常以為延綿不絕的 unrest and protest 跟 authoritarian states 之間是零和博弈，民間不斷的異議會促使政權衰落又或削弱政權的鎮壓能力，繼而轉向民主建設，可是這調子分明解釋不了共和國眾目睽睽下的 Regime Resilience，不倒不敗不示人以弱。

Yao Li 新見在於叫我們留心共和國的 informal norms，即是那不獲承認又不見於 the official books 的種種 practices ——我想起湯告魯斯在《A Few Good Men》裏的

cross-examinations：「Is there any provision of canteen in the Marine Rules?」「No!」「Then is there any canteen in the Marine?」

Yao Li 説這些 informal norms 包括暴秦的 forbearance and tolerance of certain breaches of law，放在 protest 的語境裏，暴秦竟或願意在 protestors 面前有法不依或有法姑且不依，唯其目的在吸收以至化解民眾的 political contests，但前提是這類 protests 不能與虎謀皮，即不能削弱黨國的 formal authority！針對民生、經濟又或個別地方政府官員的均在可容忍之列，而黨國正憑藉這種有限讓步讓 protestors 懂得甚麼是分寸，否則其命運一如疆民藏民的騷動，以血泊以勞改收場！從此抗議者異議者知所趨避，逐漸形成 the self-censored boundary of tolerated protests，而黨國也藉此安撫這些 protestors 來維繫更大的 stability，故 Yao Li 名之曰 Regime-engaging protests，protests 於此反諷地成了黨國的維穩措施，而人民遂逐漸安於其位！這是種可怖的分化，黨國將 protest 定性為 regime-engaging 及 regime-threatening，後者斗膽與虎謀皮，故給壓縮成不知死活的少數，勢孤力寡。這一切我城人仔絕不陌生，雨傘運動追求政改，屬與虎謀皮，其處境自跟反逃犯條例的百萬人仔不盡相同，相同的倒是黨國特府巋然不動。今天六月二十六日，幸獲高眉友人提點，我方才覺悟今天除了又圍林門鄭氏外，更是人大大首次釋法二十週年，不必紀念，徒有 mourning，莫失莫忘。

《信報 • 北狩錄》 二〇一九年六月二十四至二十六日

背頁的狂人

晴天雨天遊行天，我們都讀魯迅，愛其漆黑澀苦，即如四季晨昏我們也傾心一品脫的Guinness, be beer, be water。

羅啟銳羅導在《信報》本版背頁重寫了一遍我城的《狂人日記》，上週刊出上回，讀來猶有餘悸，今天應是下回分解，結語會否也還是「救救孩子……」？

少年時初讀《狂人日記》，因文體因敘事者角度新奇，頗不能解，頗有睽隔，畢竟那還是個隔世隔地的故事，我也未曾經歷禮教吃人。後來許是在戲院中看多了電影，習慣了更多的montage，甚至愛上了畸人主角眼中的distorted reality，愈看愈覺這篇小說（當然還有果戈里的原型）技巧驚心，既David Lynch，也Christopher Nolan。

然而，於我，這還只是個狂人的故事，魯迅的故事。先生後來在一場題作《文藝與政治的歧途》中說：「……從前的文藝，好像寫別一個社會，我們只要鑒賞；現在的文藝，就在寫我們自己的社會，連我們自己也寫進去……」

那個「現在」是一九二八民國十七年，那是我們遠古的「從前」。可是，即如

Shakespeare 從來不會離我們太遠，近日我看了 National Theatre 的 Julius Caesar，Ben Whishaw 演的 Brutus，拿的不是匕首，而是 Glock pistol，場景已從古羅馬一變而為莫知其所在的現世處處，Caesar 也蛻成了 Trump Trump 模樣的 populist 政治人，一切頓然 contemporary，豁然 relevant。

羅導正給《狂人日記》也來個 relevant 的 reinterpretation，使之一化而成「現在的文藝」。現在是我城的六月天七月天，江湖躁動，孩子上街自救。

先生說：「現在的文藝，連自己也燒在這裏面，自己一定深深感覺到；一到自己感覺到，一定要參加到社會去。」來！

《信報 • 北狩錄》二〇一九年七月十五日

狂人昆仲

上、

晴天雨天抗議天，既宜讀魯迅，也可讀知堂，畢竟狂人也有弟弟可依：「某君昆仲，今隱其名，皆余昔日在中學校時良友……日前偶聞其一大病，適歸故鄉，迂道往訪，則僅晤一人。言病者，其弟也。」我們看到的日記，聽到的病情，蓋皆出於狂人之弟。有時我暗惴，此處兄弟許是同一人，彷彿 Fight Club ？

或謂魯迅憤激，知堂恬淡，其實不盡然。

一九二一年北洋政府拖欠教育經費，各院校教員請願索薪，在新華門前給軍警毆傷者眾，事後政府發聲明，指一眾傷者自己碰傷自己！

「我從前曾有一種計劃，想做一身鋼甲，甲上都是尖刺……穿了這甲，便可以到深山大澤裏自在遊行，不怕野獸的侵害。他們如來攻擊……我不必動手，使他們自己都負傷而去。」

這篇叫《碰傷》，筆調魯迅，卻是知堂，旋由妄想一轉而至現實：「近日報上說有教職員學生在新華門外碰傷，大家都稱咄咄怪事，但從我這古式浪漫派的人來看，一點都不足為奇。在現今的世界上，甚麼事都能有。」

這陣子我城人仔最能明白知堂的知言，甚麼事都能有！那一邊既有黨國特府林門鄭氏的兇悍虛妄，壽終正寢，一步一追殺；這一邊也有人仔重義輕生，不懂低頭，更有好心雨傘從沙田高樓上翩翩而下，如天兵雲端降臨，我神馳了好一會。

「據說，這次碰傷的緣故由於請願。我不忍再責備被碰的諸君，但我總覺得這辦法是錯的。請願的事，只有在現今的立憲國裏，還暫時勉強應用……」知堂知世，曉得連憲法也不能久恃，一切暫時，比五十年更短。

「例如俄國，一千九百零幾年，曾因此有軍警在冬宮前有開炮之舉……但他們也就從此不再請願了。」

人死了，不能再請願，不能被碰傷，暴秦最最了然，萬望諸君珍重。

魯迅知堂一生經歷各式暴秦，一同看過許多殺戮，見過許多青年倒地，汩汩鮮血。

下、

恕我因近日六月天七月天的事情，總要想到兩位先生因一九二六年三一八慘案而寫的忍痛文字，雖過去，猶現在。

知堂《關於三月十八日的死者》：「凡青年夭折無不是可惜的，不過這回特別的可惜，因為病死還是天行而現在的戕害乃是人功。人功的毀壞青春並不一定是最可惜的，只要是主者自己願意拋棄，而且去用以求得更大的東西，無論是戀愛還是自由。」

魯迅《紀念劉和珍君》：「我在十八日早晨，我知道上午有群眾向執政府請願的事；下午便得到噩耗，說衛隊居然開槍……但段政府就有令，說他們是暴徒！但接着就有流言，說他們是受人利用的。」「時間永是流駛，街市依舊太平，有限的幾個生命，在中國是不算甚麼的。」

自古以來，香港誠在中國之內，青春的毀壞，當然是不算甚麼。

我翻開牛津新校本《知堂回想錄》，特地翻到《三一八》一章，尋着這清冷詭異的一段：「那天下着小雪，鐵獅子廣場上還躺着許多死體，身上蓋着一層薄雪……」從前看三育本和止庵本《回想錄》，總以為「死體」是「屍體」之誤，原來不然。弟弟回想中的「許多死體」理應跟哥哥憮然惋惜的「幾個生命」對照並讀，薄雪不掩血紅，血紅下的死體曾是汩汩生命。

大抵現在是不斷的抗議、異議、遊行、對峙、追逐、搏鬥……暴秦先天沒有legitimacy，後天也不會有，不懂governance，卻性素陰鷙，七七以來愈演愈烈的圍困、誘捕、追捕，未知伊於胡底，接下來會否是捕殺，殺戮殷紅如鐵獅子廣場？

連登不連登的巴打絲打宜提防。

《信報・北狩錄》二〇一九年七月十六及十七日

兄弟有信

一、

厲害了，歷四五年之功，《夏濟安夏志清書信集》最後一卷終於拿在手上。《書信集》總六百多函，都五卷，合二千餘頁，彷佛是年復一年在音樂廳中經歷了《萊茵黃金》、《女武神》、《齊格菲》後，盼着盼着迎來了《諸神的黃昏》。說的未必是歷劫歸來的興奮，卻是「渡盡劫波兄弟在」的完整功德。

剛剛寫過樹人作人兄弟，此刻忽悟二人殊少書信傳世，檢一九八一年版《魯迅全集》，致作人書僅有十餘函，且多繫於一九二一年，是年知堂養病於北京香山碧雲寺，暫離八道灣周宅，故魯迅以書函交帶書事譯事友朋事。自一九二三年後，兄弟失和，人事音書兩寂然。知堂那邊呢？一九二一年自山中寫了多篇《山中雜信》予孫伏園，後收在自編《周作人書信》裏，我沒見有寫給乃兄的回信，莫非兄弟一向親近，故不必修書？噫！

夏氏昆仲自一九四九大江大海後，兄弟各自飄零，各自讀書。該是二〇一五吧，沙田大學出版社既刊出了夏氏昆仲書信集首卷，也重排印出了夏濟安精緻敏感的傳世之作《The Gate of Darkness》。《Darkness》一書初版於半世紀前，華盛頓大學出版社，十多年前一個冬夜，我在倫敦寫論文未有寸進，卻在大英博物館對街的一爿東方書店遇上此卷，揣在懷中，寒夜書暖，這一段人生我曾寫進小欄一連三篇〈黑暗的閘門〉裏，時為二〇一五的幽幽歲末。

往後每年出一卷看一卷夏氏昆仲的去雁來鴻，五年五卷，子由子瞻天涯咫尺往還聯袂的詩與書，惜我看了新一卷便渾忘了舊一卷，印象難有 integrity，且眼前架上的也不齊全，只有卷三四五，還要是不同出版社的不同版本，沙田大學的、聯經的、上海人民的，繁簡橫豎各由之。我最最好奇上海人民版有否偷偷忍心刪節，須知夏氏昆仲高眉飽學，自然性惡暴秦，私下語出更無隱諱，我城人仔知之最深，畢竟俱是自由西嘛！

二、

夏氏昆仲不只頗厭兩黨，胸中滿滿更是 modernity 之氣，隔世也能跟新青年相呼應相呼吸，如夏濟安在一九六二年九月二十七日的信上即告訴乃弟：「但我想：做人快樂的辦法還是忘了自己是中國人。」

夏志清在《中國現代小說史》上早點出中國現代作家難有 greatness，大概是心上太多 obsession with China 之故。那 obsession 不是淑世的「感時憂國」，卻只是「家國情迷」。

太多一國，我們累了，都不快樂。

夏濟安是無國界的知識人評論人，他偶有他的快樂，如在一九六二年十月十三日的信上如此夫子自道：「人生樂趣本來有限，有錢有閒能讀書，即是至樂矣。我不相信可以更快樂些。」我也喜歡有錢有閒能讀書，但我依然相信人生可以更快樂些，例如能見新青年少吃一晚催淚煙，少吃半顆膠子彈，元朗站少一個兇殘白衣人。

知識人評論人走不上最前，最少也要恃道抗勢。羅導在背頁重寫的《狂人日記》許是完結，可弔詭的是，林門鄭氏的悍警政權及白衣黑漢的張狂正未完待續，狂人的世界沒有好轉過來。

在魯迅和羅導之間，最少另有一位重寫過《狂人日記》，然而，一切不屬虛構，竟是血肉。沈從文在一九四九年一月三十日寫給張兆和的信上說：「我十分累，十分累。

聞狗吠聲不已。你還叫甚麼？吃了我會沉默吧。我無所謂施捨了一身，飼的是狗或虎，原本一樣的。社會在發展進步中，一年半載後這些聲音會結束了嗎？」

現代文學史上我們早有後見之明：結束了的只是沈先生的聲音。

三、

素來愛讀夏氏昆仲的作品，此中我又好像更偏愛偏心濟安哥的一邊，許是他更單純之故？

「我的反共也只是反抽象的、集體的共，對於個別共匪，我覺得還是很可憐的。」一九六三年四月六日信上夏濟安如是說，那是一封長十二頁的論學書簡，主要議論從捷克來的Prusek，Prusek是老左派，那年月信奉社會主義寫實文學，見過魯迅見過丁玲，後來跟後輩夏志清打了一場大大有名的筆戰。夏濟安跟弟弟說：「他畢竟是個可憐的老好人。」我從前翻過李歐梵為Prusek編的論文集《The Lyrical and the Epic》（漢題《近代中國文學論集》便大大失色了），覺得瘦硬，今天聽了夏濟安這番冰雪消溶的話，忽爾覺得Prusek也可能很human很humane。

幾天後夏志清回了一信，信上的話正好為後來論戰中夏先生《On the Scientific Study of Modern Chinese Literature》添一條 personal 小注：「P君（Prusek）是個 Sinophile，抗戰時看到中國有復興的兆頭，把自己較有偏愛的帶個人主義的文學擱在一邊了。」傾心一國，忘了其他。

Sinophile! Sinophile! Sinophile!

夏氏昆仲俱做不成 Sinophile 了，故濟安哥對志清弟說：「很明顯的你是個 passionate lover of literature，別的問題（即使是罪惡滔天的共產黨吧）都是次要的。」而夏志清一向申明，心懷 the refusal to rest content with untested assumptions and conventional judgements and a willingness to conduct an open-minded inquiry, without fear of consequence...

那也恰是對暴秦及其白衣黑心漢的蔑視。

《信報 • 北狩錄》二〇一九年七月二十二至二十四日

語不驚人死不休嗎

上、

「I don't think at all that the conditions which prompted real anger from a part of the population are behind us.」說得絲絲入扣，說話人自不可能是林門鄭氏，卻是法國總統 Emmanuel Macron 每逢週末黃背心，大半年了（十一月十七日即一週年大日子），Macron 也曾驕橫冷對示威者，天人怒怨，但爾來略略悔悟，稍稍禮人罪己：「There are profound problems in our country linked to injustice and the economic difficulties that have been around for a long time.」那許是 Macron 變調的 Second Act 序幕。

黨國特府不僅不甘如此罪己禮人，戲路依舊，還叫爪牙喉舌張牙無爪。《人民日報》近日有名篇點評《信報》林先生文章實「窮盡文字技巧為暴力示威招魂、為暴力分子平反，真是語不驚人死不休！」其間的邏輯學理早已不必枉費精神深究，倒是引杜甫金句以形容林先生健筆，卻叫人欣然忘食。

老杜《江上值水如海勢聊短述》上半截如是吟：

「為人性僻耽佳句，語不驚人死不休。老去詩篇渾漫與，春來花鳥莫深愁。」

《杜詩詳注》仇兆鰲注云：「雖死不休，甚言求工。」更精彩的是仇氏引過《文賦》：「立片言以居要，乃一篇之警策。」然後伸論曰：「文章無警策，則不足以傳世，蓋不能竦動世人……所謂驚人語，即警策也。」

「語不驚人死不休」不是故作驚人語，卻是寫出足以驚策世人的文章。《文選．李善注》解釋「驚策」最明白：「以文喻馬，言馬因警策而彌駿，以喻文資片言而益明也。」

下、

黨國喉管既厚誣今人，卻也不曾輕輕放過古人。林先生自是今人，筆底恆有風雷，既揭出抗爭者未嘗拖累經濟，黨報自是誣之而後快，遂故作無根之驚人語，識者見笑，然黨報引老杜的詩，我自想起郭老的文。

郭老是郭沫若，天資高，脊椎軟，新詩、卜辭、金文、石鼓文、古史、古社會以至法書蘭亭序，歇斯底里，飛揚跋扈之餘，總難掩其創獲。但郭老筆下飛快，常久推敲，缺乏「語不驚人死不休」的能耐，為黨為毛，卻好作驚人之語。一九七一年，舉國猶狂，萬馬齊瘖，郭老卻得毛獨厚，刊出《李白與杜甫》一卷，崇李抑杜，誠文壇學苑辨識風向的頭等大事。書上〈杜甫的階級意識〉一章，給老杜《三吏》《三別》各賦新解，為的是將老杜寫成是「為地主階級、統治階級服務的」封建詩人。待得解釋《茅屋為秋風所破歌》中「安得廣廈千萬間，大庇天下寒士俱歡顏？」二句，郭老直是石破天驚：「異想天開的廣廈千萬間的美夢，是新舊研究專家們所同樣樂於稱道的……其實詩中所說分明是寒士，是在為沒有功名富貴的或者有功名而無富貴的讀書人打算，怎麼能夠擴大為民或人民呢？」

寒士不屬人民，破窗自然謬論。

歷史不必重複，但黨國愛誣今人古人卻能嘻哈不斷，可幸郭老當年尚是國子監祭酒（中國科學院院長），總較《人報》作者高明，在書上也引過一遍老杜「語不驚人死不休」一句。說「為了能做出好的詩句連命都可以不要，這還不苦嗎？」那是文人間的知心者言了，詩人和職業時評者自能欣然領會。

《信報 • 北狩錄》 二〇一九年九月十七至十八日